Lasse Blom

Opfer ohne Blut

MAXIMUM

Die Edelprostituierte Jackie wird im Stockholmer Grand Hôtel tot aufgefunden. Die Todesumstände sind rätselhaft. Greger Lind, ein 130 Kilo schwerer Schauspieler, könnte sie erdrückt haben. Aber hat vielleicht jemand falsche Spuren gelegt, um ihm den Mord in die Schuhe zu schieben und auf diese Weise seine Karriere zu zerstören? Und was hat Fatty Arbuckle, ein Stummfilm-Star der 1920er-Jahre, mit Jackies Tod zu tun?

Kommissar Casper Munk nimmt die Ermittlungen auf. Bald gibt es einen zweiten Toten. Und einen dritten, beide grässlich zugerichtet. Munk sucht den Mörder unter Staranwälten, Pantomimen und Zuhältern. Und während er in diesem immer mysteriöser werdenden Fall ermittelt, findet er sein privates Glück – in einer Hypochonder-Klinik in Norwegen …

Lasse Blom ist das Pseudonym von Gerhard Fischer, Redakteur bei der Süddeutschen Zeitung. Fischer lebte einige Jahre in Stockholm.
Er schrieb über schwedische Elchjäger, besuchte die Elfen-Beauftragte Islands und schaute zu, wie die Fußballer Grönlands den Ball ins eiskalte Meer schossen. Als er wieder nach München zurückkehrte, blieb ein Teil von ihm in Skandinavien; ein Teil seiner Fantasie. Mit dieser Fantasie schreibt er nun Schweden-Krimis.

Lasse Blom

OPFER OHNE BLUT

Ein Schweden-Krimi

MAXIMUM

Hauptstraße 33
27299 Langwedel
www.maximum-verlag.de

1. Auflage 2019

Lektorat: Bernadette Lindebacher
Korrektorat: Angelika Wiedmaier/DRSVS
Satz/Layout: Alin Mattfeldt
Covergestaltung: Alin Mattfeldt
E-Book: Mirjam Hecht

Druck: CPI - Clausen & Bosse, Leck
Made in Germany
ISBN 978-3-948346-02-7

Für Anissa

Sie beobachtete den Zwerghasen schon seit Tagen. Der Hase trieb sich im Flur herum, seit die Mutter den Spiegel dort angebracht hatte. Der Spiegel reichte nicht ganz bis zum Boden, und wenn der Hase sich davorhockte, konnte er nur seine Ohren sehen. Sie wusste das genau. Sie hatte sich einmal neben den Hasen auf den Boden gelegt, sodass sie auf Augenhöhe mit ihm war.

Er war schwarz, aber er hatte einen weißen Bauch. Auch seine schwarzen Löffel hatten weiße Flecken. Sie mochte ihn. Er war sehr anschmiegsam. Aber zurzeit interessierte sich der Hase nicht für sie.

Es war Samstagvormittag. Der Vater war überraschend ins Büro gefahren; er hatte einen Zettel hingelegt. Die Mutter war auch nicht zu Hause. Sie wusste nicht, wo die Mutter war. Vielleicht war sie einkaufen. Sie selbst hatte bis elf Uhr geschlafen, aber jetzt war sie in den Flur hinausgegangen und wollte in der Küche Milch holen, als der Zwerghase vor ihren Füßen in Richtung Haustür hoppelte. Dort angekommen, stellte er sich auf die Hinterpfoten, als müsse er einen Angreifer einschüchtern. Schließlich senkte er seine Vorderpfoten und seinen Kopf, sodass die Ohren den Boden berührten.

Dann lief er los.

Er raste den Flur entlang, als wären tausend Höllenhunde hinter ihm her. An der Ecke, an der sie stand, bog er nach links ab und lief schnurstracks auf den Spiegel zu, der am Ende des rechtwinklig angelegten Flurs angebracht war. 20 oder 30 Zentimeter vor dem Glas sprang der Hase ab, er flog mit flatternden Ohren – und knallte gegen den Spiegel. Er rutschte zu Boden, schüttelte sich und hoppelte davon, als wäre es ihm peinlich, was er gerade getan hatte. Sein Hals wirkte verrenkt. Er schüttelte sich noch einmal, als könnte er seinen Hals dadurch wieder einrenken. Der Hase hatte also zu dem anderen Hasen hinüberspringen wollen, dachte sie. Oder zur Häsin.

Am Nachmittag fand sie Sperma an ihren Kuschelhasen, die sie auf dem Sofa in ihrem Schlafzimmer drapiert hatte.

Molly hatte verstanden. Man musste die Rammler stoppen. Alle.

Kommissar Casper Munk fuhr in einer der besseren der ihm zur Verfügung stehenden Stimmungen die Stadtautobahn Essingeleden entlang. Er hatte die ganze Nacht und den halben Tag bei Lovisa verbracht, und er hätte traurig sein können. Sie hatte nämlich am Morgen gesagt, dass sie keine Beziehung mit ihm haben wolle; sie fühle sich derzeit mehr zu Frauen hingezogen. Munk hatte gefragt, wie das möglich sei: Fünf Wochen mit ihm, einem Mann, zu schlafen und sich dann „mehr zu Frauen hingezogen zu fühlen"? Lovisa hatte geantwortet, es sei schwer für einen Heterosexuellen, eine Bisexuelle zu verstehen. Sie hatten dann fünf oder sechs Stunden geredet, Munk konnte ihr folgen, aber richtig verstehen konnte er sie nicht. Er war eben heterosexuell. Nur eins hatte er kapiert: Er hatte im Moment keine Chance bei Lovisa Karlsson. Munk fand das schade. Aber er war nicht unglücklich. Er war in einer Phase, in der ihn die Ablehnung einer Frau nicht unglücklich machen konnte.

Munk schaltete das Radio an, es lief „Every rose has its thorn" von Poison. Die Musik beflügelte ihn, er drückte aufs Gaspedal und fuhr mit hoher Geschwindigkeit den Essingeleden entlang. Er dachte an die beiden Streifenpolizisten Kvant und Kristiansson aus den Krimis von Maj Sjöwall und Per Wahlöö. Kvant und Kristiansson wurden als Trottel dargestellt, als schlichte, faule Erfüllungsgehilfen eines maroden Staates. Munk musste immer herzlich über die Buchpassagen lachen, in denen sie auftauchten. Er würde jetzt gerne in eine Radarfalle fahren und von Kvant und Kristiansson von der Straße gewunken werden. Und dann würde er den beiden sagen, er sei gar nicht 100 Stundenkilometer gefahren, sondern zweimal 50, also korrekt. Kvant und Kristiansson konnte man damit verwirren. Vermutlich würden sie bei ihrer Einsatzstelle anrufen und den komplizierten Fall schildern. Munk lachte laut. Er hatte Lovisa fast vergessen. Und er wunderte sich darüber. Früher war er anders gewesen. Aber seit der schmerzhaften Trennung von seiner Frau Nila hatte sich eine Schicht über seine Seele gelegt. Es war eine Schutzschicht, aber sie schonte nicht nur seine Seele, indem sie Schmerz abwehrte; sie hielt auch die guten Gefühle fern. Munk war kälter geworden. Das sei normal, hatte seine beste Freundin Luna gesagt, und das gehe vorbei.

Manchmal hatte er Zweifel daran.

Munk nahm den Fuß vom Gaspedal, weil er in eine lang gezogene Rechtskurve fuhr. Auf dem Fahrstreifen, der auf den Essingeleden führte, stand ein Auto, das genügend Platz und Zeit gehabt hätte, auf die Stadtautobahn einzufahren. Aber das Auto stand nur da, der Fahrer zögerte. Nein, es war eine Fahrerin. Munk erkannte eine Frau mit langen Haaren. Warum fuhr sie nicht auf den Essingeleden, dachte er noch einmal, sie hat immer noch Zeit, bevor ich komme? Aber der Wagen rührte sich nicht von der Stelle.

Verdammt, dachte Munk. Ich hab's eilig. Ich muss ins Präsidium. Er hatte zwar Urlaub, aber sein Chef, Hauptkommissar Halldor Selander, wollte mit ihm über die Nachfolge von Greta Gustafsson reden. Greta war vier Jahre lang seine Kollegin gewesen, aber dann war eine Katastrophe passiert: Bei einem Einsatz war sie getötet worden – ein Sondereinsatzkommando der Polizei hatte sie versehentlich mit zwei Kriminellen in die Luft gejagt. Selander wollte Munk an diesem Nachmittag darüber informieren, wer Gretas Nachfolger werden sollte. Um 14 Uhr erwartete er Munk in seinem Büro. Casper Munk blickte aufs Armaturenbrett – es war 13.46 Uhr, er war spät dran.

Die Frau und ihr Auto standen immer noch auf dem Beschleunigungsstreifen. Munk passierte sie, er sah, dass sie starr nach vorne blickte und keine Anstalten machte, ihren Wagen in Bewegung zu setzen. Er blickte in den Rückspiegel und stellte fest, dass ihm kein Auto folgte. Er bremste abrupt ab und scherte vor dem Wagen der Frau auf den Beschleunigungsstreifen ein. Munk sprang aus seinem Auto, rannte die wenigen Meter zurück und klopfte ans Seitenfenster der Fahrerseite. Die Frau rührte sich nicht, sie blickte mit ausdruckslosen Augen in die Ferne. Sie war jung und stark geschminkt, aber die Schminke war verschmiert und die Farbe die Wangen hinabgelaufen. Die Frau hatte geweint. Im Augenblick saß sie jedoch nur still da und rührte sich nicht. Munk öffnete die Fahrertür und sprach sie an.

„Hallo", sagte er. „Hallo, was ist mit Ihnen? Hören Sie mich?"

Die Frau reagierte nicht. Stand sie unter Drogen? Munk berührte ihre linke Schulter, sehr vorsichtig, um sie nicht zu erschrecken. Die Frau schloss kurz die Augen, öffnete sie aber ruckartig wieder – als wollte sie das nicht sehen, was sich vor ihrem geistigen Auge abspielte.

„Hallo", sagte Munk noch einmal. Wieder reagierte sie nicht. Er betrachtete sie von der Seite. Die Frau hatte lange blonde Haare, volle, stark geschminkte Lippen, eine helle Haut – und sie war sehr leicht bekleidet, obwohl es ein kalter Septembertag war. Sie trug ein braunes, dünnes Trägerkleid. Munks Blick wanderte nach unten: Er konnte aufgrund des tiefen Ausschnitts viel von ihren Brüsten und durch das kurze Kleid auch viel von ihren Beinen sehen. Ihre Füße steckten in leichten Sandaletten, die Nägel waren grell angemalt. Irgendein Hellgrün.

Munk holte sein Handy aus der Jackentasche.

„Schickt einen Streifenwagen!", sprach er in sein Mobiltelefon. Er hoffte, die Polizisten, die kommen würden, wären nicht Kvant und Kristiansson.

Als er auf den Streifenwagen wartete, versuchte er noch ein paar Mal Kontakt zu der jungen Frau aufzunehmen. Er sprach sie an, stellte ihr behutsam Fragen und strich ihr sogar sanft über den Hinterkopf. Sie reagierte nicht. Als die beiden Streifenpolizisten kamen, bat er sie, die Frau ins Polizeipräsidium zu bringen. Er würde dann nachkommen. Die beiden Beamten hoben die Frau aus dem Wagen und schafften sie in ihr Polizeiauto. Die Frau ließ es geschehen. Munk rief den Abschleppdienst an, der ihren Wagen holen sollte. Dann fuhr er ins Präsidium.

Am Empfang standen die Sekretärin Emma Svensson und Munks Kollege Per Henrik Grip, den alle nur Grip nannten.

„Hej Casper", sagte Grip, „Lust auf einen Witz?"

Grip hatte zwei Leidenschaften: Witze-Erzählen und unglückliche Frauengeschichten. Die Frauengeschichten kosteten ihn Nerven und Geld (er machte den Damen oft teure Geschenke), die Witze hatten ihn bei den Kollegen beliebt gemacht. Aber einmal hätte es ihn fast den Job gekostet. Grip liebte sexistische Witze, und als er einmal mit dem Polizei-Hubschrauber zu den Schäreninseln flog und seinem Kollegen kurz vor der Landung einen ebensolchen

Witz erzählte, hörten ihn die Bewohner auf der Insel – und Halldor Selander, der bereits vor Ort war; der Funk war nämlich auf laut gestellt und übertönte sogar die Propellergeräusche. Grip kam mit einer Ermahnung davon.

„Jetzt nicht, Grip", antwortete Munk und guckte auf die Uhr an der Wand. „Ich muss zu Halldor und ich bin ohnehin zu spät dran."

„Entspann dich, Casper, der Alte kann noch eine Minute länger warten. Mein Witz ist kurz. Sehr kurz."

Munk blickte Grip an. Er mochte ihn und seine Gelassenheit. Grip konnte sich in einen Fall verbeißen, er konnte Tag und Nacht bis zur Erschöpfung arbeiten, wenn sie einen Mörder suchten. Aber er wusste auch, wann man den Fuß vom Gas nehmen konnte.

„Also los, erzähl", sagte Munk und lächelte, „aber wirklich nur kurz."

„Es ist nur ein Satz", sagte Grip. „Ein 97-Jähriger sagt beim wilden Sex zu seiner Frau: Ich weiß nicht, ob ich jetzt komme oder gehe."

Emma Svensson, die gerne Herrenwitze hörte, lachte. Munk schüttelte lächelnd den Kopf. Dann verschwand er in dem Flur, der zu Halldor Selanders Büro führte.

„Hej Halldor", sagte er, als er es betrat.

„Hej Casper, setz dich", antwortete der Hauptkommissar. Selander sah auf seine Armbanduhr – es war 25 Minuten nach 14 Uhr –, aber er sagte nichts zu Munks Verspätung. Er deutete auf den freien Stuhl vor seinem Schreibtisch, der so sauber und geordnet war, dass Munk jedes Mal ein schlechtes Gewissen bekam, wenn er ihn sah. Munks Schreibtisch war nicht geordnet. Den pubertären Spruch „Ein Genie überblickt das Chaos" hatte er sich aber mittlerweile abgewöhnt.

„Wie du weißt, geht es um Gretas Nachfolge",

begann Selander.

Ich weiß, dachte Munk, der sich auch abgewöhnen wollte, sich über Selanders einfallslose Gesprächseröffnungen zu ärgern. Selander war halt so.

„Ich habe einen Kandidaten ausgewählt“, fuhr der Hauptkommissar fort. „Es kann sein, dass er dir nicht gefallen wird, aber ich glaube, er wird unserem Team guttun.“

Munk setzte sich aufrecht hin. Er war neugierig geworden.

„Er wird mir nicht gefallen?“, fragte er. „Ist er 1,40 Meter klein, dünn wie ein Streichholz und hat rosa Segelohren? Ich könnte mich damit anfreunden.“

Selander verdrehte die Augen.

„Machen wir es kurz“, sagte er. „Es ist – Achatz Larsson.“

Munk sprang auf.

„Achatz Larsson!“

Es gab keinen Polizisten in Stockholm, der mehr polarisierte als Achatz Larsson. Munk mochte ihn nicht, er hielt ihn für einen rücksichtslosen Misanthropen – für einen Typen, der Täter „zur Strecke bringen wollte“. Larsson war vor drei Jahren vom Dienst suspendiert worden, weil er zu viel trank. Munk fand das gut. Nicht, dass Larsson trank; sondern dass er suspendiert worden war. Munk war kein Moralist. Ihn störte Larssons Charakter, nicht dessen Alkoholsucht.

„Er hat eine Entziehungskur gemacht, sein Leben in Ordnung gebracht und ist bei der Polizei wieder in Gnade aufgenommen worden“, sagte Selander.

„Aber warum ausgerechnet bei uns? Der passt doch gar nicht rein. Guck doch mal hin: Leila, Grip, Jari, du und ich – wir sind alle zivilisierte Menschen.

Larsson ist ein Prolet."

„Er ist ein guter Ermittler."

Achatz Larsson hatte weit vor Munks Zeit auch in der Mordkommission gearbeitet. Er hatte tatsächlich viele Fälle gelöst, mit seinen Mitteln.

„Er hat Verdächtige brutal zusammengeschlagen und mit Kriminellen paktiert", antwortete Munk.

„Du warst nicht dabei, du weißt das nur vom Hörensagen."

Selander hatte recht. Munk hatte das nur gehört. Er hatte Larsson ein paar Mal gesehen und einige Worte mit ihm gewechselt. Larsson war ihm unsympathisch gewesen, weil er maulfaul war und arrogant. Und weil er keine Manieren hatte. Larssons Arbeitsmethoden aber kannte er wirklich nur vom Hörensagen.

„Casper", sagte Selander nun bittend, „gib ihm eine Chance. Er hat sich verändert …"

„… ach, trägt er nun Rollkragenpullover und philosophiert über Kierkegaard? Ich glaube, da ist es wahrscheinlicher, dass ich als Olive wiedergeboren werde."

„Ernsthaft", sagte Selander. „Er hat sich verändert, er hat eine Chance verdient und es tut unserem Team vielleicht ganz gut, wenn Reizpunkte gesetzt werden."

„Aber …"

Als Munk antworten wollte, klopfte es energisch an der Tür.

„Bitte", sagte Selander.

Rea Tjark stand in der Tür, die Psychologin des Polizeipräsidiums. Sie wirkte aufgeregt.

„Die Frau hat einen Mord beobachtet", sagte sie und blickte erst zu Munk und dann zu Selander.

„Welche Frau?", fragte Selander.

„Die Frau, die Casper auf dem Essingeleden

aufgegabelt hat."

Selander sah Munk an. Der sprang auf und rief Selander zu: „Komm mit, ich erklär's dir auf dem Flur."

Tjark, Selander und Munk liefen den Flur entlang. Die beiden Streifenpolizisten hatten die Frau bei der Psychologin abgeliefert. Munk erzählte Selander, wie er sie gefunden hatte, und Tjark, die etwas außer Atem war, keuchte etwas von „die Frau hat einen Schock" und „Mord im Prostituierten-Milieu".

Die Frau saß auf einem Stuhl mitten im Raum. Sie sah immer noch so aus wie auf dem Essingeleden: blass, stark geschminkt, schmal mit großen Brüsten und leicht bekleidet. Aber diesmal starrte sie nicht in die Ferne – sie blickte Munk direkt in die Augen, als er mit Halldor Selander und Rea Tjark das Zimmer betrat. Munk sah, dass ihre Augen rot waren – vermutlich hatte sie wieder geweint.

„Er hat sie erdrückt", sagte sie zu den Polizisten.

„Erdrückt?", erwiderte Munk.

„Ja, er wiegt doch 130 Kilo."

„Wer wiegt 130 Kilo und wen hat er erdrückt?", fragte Selander, der das Gespräch nun an sich riss.

„Greger Lind! Er hat Jackie erdrückt!"

„Greger Lind? Der Schauspieler?"

„Ja."

„Und wer ist Jackie?", fragte Selander.

„Eine Freundin von mir … eine Kollegin. Sie war die Edelste von uns."

Selander betrachtete die Frau. Dann sagte er: „Darf ich fragen, was Sie arbeiten?"

Die Frau richtete sich auf und sagte: „Ich bin eine Animierdame."

„Und Jackie?"

„Sie ist tot!", rief die Frau.

„Können Sie uns bitte sagen, wo sich diese Jackie jetzt befindet, Frau …“

„Rose.“

Munk musste grinsen. Jackie und Rose. Das klang nach: Jacke wie Hose.

„Und Ihr Nachname, Fräulein Rose?“, fragte Selander.

„Blad“, erwiderte Rose.

„Und wo ist sie nun?“

„Wer?“

„Jackie.“

„Sie liegt im Grand Hôtel.“

Tjark, Munk und Selander sahen sich an. Das Grand Hôtel war die beste Adresse in Stockholm, die Nacht kostete nicht unter 5000 Kronen. Die Animierdame, die vor ihnen saß, sah dafür etwas zu billig aus.

„Ich weiß, was Sie denken“, sagte Rose Blad. „Greger Lind hat alles bezahlt.“

Selander blickte Munk an, dann sagte er: „Wir fahren sofort dorthin. Sag Leila, Jari und Grip Bescheid.“

Dann blickte er auf Rose Blad und fragte: „Können Sie mitkommen?“

Rose nickte.

Die vier Ermittler Halldor Selander, Leila Andersson, Per Henrik Grip und Casper Munk, der Kriminaltechniker Jari Huskonen und die Animierdame Rose Blad fuhren mit Blaulicht von Kungsholmen, wo sich das Polizeipräsidium befand, hinunter zum Grand Hôtel, das gewöhnlich Staatsoberhäupter, Fürsten, bekannte Schauspieler oder Popstars beherbergte – und immer im Dezember die Nobelpreisträger. Schwedische Politiker waren hier auch anzutreffen, aber meistens übernachteten sie nicht, sondern luden nur Journalisten zum Hintergrundgespräch oder zum

Interview in die Lobby des Hotels. Edel und ein bisschen protzig sollte es sein, da waren schwedische Politiker nicht besser als andere. Das noble Hotel aus dem Jahr 1874 lag am Södra Blasieholmshamnen direkt am Wasser. Wer in einem der 334 Zimmer und 42 Suiten residierte, hatte eine fulminante Aussicht über die Altstadt Gamla Stan und über das Königsschloss mitten in der Stadt. Besonders spektakulär war die Prinzessin-Lilian-Suite, die ein eigenes Kino hatte, einen Wasserfall und einen Dachgarten.

Und in dieser Suite lag die tote Jackie.

Die Frau, sie mochte Ende 30 sein, sah fürchterlich aus. Jackie hatte überall blaue Flecken, ihr Gesicht war aufgequollen, die Schminke war noch schlimmer verschmiert als bei Rose Blad, und die Haare waren teils auf dem Kopf, teils auf dem Boden. Hatte ihr jemand Haare ausgerissen? Jackie trug ein langes Abendkleid, sie war tatsächlich viel besser angezogen als Rose, aber das Kleid war auf der linken Seite komplett aufgerissen. Die Polizisten sahen einen gut trainierten Körper, der viel Sonnenlicht oder die Strahlen eines Solariums abbekommen hatte. Jackie war sexy, zweifellos, aber jetzt befand sie sich in einem erbärmlichen Zustand. Jari Huskonen stellte seine Tasche ab und begann, die Tote zu untersuchen. Der Finnland-Schwede Huskonen war seit bald 40 Jahren Kriminaltechniker, er hatte viel gesehen und die Kollegen kannten ihn als besonnenen Mann, der ruhig und klar analysierte, niemals übertrieb oder gar hysterisch wurde.

Diesmal war es anders.

Er hatte sich gerade über den Körper gebeugt und die Reste des Abendkleides zur Seite geschoben, da sprang er auf und brüllte wie eine arme Seele, die von hundert Teufeln gequält wird. Munk würde diesen Schrei nie mehr vergessen. Auch weil er so unvermittelt kam.

„Um Gottes willen, was ist denn, Jari?“, fragte Selander den Kriminaltechniker, der schwer schnaufend auf dem teuren Teppich saß, mit weit aufgerissenen Augen. Sie mussten die Antwort nicht abwarten – der wegspringende Huskonen hatte die Sicht freigemacht auf den Unterleib der Frau. In diesem Unterleib steckte: ein Spazierstock. Er war offenbar weit in den Körper der Frau eingedrungen – sichtbar war nur noch ein halber Meter. Und so ein Spazierstock war gut und gerne einen Meter lang. Die Polizisten sahen sich an. Alle waren merklich blasser geworden. Leila blickte aus dem Fenster in die Ferne, sie hatte Tränen in den Augen. Munk zwang sich, die Tote wieder anzusehen. Steckte wirklich ein halber Meter von diesem Stock im Körper dieser Frau?

„Wo ist Greger Lind?“, fragte Munk in die Stille hinein und blickte auf Rose Blad, die neben der Tür stehen geblieben war – in sicherem Abstand zur Toten. Sie konnte den Anblick nicht noch einmal ertragen. Als Huskonen brüllend aufgesprungen war, hatte Rose laut aufgeschluchzt. Jetzt weinte sie wieder leise vor sich hin.

„Rose“, sagte Munk, der sich nun direkt an die Frau wandte. „Wissen Sie, wo Greger Lind ist?“

Rose deutete auf eine Tür, die vom Schlafzimmer in einen anderen Raum führte.

„Heute Morgen lag er da noch drin. Stockbesoffen.“

„Er ist hier?“, rief Grip und stürmte durch die Tür in den Nebenraum. Selander, Munk und Leila Andersson folgten ihm.

Auf einem Perserteppich in der Mitte des großen Raumes lag ein sehr dicker Mann auf dem Rücken und schlief. Seine Wangen schimmerten rosig, das blonde Haar war nach hinten gekämmt. Der Mann trug ein weißes Hemd, dessen Ärmel hochgekrempelt waren, und eine schwarze

Anzughose, die von breiten, braunen Hosenträgern am Körper gehalten wurde. Greger Lind hatte Beine und Arme von sich gestreckt und lag da, als hätte ihn jemand erlegt. Natürlich dachte Munk an Gregor Samsa, Franz Kafkas Figur, die als Mann ins Bett geht und als Käfer, der auf dem Rücken liegt, wieder erwacht. Gregor und Greger.

Munk ging zu dem Mann und fühlte den Puls. Lind lebte, kein Zweifel, aber war er verletzt oder nur stockbesoffen, wie Rose Blad gesagt hatte? Mit anderen Worten: War er bewusstlos oder schlief er bloß seinen Rausch aus? Aber warum schnarchte er nicht? Die meisten dicken Menschen schnarchen doch, wenn sie ihren Rausch ausschlafen? Munk suchte nach einer Verletzung am Körper des Mannes, aber er fand nichts.

Munk rüttelte an ihm, doch der Mann grunzte bloß. Dann ging der Kommissar ins Bad und kam mit zwei Zahnputzbechern voller Wasser zurück. Er kippte sie Lind mitten ins Gesicht. Der Mann prustete. Grip musste lachen. Ungerührt begann Lind tatsächlich zu schnarchen.

„Schluss jetzt“, sagte Selander und holte sein Handy hervor. „Ich rufe einen Krankenwagen. Die Sanitäter sollen ihn wiederherstellen.“

Leila, Grip und Munk standen neben Lind und betrachteten den massigen Körper des Schauspielers.

„Kann er Jackie erdrückt haben?“, fragte Grip.

„Zweifellos“, antwortete Jari Huskonen, „aber ich denke nicht, dass es reichen würde, wenn er sich bloß auf sie gelegt hätte. Er müsste sich auf sie geworfen haben, mehrmals oder aus großer Höhe.“

Grip blickte an die Decke.

„Wie soll er denn in eine große Höhe gekommen sein?“, fragte er. „Er sieht nicht aus wie Spiderman, der an den Wänden und Decken entlangturnt.“

„Vielleicht hat er einen Propeller auf dem Rücken wie Karlsson vom Dach“, warf Leila ein. „Wir haben ihn ja bisher nur von vorne gesehen.“

Munk lachte. Ja, Leila, die oft so spröde wirkte, hatte doch Humor. Und es störte ihn auch nicht, dass sie Witze machte, während eine schlimm zugerichtete Leiche im Nebenzimmer lag. Der Humor fing vieles von dem auf, was man als Polizist ertragen musste.

„Kann es sein, dass der Spazierstock sie getötet hat?“, fragte Leila ernst.

„Kann sein“, sagte Huskonen, und man merkte, wie schmerzhaft die Vorstellung für ihn war. „Es könnte innere Blutungen gegeben haben.“

Alle schwiegen.

„Ich fahre mit Rose zurück ins Präsidium, um sie weiter zu verhören. Und dann nehme ich mir Lind vor“, sagte Munk schließlich zu Halldor Selander. „Kommst du mit oder kümmerst du dich um die Zeugenbefragung im Hotel?“

„Ich komme gleich nach“, sagte Selander. „Ich warte hier noch auf die Spurensicherung und auf die ersten Ergebnisse von Jari. Und ich rede mit dem Hoteldirektor. Grip bleibt auch hier und spricht mit dem Personal. Sollte Lind vernehmungsfähig sein, sagt mir sofort Bescheid.“

Leila, Rose und Munk verließen das Grand Hôtel und fuhren zurück ins Polizeipräsidium nach Kungsholmen. Munk versuchte, bereits im Auto noch einige Informationen von Rose zu bekommen, aber die Frau sagte, sie müsse sich erst sammeln, nachdem sie die Leiche noch einmal gesehen habe. Alles, was sie wisse, würde sie den Ermittlern auf dem Präsidium sagen. Dann schwieg sie. In Munks Jackentasche piepte das Handy. Eine SMS. Sie war von Luna, seiner besten Freundin.

„Lust auf ein Schachspiel und ein Bier heute Abend?“, schrieb sie. „Von meinem Kühlschrank aus gesendet. Luna.“

Munk grinste und antwortete: „Wir haben einen neuen Fall. Versuche, es trotzdem zu schaffen. Bis später. Casper.“

Als sie im Präsidium waren, bat Rose um einen Kaffee und um eine weitere Stunde Ruhe. Anschließend würde sie ausführlich Auskunft geben. So war es dann auch. Als Selander und Grip eingetroffen waren, versammelten sich alle im Konferenzzimmer der Mordkommission.

„Greger Lind hatte vor zwei Tagen im Grand Hôtel eingecheckt“, begann Rose Blad. „Er hatte etwas zu feiern. Fragen Sie mich nicht, was es genau war, aber er muss wohl einen tollen Vertrag für einen tollen Film unterschrieben haben. Er sei jetzt endgültig ein Star, sagte er immer wieder. Sie waren anfangs zu dritt im Grand Hôtel: Lind, Jackie und Espen Järv.“

„Wer ist Espen Järv?“, fragte Munk.

„Greger Linds Agent“, erwiderte Rose. „Jackie sagte mir, Greger wollte es so richtig krachen lassen, nachdem er diesen Super-Vertrag unterschrieben hatte. Sie bestellten sofort Champagner …“

„Einen Moment, Rose“, unterbrach Munk. „Warum ist Jackie mit dabei gewesen? Wer ist sie? Was macht sie? In welchem Verhältnis steht sie zu Greger Lind?“

„Jackie arbeitet als Animierdame, aber eigentlich würde sie gerne Schauspielerin sein, glaube ich. Jedenfalls nimmt sie immer wieder gerne Einladungen von Schauspielern an.“

Dann lachte Rose auf.

„Aber sie war nie vor der Kamera, man hat sie immer mehr in Umkleidezimmern, auf Partys und in Büros von

Agenten gesehen. Zuletzt ist sie Espen Järvs persönliches Callgirl gewesen."

„Und Lind hat Sie dazugeholt?", fragte Munk.

„Ja", sagte sie, „aber eigentlich stand er mehr auf Jackie."

„Und dann?"

„Wir haben gefeiert, getrunken, gelacht, Musik gehört, gevögelt."

„Sie mit Greger, Jackie mit Espen?"

„Ja, am ersten Abend schon. Was später mit Jackie und Greger war, weiß ich nicht genau."

„Und was wissen Sie?", bohrte Munk weiter. Er leitete die Befragung. Selander saß daneben.

„Greger hat am zweiten Tag immer mehr Alkohol bestellt: Bier, Wein, Schnaps, Gin, Whiskey, verschiedene Cocktails – ich weiß nicht, was da alles angekarrt wurde. Die Party wurde immer ausgelassener. Und dann kamen die anderen."

„Welche anderen?"

„Es hatte sich mittlerweile herumgesprochen, dass Greger Lind im Grand Hôtel groß feiert. Immer mehr Schauspieler kamen, die Greger kannten, und immer mehr Frauen."

„Prostituierte?"

„Auch. Aber auch die Freundinnen oder Frauen der Schauspieler. Und Revue-Girls. Tänzerinnen. Ich habe irgendwann den Überblick verloren – außerdem war ich ziemlich voll."

Rose machte eine Pause. Sie blickte starr gegen die Wand, als hätte sie den Faden verloren. Vielleicht half es ihr, sich zu konzentrieren.

„Und dann?", fragte Munk.

„Manche blieben nur für kurze Zeit", fuhr Rose fort,

„für einen Tanz oder zwei oder für einen Drink oder zwei. Andere blieben den ganzen Tag und verloren bald alle Hemmungen. Greger selbst trug am Abend nur noch eine Pyjamahose."

Munk dachte daran, dass Lind 130 Kilo wog. Wie sieht ein Mann, der 130 Kilo wiegt, in einer Pyjamahose aus? Überhaupt: 130 Kilo? Wer wiegt so viel? Ein Esel? Ein Mastschwein? Und noch etwas: Lind trug ein weißes Hemd und eine Anzughose, als sie ihn fanden. Rose sagte gerade, er hätte am Abend nur eine Pyjamahose angehabt. Ich muss das im Hinterkopf behalten, dachte Munk.

„Greger hat mit niemandem getanzt", sagte Rose. „Er saß die meiste Zeit mit einem Drink in der Hand in der Nähe des CD-Spielers. Jackie und Espen hatten die Party am Nachmittag verlassen – ich weiß nicht, warum – und waren abends gegen halb elf zurückgekehrt. Ich habe um diese Zeit nicht mehr viel mitgekriegt, aber eines habe ich doch gesehen: Greger hatte nur noch Augen für Jackie."

„Was hat Espen Järv dazu gesagt?"

„Ach, Espen, der hat doch viele Frauen. Dem war das egal. Außerdem hatte Jackie bis zu diesem Abend alle Annäherungsversuche von Greger abgewehrt. Ich glaube nicht, dass sich Espen Sorgen gemacht hat. Jackie hatte wohl schon getrunken, als sie zur Party zurückkehrte, sie wankte nämlich ein wenig, und sie machte sofort weiter damit. Sie trank Whiskey. Und irgendwann verschwand sie im Badezimmer."

Rose schwieg wieder. Ihre Augen starrten ins Leere. Was sah sie vor ihrem geistigen Auge?

„Was geschah dann?", fragte Munk.

„Wie gesagt, ich war ziemlich besoffen", fuhr Rose fort. „Ich habe nur mitgekriegt, dass Greger irgendwann aufgestanden und zu seinem Schlafzimmer gegangen ist. Als er am Badezimmer vorbeikam, hat er durch die Tür gerufen, dass er sie, Jackie, schon seit fünf Jahren flachlegen wolle. Dann riss er die Badezimmertür auf …“

„War sie nicht verschlossen?“, fragte Selander.

„Wenn man so besoffen ist, wie Jackie es war, denkt man nicht daran, eine Tür abzuschließen“, entgegnete Rose Blad.

„Greger Lind riss also die Badezimmertür auf“, sagte Munk.

„Ja, sagte ich doch“, erwiderte Rose patzig. „Er schlug die Tür von innen zu. Greger und Jackie waren also alleine im Badezimmer.“

„Haben Sie gehört, was dort drinnen gesprochen wurde“, fragte Munk, „gab es eine Auseinandersetzung?“

„Es war still“, antwortete Rose.

„Still?“

„Ja, es war überall still – im Badezimmer und in dem Raum, in dem ich war. Die Leute waren erschöpft vom Trinken, vom Vögeln, von was weiß ich. Es schien, als stünde auch die Zeit still. Und alle, die noch ein wenig mitbekamen, das waren nicht viele, warteten darauf, dass die Badezimmertür wieder aufgehen würde.“

„Und?“

„Die Tür öffnete sich nach einiger Zeit …“

„Nach fünf Minuten? Nach zehn? Fünfzehn?“

„Ich weiß es nicht.“

„Ungefähr?“, fragte Munk.

„Eher fünfzehn als fünf.“

„Und dann?“

„Greger kam heraus, er trug Jackie auf seinen Armen. Sie schien zu schlafen. Greger sagte, Jackie habe zu viel getrunken und müsse sich ausruhen. Er trug sie in sein Schlafzimmer. Dann ging er zurück ins Badezimmer, zog eine andere Pyjamahose an und kam zu uns zurück."

„Er zog eine andere Pyjamahose an?"

„Hören Sie, Herr …"

„Munk."

„Herr Munk, ich weiß nicht, warum er eine andere Pyjamahose angezogen hat, das müssen Sie herausfinden. Ich hab es nur gesehen, und es ist mir aufgefallen, weil die erste blau gewesen ist und die zweite gelb. So etwas fällt auf."

Grip lachte.

„Greger Lind scheint ein Patriot zu sein", sagte er, „er besitzt Schlafanzughosen in den Landesfarben."

„Wir kommen vom Thema ab", sagte Selander streng. „Fahren Sie bitte fort, Frau Blad."

„Einige Minuten später hörten wir Jackie stöhnen. Greger ging zurück ins Schlafzimmer. Das Stöhnen hörte nicht auf. Deshalb wollte ich selbst nachsehen. Aber die Tür war verschlossen. Greger muss sie abgeschlossen haben. Ich hörte Jackie hinter der Tür stöhnen. Erst klopfte ich, dann rief ich Gregers Namen. Aber es rührte sich nichts. Da schlug ich mit meinen High Heels gegen die Tür. Mehrmals. Schließlich öffnete Greger. Er hatte seine gelbe Pyjamahose an …"

„Das sagten Sie bereits", sagte Grip und grinste.

Grip fing sich einen scharfen Blick von Selander ein, aber Rose Blad ließ sich ohnehin nicht beirren.

„Ich sah an Greger vorbei auf Jackie, die am Boden lag", fuhr sie fort. „Ich glaube, sie war nur noch halb bei Bewusstsein, aber sie stammelte unentwegt: Er will mich umbringen! Greger ging an mir vorbei und setzte sich wieder zu den anderen Gästen. Er wirkte völlig geistesabwesend. Ich ging zu Jackie, um nachzusehen, was ihr fehlte. Ich berührte ihre Stirn, denn es schien mir, als hätte sie Fieber.

Die Stirn war ganz heiß. Ich holte aus dem Badezimmer ein nasses, kaltes Handtuch und wickelte es um ihren Kopf. Dann ging ich zurück ins Wohnzimmer. Ich brauchte Hilfe, um Jackie auf das Bett zu heben. Aber es war niemand mehr da. Greger hatte sie offenbar alle heimgeschickt. Als ich ins Wohnzimmer kam, sah er mich scharf an. Ich solle verschwinden, sagte er, auf der Stelle. Ich protestierte, flehte ihn an, einen Arzt zu rufen, aber er ging langsam auf mich zu und schlug mir dann blitzschnell mit der Faust ins Gesicht. Ich muss wohl bewusstlos gewesen sein, denn als ich wieder erwachte, saß ich hinter dem Steuer meines Autos."

„Und dann sind Sie zum Essingeleden gefahren, wo ich Sie gefunden habe", sagte Munk. „Wo wollten Sie hin?"

„Ich bin nicht zum Essingeleden gefahren", erwiderte Rose und sah Munk mit ängstlichen Augen an. „Als ich wieder aufwachte, stand ich mit meinem Wagen auf dieser Beschleunigungsspur am Essingeleden. Ich war keinen Meter gefahren. Jemand hat mich dorthin gebracht. Und dann kamen Sie, Herr Munk."

„Aber wer soll Sie dort abgestellt haben?", entgegnete Munk. „Greger Lind? Den haben wir stockbesoffen im Grand Hôtel gefunden."

„Ich weiß es nicht", sagte Rose Blad.

„Was, glauben Sie, hat er mit Jackie gemacht?"

„Ich weiß es nicht."

„Wissen Sie sonst noch was?"

„Nein, das ist alles."

Rose Blad blickte wieder so starr in die Ferne wie auf dem Essingeleden. Es schien, als hätte sie nicht begriffen, was in den letzten Stunden passiert war. Ihr Empfinden war ihrem Erleben noch nicht gefolgt.

„Es ist ein Albtraum", stöhnte sie.

„Wir bringen Sie nach Hause“, sagte Munk. „Ruhen Sie sich erst mal aus. Wir werden Sie sicher noch brauchen.“

„Okay“, fuhr Munk fort, als Rose Blad in Begleitung einer Polizistin das Büro verlassen hatte. „Wir haben eine schlimm zugerichtete Leiche im Grand Hôtel, einen stockbesoffenen Verdächtigen und eine Zeugin, die in ihrem Auto wieder aufwacht, nachdem sie offenbar einen Albtraum erlebt hat. Was haltet ihr von Rose Blad?“

„Glaubwürdig“, sagte Selander, und alle anderen wiederholten das Wort.

„Glaubwürdig“, sagte Leila Andersson.

„Glaubwürdig“, sagte Grip.

„Glaubwürdig“, sagte Jari Huskonen.

Es glich der Abstimmung im Gerichtssaal, wenn die Geschworenen nacheinander für „schuldig“ oder „unschuldig“ plädierten.

„Aber wer hat sie zum Essingeleden gefahren?“, fragte Munk. „War es ein Komplize? Oder war Lind noch halbwegs nüchtern und hat erst richtig getrunken, nachdem er Rose zum Essingeleden gebracht hatte? Und zuvor hat er nur so getan, als würde er saufen, um später sozusagen ein Alibi zu haben?“

Alle schwiegen. Was war am wahrscheinlichsten?

„Wie dem auch sei“, sagte Selander schließlich, „wir müssen jetzt warten, bis Greger Lind vernehmungsfähig ist.“ Er fuhr fort: „Und wir müssen uns um die anderen Gäste kümmern, die bei dieser Orgie dabei waren. Achatz Larsson wird uns dabei helfen. Ich hole ihn jetzt. Casper, Jari und Grip kennen ihn bereits, Leila wird ihn jetzt kennenlernen.“

Selander verließ den Raum. Munk schaute ihm hinterher, sagte aber nichts.

„Schöner Mist, dass Larsson bei uns anfangen wird“,

sagte Grip. „Ich bin kein Kind von Traurigkeit, aber gegen Larsson bin ich ein Waisenknabe. Was meinst du, Casper?"

Munk grinste.

„Du solltest Romane schreiben, Grip", sagte er dann. „Du hast so originelle Vergleiche: Kind von Traurigkeit und Waisenknabe."

„Idiot", entgegnete Grip. „Wir sind hier bei der Mordkommission, nicht bei der Sprachpolizei."

Grip war ernsthaft verstimmt. Per Henrik Grip und Casper Munk waren befreundet, sie lachten viel miteinander. Aber diesmal verstand Grip keinen Spaß.

Munk war überrascht von der heftigen Reaktion seines Kollegen. Ja, er machte sich oft lustig über die einfallslosen Formulierungen von Halldor Selander. Aber Grip hatte er wegen irgendwelchen Worthülsen noch nicht veralbert. Bis jetzt. Es war ihm herausgerutscht. Aber warum reagierte Grip gerade da so heftig? Fühlte er sich Munk unterlegen? Sollte er, Munk, tatsächlich etwas weniger arrogant sein? Er beschloss, sich zu entschuldigen.

„Sorry, Grip", sagte er. „Ich wollte dich nicht verletzen."

„Okay, Casper, vergessen wir es."

Grip war manchmal aufbrausend, aber selten nachtragend.

„Aber wie es ist nun mit Larsson?", fragte er.

„Wir sollten ihm eine Chance geben", sagte Jari Huskonen, bevor Munk antworten konnte. Der Kriminaltechniker war ein besonnener Mann. Munk kannte niemanden in seinem Umfeld, der ausgeglichener war als Huskonen. Und versöhnlicher. Und Huskonen vertraute wohl auf das Urteilsvermögen von Selander, der Larsson ins Team geholt hatte. Jari Huskonen und Halldor Selander kannten sich seit fast 40 Jahren. Sie waren in den 1970er-Jahren zusammen in der schwedischen

Leichtathletik-Nationalmannschaft gewesen – Huskonen als Dreispringer, Selander als 100-Meter-Sprinter – und waren dann beide fast zeitgleich zur Polizei gegangen.

„Ich kenne Larsson von früher", fuhr der Kriminaltechniker fort. „Er war ein Kotzbrocken. Aber er hatte seine Tiefen und vielleicht hat er daraus gelernt."

„Ich bin nicht begeistert, dass Achatz Larsson bei uns anfängt", sagte Munk, „aber die Entscheidung ist nun mal so gefallen."

Casper Munk hatte gerade seinen Satz vollendet, da betraten Halldor Selander und Achatz Larsson den Raum. Larsson überragte den mittelgroßen Hauptkommissar um einen Kopf. Er war breitschultrig, schlank und wirkte trotz seiner fast 60 Jahre und seiner Sucht, die ihn lange im Griff gehabt hatte, sehr sportlich. Nur im Gesicht hatten sich die Spuren eingegraben. Es hatte tiefe Furchen und die Haut war fahl. Larsson lächelte, als er den Raum betrat, und dieses Lächeln stand im Kontrast zu seiner imposanten Erscheinung: Es war zurückhaltend. Fast scheu.

„Hej", sagte er.

„Hej", antworteten Leila, Grip, Munk und Huskonen.

„Setz dich, Achatz", sagte Selander. „Casper, Grip und Jari kennst du ja bereits, zumindest vom Sehen. Und das ist Leila, unsere Jüngste – und die Frau, die Casper beim letzten Einsatz das Leben gerettet hat."

Leila Andersson hatte einen Mörder in dem Moment angeschossen, in dem dieser Munk töten wollte. Der Mann erlag später seinen Verletzungen.

Leila war Selanders Aussage unangenehm.

„Danke, Halldor", sagte sie zunächst höflich, setzte dann jedoch bestimmt hinterher: „Ich kriege aber nicht gerne ein Lob dafür, dass ich auf einen Menschen geschossen habe."

Selander überging die Bemerkung, er sagte stattdessen: „Ich bin sehr froh darüber, dass wir Achatz für uns gewinnen konnten. Er ist ein ausgezeichneter Ermittler – und was seine, sagen wir mal, umstrittene Vergangenheit angeht: Jeder hat eine zweite Chance verdient. Irgendwie sind wir bei der Polizei schließlich eine große Familie."

Munk bemerkte, dass Larsson unruhig wurde. Er hatte bei den Worten von Selander an die Decke geblickt – nicht genervt, das wäre unpassend gewesen bei seiner Einführung, aber doch distanziert. Und als Selander das mit der großen Familie sagte, hatte Munk bei Larsson sogar einen leicht spöttischen Zug um die Mundwinkel gesehen. Ich verstehe ihn, dachte Munk. Die große Familie gab es nur im Kopf von Halldor Selander. Viele Polizisten hatten sich von Larsson abgewandt, als er Probleme bekam. Sie hatten ihn gemobbt – viele aus Rache, weil Larsson zuvor auch Kollegen gegenüber nicht zimperlich gewesen war. Aber die feine Art war es trotzdem nicht gewesen. Munk ertappte sich dabei, Partei für Larsson zu ergreifen. Und er war gespannt, wie sich dieser in seiner Einführungsrede geben würde.

„Bevor ich weiter über die große Familie Polizei rede, die es nach Ansicht von Casper ohnehin nicht gibt, soll Achatz jetzt selbst etwas sagen", sagte Selander.

Munk grinste. Heute halten mir alle den Spiegel vor, dachte er: Erst Grip mit seiner Reaktion auf meine Sprachkritik, und jetzt Halldor. Ich sollte die Abteilung wechseln, hier werde ich langsam durchschaut.

Achatz Larsson stand auf, entweder aus Höflichkeit oder um seine Größe bewusst einzusetzen. Er fackelte nicht lange.

„Viele im Haus hassen mich", sagte er, „und sie haben allen Grund dazu." Nach einer kleinen Pause fuhr er fort:

„Ich freue mich, dass ich mit euch zusammenarbeiten darf. Ich werde alles dafür tun, dass ihr mich nicht hasst."

Dann setzte er sich wieder.

„Okay, Leute", sagte Selander. „Wir haben noch einen Fall zu bearbeiten. Im Grand Hôtel liegt eine Frauenleiche und in ihrem Unterleib steckt ein Spazierstock. Der Hauptverdächtige, der Schauspieler Greger Lind, ist nicht vernehmungsfähig, weil er offenbar heillos betrunken ist. Die einzige Zeugin, die wir bisher haben, die Animierdame Rose Blad, ist nach Hause gegangen. Sie hat uns den Namen eines Mannes hinterlassen, der bei den Orgien im Grand Hôtel mit dabei gewesen ist: Espen Järv. Alle anderen kannte sie nicht. Wir müssen Järv finden und wir müssen das Hotelpersonal noch einmal vernehmen, Grip hat nicht alle erwischt. Vielleicht kannte dort einer die Leute, die in Linds Suite ein- und ausgegangen sind. Macht euch an die Arbeit!"

„Du hast doch mit dem Hoteldirektor gesprochen, hat es etwas gebracht?", wollte Munk noch wissen.

„Nicht viel", erwiderte Selander. „Er sagte, dass sich ein paar Gäste über den Lärm in Greger Linds Suite beschwert hätten. Es fiel auch das Wort Prolet. Er habe die Gäste aber beruhigen können, sagte der Direktor, und er hätte eingegriffen, wenn es noch längere Zeit so laut gewesen wäre. Aber es sei ja plötzlich ganz ruhig geworden."

„Totenstill, könnte man sagen", sagte Grip.

„Witzig", warf Munk ein.

Als Grip das Gesicht verzog, hob Munk entschuldigend die Hände.

„Sorry, Grip, sorry, sorry", sagte er rasch. „Es ist mir rausgerutscht. Wirklich. Ich spendier dir ein Bier."

„Zwei", grinste Grip, „schließlich hast du mich heute zweimal verarscht."

„Aber jetzt an die Arbeit, Leute“, sagte Selander, „sucht Espen Järv und fragt die Hotelangestellten.“

Karel Straka lag auf dem Bett und starrte an die Decke. Zum dritten Mal in seinem Leben fühlte er sich hilflos. Beim ersten Mal war er 20, als dieser Otto Simanek … Straka schloss die Augen und biss die Zähne aufeinander. Die Erinnerung schmerzte. Beim zweiten Mal war es noch schlimmer gewesen, viel schlimmer. Da ging es um Menschenleben und da ging es um sein Land, um die ČSSR. Wieder biss er die Zähne aufeinander. Diesmal noch heftiger.

Seine Gedanken wanderten ins Jahr 1968. Genosse Alexander Dubček stand unter Druck. Er hatte es gewagt, die Sowjetunion zu reizen, denn er hatte sein Land liberalisiert. Dubček wollte Reisefreiheit für die Tschechen und Slowaken; er wollte kleine Unternehmen privatisieren; er wollte mehr Parteien als nur eine; er wollte Meinungsfreiheit und die Abschaffung der Zensur – und er wollte die Stalinisten aus seiner Partei hinauswerfen. Dubček war kein Kapitalist, er war ein Kommunist, aber er war ein moderner Kommunist. Er wollte einen Sozialismus mit menschlichem Antlitz, wie es so schön hieß, genauso wie er, Karel Straka. Außerdem wollte Straka reisen, er wollte die Welt sehen, und er, der Eishockey-Nationalspieler, hatte auch ein Angebot aus der amerikanischen Profiliga. Aber dann kamen die Sowjets mit ihren Panzern.

Straka schloss die Augen und dachte an Grenoble. Olympia in Grenoble. Es war im Februar 1968. Es war noch vor dem Prager Frühling, es war noch vor dem Einmarsch der Sowjets. Aber es knisterte bereits zwischen Dubček und Breschnew, dem Präsidenten der Sowjetunion. Straka und seine Mitspieler hatten deshalb nur ein Ziel:

Breschnews Eishockeyspieler bei Olympia zu besiegen. Die Sowjets hatten Millionen Eishockeyspieler, die Tschechen und Slowaken nur ein paar Tausend. Aber sie wollten sie schlagen. Für das Land. Für Dubček. Damit sie Breschnew zeigen konnten, dass sie stolz und stark waren. Und tatsächlich schlugen sie die Sowjets.

Straka sah die Bilder von Grenoble vor sich: das Spiel gegen die Sowjetunion, der Pfostenschuss von Golonka gegen die Schweden. Wäre der Puck drin gewesen, die ČSSR hätte sogar Olympiasieger werden können. So wurden es die Sowjets. Aber das war egal.

Das Schönste war die Heimreise. Straka lächelte. Sie waren mit dem Bus gefahren. Für eine Flugreise hatten sie kein Geld. Als sie auf dem Heimweg die Grenze passierten, warteten die Leute schon am Straßenrand. Sie standen dort bis nach Prag. Es war wie bei der Tour de France. Die Leute standen auf beiden Seiten der Straße, sie jubelten den Spielern zu, sie sangen, sie tanzten, sie gaben ihnen Sliwowitz zu trinken. Die Spieler waren die Könige, denn sie hatten die Sowjets geschlagen. Jawohl: geschlagen. Nicht bloß besiegt. Geschlagen! Es war ein 160 Kilometer langer Triumphzug von der Grenze bis nach Prag. So etwas hatten sie noch nie erlebt. Und das Beste war für ihn, Straka, dass die Leute politische Parolen riefen, dass sie den Freigeist Dubček hochleben ließen, dass sie die Sowjets kritisierten. Hatte er gerade kritisieren gedacht? Das war viel zu schwach: Zum Teufel wünschten sie Breschnew! Aber es blieb alles friedlich.

Straka ballte die Faust. Die Gewalt ging von den Sowjets aus. Immer. Da war er sich sicher. Selbst als die Fenster bei Aeroflot, der sowjetischen Fluglinie, eingeschlagen wurden, waren es nicht Tschechen oder Slowaken. Es waren Sowjets, und es sollte den Tschechen und Slowaken in die Schuhe geschoben werden. Es gab Verhaftungen und Verhöre. Auch er, Straka, wurde vernommen, weil die Sowjets wussten, dass die Eishockeyspieler auf Dubčeks Seite standen.

Dann dachte Karel Straka an den 21. August 1968. Er würde diesen Tag nie vergessen, solange er lebte. An diesem Tag besetzten die Truppen des Warschauer Pakts das ganze Land. Sie ahnten so etwas seit Monaten, auch schon in Grenoble. Aber sollten sie deshalb devot sein? Nein, sie waren stolz, sie liebten Dubček und sie liebten seine Politik. Alles andere war ihnen egal.

Er, Straka, erlebte den Einmarsch in seiner Heimatstadt Bratislava, er sah, wie die Panzer über die Donaubrücke rollten. Es gab Eishockeyspieler, die sofort in den Westen flüchteten, aber er blieb, weil er unerschrocken war und weil er sein Land liebte. Und er war schließlich Teil der slowakischen nationalen Bewegung, die frei sein wollte. Straka hatte die Panzer noch vor Augen, sie trugen ein weißes Kreuz. Die Sowjets besetzten die Behörden und dann schalteten sie das Telefonnetz ab, um die Bevölkerung zu isolieren und den Aufständischen die Kommunikation zu erschweren. Er, Straka, tauchte einige Tage unter, versteckte sich im Kohlenkeller eines Freundes. Aber er wurde verraten und die Sowjets schlugen ihn zusammen. Dann wurde er stundenlang verhört. Aber er hatte nie Angst um sein Leben, denn das wagten sie nicht, die Sowjets: Karel Straka zu töten, den Helden von Slovan Bratislava, den Helden der Nationalmannschaft, einen der besten Verteidiger der Welt. Es hätte einen Aufstand gegeben und danach ein Blutbad. Davor schreckten die Sowjets zurück. Nein, Straka bangte damals nicht um sein Leben, aber er bangte um sein Land, das die Sowjets unterworfen hatten. Er fühlte sich hilflos. Er war ein Eishockeyspieler, er konnte vieles bewegen mit seiner Mannschaft, ihre Siege gegen die Sowjets taten der Seele der Tschechen und Slowaken gut. Aber es blieben Symbole. Die Politik war hart, und Breschnew war erbarmungslos.

Karel Straka wälzte sich zur Seite. Er schloss die Augen. Wie er diese Hilflosigkeit hasste! Sie machte ihm psychisch zu schaffen. Es war, als legte sie ihm Ketten an, er atmete schwer, das Herz raste und er hatte Angst zu ersticken. Der Schweiß, der sich auf seiner Stirn bildete, war kalt. Straka drehte sich wieder auf den Rücken und starrte an die Decke. Er dachte an Jiri.

Drei Stunden später trafen sich die Ermittler wieder im Polizeipräsidium auf Kungsholmen. Sie waren mit leeren Händen zurückgekehrt. Das Hotelpersonal konnte lediglich davon berichten, dass eine Orgie im Gang gewesen sei. „Sehr untypisch" sei das für das Grand Hôtel, hatte ein älterer Portier gesagt. Er verzog dabei das Gesicht, man sah, dass er Greger Lind und seine Entourage verachtete. Aber keiner der Angestellten, kein Portier, keine Zimmerdame, kein Liftboy hatte etwas von dem Mord bemerkt. Wie auch? Wenn es tatsächlich so gewesen war, wie Rose Blad es beschrieben hatte – dass Lind die Frau erdrückt und ihr den Stock in den Unterleib gestoßen hatte, bevor er ins Alkohol-Delirium fiel –, dann war das Ganze in den Räumen der Suite passiert. Die Hotelangestellten hatten davon also nichts mitbekommen. Gut, sie hätten sehen können, wie Rose Blad weggeschafft worden war. Hatten sie aber nicht. Hatten sie wenigstens Geräusche aus der Suite gehört, neben der Musik, neben der Lärmerei der Leute? Geräusche, die etwas mit dem Mord zu tun haben konnten? Nein, auch das nicht. Und kannten sie die Leute, die dort aus- und eingingen? Die Schauspieler? Die Revue-Girls?

„Falls es tatsächlich Schauspieler waren, dann waren es wohl drittklassige, die kein Mensch kennt", hatte der ältere Portier indigniert gesagt. Keiner konnte also Angaben zu den Leuten machen, die an der Orgie teilgenommen hatten. Keiner konnte helfen.

Blieb Espen Järv.

„Ich habe auf allen verfügbaren Kanälen versucht, ihn zu erreichen", sagte Leila Andersson. „Er geht nicht ans Telefon, er ist nicht zu Hause, er antwortet auf keine Mail."

„War seine Frau oder Freundin daheim zu erreichen?", fragte Selander.

„Er lebt alleine in einem teuren Apartment auf

Östermalm“, erwiderte Leila. „Die Nachbarn sagen, sie hätten ihn seit Tagen nicht gesehen.“

„Und sein Büro? Er ist doch Agent?“

„Es ist nach Büroschluss. Ich habe trotzdem seine Sekretärin erreicht. Sie weiß aber auch nicht, wo er steckt. Niemand weiß es.“

„Hat er auch etwas mit dem Mord zu tun und ist deshalb geflohen?“, fragte Selander. „Vielleicht war er der Komplize, der Rose zum Essingeleden gebracht hat.“

„Rose Blad hat ihn nicht belastet“, sagte Munk.

„Sie war bewusstlos, sie hat es nicht mitgekriegt“, erwiderte Selander.

Keiner sagte etwas.

„Wir müssen Lind vernehmen“, bemerkte schließlich Munk. „Wie geht es ihm?“

„Unverändert“, entgegnete Selander. „Der Arzt befürchtet sogar, er habe eine Alkoholvergiftung. Er wird versorgt, vor morgen früh können wir nicht mit ihm reden.“

Es klopfte an der Tür.

„Ja?“, rief Selander.

Ein großer, kräftiger Mann um die 50 schaute durch die Tür herein.

„Ach ja, Jonas, komm rein“, sagte Selander. „Ich hatte dich fast vergessen. Das ist Jonas Holm, manche kennen ihn ja, er arbeitet bei der Sitte. Ich hatte ihn gebeten, uns etwas zur Situation der Prostituierten in Schweden zu erzählen. Schließlich handelt es sich ja um den Tod einer, nun ja: Animierdame.“

Holm setzte sich neben Selander.

„Wie ihr wisst, ist der Kauf sexueller Dienstleistungen seit 1999 in Schweden verboten“, begann er. „Freier machen sich also strafbar, Prostituierte nicht.“

„Ich kann mich nicht mehr daran erinnern, wie die

Politiker damals das Verbot begründet haben", sagte Munk.

„Sie sagten, Prostitution verstoße gegen die Menschenwürde", antwortete Holm. „Der Kauf von Sex stelle ein – ich zitiere aus dem Gesetzentwurf – nicht zu tolerierendes Machtverhältnis dar. Ich denke auch, dass viele Schweden die Prostitution deshalb instinktiv ablehnen – und das Verbot sozusagen der Ausdruck von Moral in unserer Gesellschaft ist."

„Aber wie sind die Fakten, wie sieht die Realität aus?", fragte Munk. „Hat es wirklich was gebracht?"

„Natürlich gibt es weiter Prostitution, aber die Nachfrage hat sich verringert", antwortete Holm. „Es gibt kaum noch Straßenprostitution, weil das für die Polizei leicht zu überwachen wäre. Die Sexkäufe finden jetzt mehr im Verborgenen statt. Es läuft viel übers Internet und über Zuhälter. Die Frauen können kaum noch wählerisch sein, weil es weniger Freier gibt. Für Zwangsprostitution und organisierten Menschenhandel ist Schweden unattraktiver geworden. Die Menschenhändler weichen allerdings in Länder mit liberaleren Gesetzen aus. Das Problem ist also nur verlagert."

„In Deutschland gibt es doch zum Beispiel eine sehr liberale Gesetzgebung", sagte Munk. „Prostituierte sind gemeldet, zahlen Steuern, sind im Sozialversicherungssystem. Wie sieht es da aus?"

„Nicht so gut", erwiderte Holm. „Vieles existiert nur auf dem Papier. Viele Prostituierte sind weiter außerhalb der Sozialsysteme. Die Situation dort hat sich trotz der liberalen Gesetzgebung kaum verbessert. Eine Patentlösung gibt es nicht."

„Zurück nach Schweden", mahnte Selander. „Kannst du uns bitte noch einmal detaillierter berichten, wie es mit der Prostitution hier aussieht – und welche Strafen Freier bekommen?"

Holm setzte sich aufrecht hin.

„Also, Freier bekommen – je nach Einkommen – eine Geldstrafe von etwa 1000 Euro oder müssen bis zu sechs Monate ins Gefängnis. Prostituierte werden nicht belangt. Als das Gesetz das Parlament passierte, verschwand – wie ich euch schon sagte – die Straßenprostitution und das Gewerbe ging in den Untergrund. Viele Prostituierte haben sich in Wohnungen zurückgezogen. Sie suchen Kontakt im Internet, sitzen am Telefon, versuchen, sich einen festen Kundenstamm aufzubauen. Anzeigen in Zeitschriften zu schalten, ist nicht mehr erlaubt, wird aber weiterhin gemacht. Bisher hat die Polizei nichts dagegen unternommen. Die Prostituierten empfangen ihre Freier zu Hause oder im Hotel. Oft organisieren auch Zuhälter die Wohnungen und die Kontakte und kassieren dabei ab. Die Zuhälter arbeiten mit Menschenhändlern zusammen, mit Schleusern, die Prostituierte aus Russland, Rumänien, Estland, Lettland oder Litauen nach Schweden bringen. Das ist aber, wie ich ebenfalls schon sagte, zurückgegangen."

Sein Vortrag klang, als hätte er ihn schon öfter gehalten.

„Die Menschenhändler zwingen nicht nur Frauen zur Prostitution, sondern auch Männer", fuhr Holm fort. „Sie werden nach Schweden verschleppt und zur Arbeit in der Stricherszene gezwungen."

„Das tut nichts zur Sache", sagte Selander. „Wir haben hier keinen toten Mann, sondern eine tote Frau."

Holm schwieg.

„Ich glaube in diesem Fall ohnehin nicht an die Beteiligung von Menschenhändlern", sagte Munk. „Jackie und Rose sind Schwedinnen. Menschenhändler sind eher für die Zwangsprostitution zuständig, für Frauen und Männer, die vor allem aus dem Osten Europas kommen."

Es entstand ein Moment der Stille. Jonas Holm blickte Selander an. Der nickte. Holm verabschiedete sich und Selander löste die Besprechung auf.

„Es ist spät", sagte er. „Wir treffen uns morgen früh um 9 Uhr wieder hier. Casper …"

„Alles klar, ich breche meinen Urlaub ab", sagte Munk.

„Danke", erwiderte Selander.

Munk ging in sein Büro. Er setzte sich auf seinen Stuhl und recherchierte im Internet – über das Verbot für Freier in Schweden, über Zwangsprostitution und Menschenhandel. Dann schloss er die Augen und dachte nach. Warum sollte Greger Lind eine Animierdame umbringen? Hatte er sich tatsächlich in sie verliebt? Und war er durchgedreht, weil sie ihn abgewiesen hatte? Weil sie ihn schon seit Jahren abgewiesen hatte? Aber warum sollte er es jetzt tun? Wo er doch den großen Erfolg schon in Aussicht hatte. Wieso sollte er seine Karriere zerstören? Munk wusste nicht viel über Greger Lind, manchmal sah er dessen Gesicht, wenn er zu Hause durch die Programme zappte. Kein großer, aber ein mächtiger Mann, lustig, handfest, manchmal mit einem recht schmutzigen Humor. Das passte zu den Animierdamen, dachte Munk. Und jetzt sollte Greger Lind also vor seinem absoluten Durchbruch stehen. Er hatte den Vertrag mit der Svensk Filmindustri im Grand Hôtel gefeiert. Lind hatte irgendeine Hauptrolle bekommen. Rose hatte das gesagt.

Welche Hauptrolle? Wir hätten uns längst darum kümmern sollen anstatt hundert Mal das Hotelpersonal zu verhören, fluchte Munk leise. Er suchte im Internet. Es war mittlerweile 22 Uhr. Er las die Online-Seiten der Tageszeitungen. Sie wussten noch nichts von der Toten im Grand Hôtel. Erstaunlich. Keiner hatte geplaudert. Auch niemand vom Hotelpersonal. Noch nicht. Morgen würde es anders aussehen.

Aber sie schrieben trotzdem über Greger Lind.

„Wie heute durchgesickert ist“, hieß es auf einem Online-Portal, „wird Greger Lind bei der Verfilmung der Palme-Biografie die Hauptrolle bekommen – er soll Olof Palme spielen.“

Munk ließ sich nach hinten auf den Stuhl fallen. Lind sollte Palme spielen? Er hatte von der Verfilmung gehört, es gab ja genug Stoff dafür. Im Februar 1986 war Schwedens Regierungschef nach einem Kinobesuch auf offener Straße erschossen worden. Der Täter war bis heute nicht gefunden worden. Palme war berühmt, er war der größte schwedische Politiker der Nachkriegszeit gewesen; einer, der in der ganzen Welt wahrgenommen wurde, weil er sich für Minderheiten einsetzte, für Afrika, für die Palästinenser. Palme war mit dem Deutschen Willy Brandt und dem Österreicher Bruno Kreisky befreundet gewesen, die siebziger Jahre waren die Hochzeit der Sozialdemokraten und Sozialisten in Europa gewesen.

Heute hatte keiner mehr Respekt vor den schwedischen Politikern, dachte Munk. In der globalen Welt wurden sie nicht mehr wahrgenommen, und wenn man sich in Schweden mit ihnen beschäftigte, dann weckten die Satiresendungen die größte Aufmerksamkeit. Die Politiker waren dann ein tölpelhafter Haufen wie Wickie und die starken Männer. Die Karikatur einer Kabinettssitzung ging ihm durch den Kopf: Einige Minister lungerten um ihren Regierungschef herum und einer fragte zaghaft: „Hej Chef, schreibt man Sozialsystem mit ü oder mit ue?“ Der Chef, er schaute aus wie Halvar von Flake mit Anzug, hatte keine Ahnung, und als er sah, dass seine Leute merkten, dass er keine Ahnung hatte, wurde er wütend und schrie: „Wir schaffen das Sozialsystem ab."

Das hätte man sich bei Palme nicht getraut. Palme hatte Format. Er hatte Persönlichkeit. Ausgerechnet dieser Lind sollte Palme spielen?

Munk las weiter: „Es ist eine Überraschung, dass Greger Lind die Rolle bekommen hat", hieß es in dem Online-Artikel. „Lind spielte bisher nur in Soaps und in seichten Liebesfilmen mit. Der Regisseur des Palme-Films, Gösta Sundblad, ist dennoch überzeugt, die richtige Wahl getroffen zu haben. Lind sei ein herausragender Schauspieler, der seine Kunst jetzt im ernsten Fach zeigen könne."

Aber sah Lind Palme ähnlich? Die nach hinten gekämmten, blonden Haare – ja, das würde passen. Auch die markante Nase, die helle Haut. Aber Lind wog gut und gern 40 Kilo mehr als Palme, schätzte Munk. Er las weiter: „Greger Lind versprach, für die Rolle mehr als 30 Kilo abzunehmen", stand im Netz. „Er will dazu eigens einen Fitnesstrainer und einen Diätberater engagieren."

Casper Munk lehnte sich wieder nach hinten und schloss die Augen. Lind wäre mit dieser Rolle in Schweden berühmt geworden, dachte Munk. Jetzt wird er es auch ohne den Film … er dürfte der erste Prominente sein, der verdächtigt wird, eine Frau erdrückt zu haben. Die Boulevardblätter werden den dicken Mann schlachten, auch wenn er unschuldig sein sollte. Die Gewieften werden von „erdrückenden Beweisen" schreiben, die Platten werden sich im Tierreich bedienen, bei den dicken Vertretern: Lind wird ein Schwein sein, ein Nilpferd, das alles platt walzt. Munk verachtete die bunten Blätter. Er drehte sich mit dem Stuhl um und blickte aus dem Fenster. Draußen konnte er den Mälarsee sehen, der sich in die Stadt hineinschob. Die Sonne ging gerade unter, drüben, am anderen Ufer, konnte er Mariaberget erblicken und dahinter war Södermalm, der Stadtteil, in dem Luna wohnte. Er beschloss, zu Luna zu fahren. Und morgen, dachte Munk, müssen wir das Umfeld der Toten checken. Wer war sie, wie lebte sie? Das, was Rose Blad ihnen gesagt hatte, reichte nicht. Natürlich nicht.

Als Munk seine Lederjacke packte und sein Büro verließ, traf er im Flur auf Leila Andersson. Munk lächelte. Er freute sich, Leila noch zu sehen. Er hatte vermutet, sie wäre längst nach Hause gefahren. Wahrscheinlich hatte sie auch noch über den Fall nachgedacht. Munk lächelte, aber er war auch etwas verlegen. Er hatte immer noch ein schlechtes Gewissen, weil er nach der Trennung von seiner Frau eine kurze Affäre mit Leila gehabt hatte, wobei sie sich wohl mehr erhofft hatte. Er war damals sogar mit ihr nach Gotland gefahren, wo sie herkam, hatte dort ihre wunderbare Großmutter, bei der sie wegen der Alkoholsucht der Mutter und der Depressionen des Vaters aufgewachsen war, kennengelernt – und sich dann bald und wortkarg von dieser Affäre verabschiedet. Munk schämte sich dafür.

„Wie geht es deinem Großvater, Leila?“, fragte Munk.

Casper Munk hatte auch Jan Andersson kennengelernt, als er auf Gotland gewesen war. Opa Andersson war dement, er hatte Munk damals vorgeworfen, er würde seinen Goldschatz rauben wollen.

„Den Umständen entsprechend, es wird nicht mehr besser“, antwortete Leila. Sie wirkte nicht verlegen. Offenbar hatte sie das Ganze längst verarbeitet.

„Meine Oma tut ihr Bestes, damit es ihm gut geht.“

„Da bin ich mir sicher“, sagte Munk. Er hatte die alte Dame sehr gemocht. Signe Andersson war eine intelligente Frau mit sehr viel Gefühl. Nein, sie war nicht nur intelligent, sie war klug, dachte Munk.

„Weißt du, was sie momentan macht, damit es meinem

Opa gut geht?", fragte Leila und lachte.

„Erzähl."

„Mein Opa hatte in den 1930er-Jahren einen Kurs auf den Ålandinseln belegt, irgendwas Landwirtschaftliches. Er ist ja nie länger von Gotland weg gewesen, wegen unserer Landwirtschaft. Aber damals hatten ja noch meine Urgroßeltern den Bauernhof, und sie schickten ihren Sohn zur Fortbildung auf die Ålandinseln. Er lernte Baumschneiden, säen, ernten, solche Sachen. Er war dort fast einen ganzen Sommer lang. Mein Opa hat später immer von dieser Zeit geschwärmt, es muss ein herrlicher Sommer für ihn gewesen sein. Jedenfalls glaubt er momentan sehr oft, er sei 15 und lebe auf den Ålandinseln. Anfangs hat meine Oma nur gelächelt und versucht, ihm das auszureden. Aber nur kurz. Sie hat gemerkt, dass es ihm guttut, wenn man ihm seinen Glauben lässt. Und stell dir vor: Vor drei Wochen ist meine Großmutter auf die Ålandinseln gefahren und hat Namen gesammelt."

„Namen gesammelt?"

„Ja, sie ist dort in Mariehamn umhergelaufen und hat nach alten Geschäften gesucht, die es schon in den 1930er-Jahren gegeben hat. Und sie hat alte Leute nach Namen von Menschen gefragt, die damals gelebt haben. Sie war sogar im Geburtenregister der Pfarrei. Sie hat Namen gesammelt und die Namen dann immer mal wieder fallen lassen, als sie wieder zu Hause bei Opa war. Ich bin nicht gerne pathetisch, Casper, das weißt du, aber die Augen von meinem Großvater haben geleuchtet."

„Schön."

„Aber das war nicht alles", fuhr Leila fort. „Meine Oma hat ein paar Leute aus der Nachbarschaft und Freunde zusammengetrommelt und sie haben ein Fest gefeiert und jeder der Nachbarn und Freunde hatte den Namen eines

Åländers – und mittendrin saß mein Großvater und dachte, er sei 15 und feiere mit seinen Freunden von vor mehr als 70 Jahren."

„Hat er gar nichts gemerkt?"

„Ich glaube nicht. Seine wachen Momente sind sehr selten. Unser Arzt hat gesagt, er habe sich bereitwillig in diese Zeit fallen lassen, sein Gehirn lässt da offenbar keine Zweifel mehr zu."

„Aber findest du das mit der Feier …"

„… moralisch verwerflich oder so?"

„Ja. Verarscht man ihn da nicht?", fragte Munk.

„Einige Freunde hatten diese Bedenken auch. Ich habe sie nicht. Es geht ihm gut dabei. Das ist das Wichtigste. Fertig. Aus. Meine Oma sieht das genauso."

Munk stand einen Moment unschlüssig im Flur.

„Leila …", sagte er dann.

„Ist schon gut, Casper", antwortete sie. „Ich meine das wirklich so: Ist schon gut. Zwischen uns ist alles wie vorher."

„Gut", erwiderte Munk.

„Wir sehen uns morgen", sagte Leila und verschwand in ihrem Büro.

„Ja, bis morgen", antwortete Munk. Er schlüpfte in seine Lederjacke, verließ das Polizeipräsidium und nahm die U-Bahn zum Medborgarpladsen auf Södermalm.

Gegen 23 Uhr klingelte er an Luna Nordins Tür. Sie war wie immer um diese Zeit: frisch, gut gelaunt und kommunikativ. Sie war eine Eule wie er, Casper Munk. Eulen werden in der Nacht aktiv.

„Trinken wir hier ein Glas oder gehen wir ins Kranich?", fragte Luna. Das Kranich war ein Restaurant in der Folkungagatan, nur wenige Schritte von Lunas Wohnung entfernt. Das Kranich hatte die besten Köttbullar der Stadt – und die größten. Munk dachte an die Köttbullar und schaute unwillkürlich an sich herab, sein Blick blieb in der Höhe des Bauchnabels hängen.

„Du bist nicht zu dick, Casper", sagte Luna und lachte.

„Aber ich habe gut 90 Kilo."

„Du hast eben schwere Knochen. Oder deine Seele ist ziemlich schwer. Hast du gewusst, dass man in dem Moment, in dem man stirbt, sofort 21 Gramm leichter ist? Das muss das Gewicht der Seele sein, die deinen Körper verlässt. Vielleicht wiegt deine Seele sieben Kilo, weil du oft so schwer-mütig bist." Sie betonte das schwer.

„Sehr witzig."

„Das war wirklich witzig, gib's zu!"

Munk gab es zu: dass der Witz gut war und dass er oft schwermütig war. Wobei das mit der Schwermut besser geworden war. Vor Kurzem war er in der Midlife-Crisis gewesen. Noch dazu hatte ihn seine langjährige Ehefrau Nila verlassen. Nila Munk, eine Ärztin, hatte gesagt, sie könne sich an seiner Seite nicht entwickeln; „verwirklichen" hatte sie sogar gesagt. Sie müsse mal raus. Sie war dann in eine Tierklinik nach Afrika gegangen. Das Letzte, was Casper Munk von ihr gehört hatte, war seiner Erinnerung nach, dass sie auf dieser Tierfarm siamesische Giraffen trennte, die am Hals zusammengewachsen waren. Vielleicht hatte er sich aber auch verhört.

Aber die Trennung, also jene von Nila, war jetzt mehr als ein Jahr her. Es hieß ja immer, dass man in Krisen wachsen könne. Bei Casper Munk traf das zu: Er war erwachsener geworden, gleichzeitig hatte er sich seine Jugendlichkeit bewahrt, was den Humor anging. Anders hätte er auch gar nicht mit jemandem wie Luna Nordin befreundet sein können.

„Was ist jetzt?“, durchbrach Luna seine Gedanken. „Du stehst immer noch vor meiner Tür. Wollen wir hier ein Picknick machen, kommst du rein, spielen wir Schach oder gehen wir ins Kranich – zu den Köttbullar?“

„Wie gehen zu den Köttbullar“, erwiderte Munk.

Luna drehte sich um, nahm ihre Jeansjacke vom Haken in der Garderobe, schlüpfte hinein, zog die Tür hinter sich zu und stapfte zusammen mit Munk die Treppen hinab. Sie überquerten die Götgatan und standen wenige Minuten später vor dem Kranich in der Folkungagatan. Obwohl es schon nach 23 Uhr war, saßen viele Leute in der Kneipe. Munk bestellte Köttbullar und ein Bier, Luna einen Rotwein.

„Wollen wir über deine Arbeit reden oder über Lovisa?“, fragte sie ohne Umschweife.

„Wie wär's, wenn wir zur Abwechslung mal über dich reden?“, erwiderte Munk.

„Es geht mir gut“, sagte Luna, „ich habe nämlich heute zwei Entscheidungen getroffen.“

„Erstens?“

„Ich habe beschlossen, dass ich aufhöre, als Psychologin zu arbeiten. Es ermüdet mich.“

Luna Nordin hatte halbtags als Coach gearbeitet. Sie war sehr erfolgreich. Und es gab Klienten, die sie heiraten wollten. Einmal hatte ein Mann sogar vor ihrer Wohnung übernachtet, weil sie nicht geöffnet hatte. Als sie morgens vor die Tür trat, überreichte er ihr einen Strauß mit 100 Rosen. Er trug ein T-Shirt mit der Aufschrift: „Wer Katastrophen mag, wird mich lieben. Der Rest geht bitte einfach weiter.“ Luna lachte – und ging an dem Mann vorbei auf die Straße.

„Warum ermüdet dich deine Arbeit?“, fragte Munk.

„Ich mache das jetzt fast zehn Jahre, es hat mich lange Zeit gereizt, weil ich glaubte, dass ich den Menschen helfen kann. Vielleicht hat das auch geklappt, manchmal. Aber jetzt habe ich keine Lust mehr, mich um das Leben der anderen zu kümmern. Ich will mich um mein Leben kümmern. Ich will etwas Neues ausprobieren."

„Was?"

„Das sage ich dir beim nächsten Mal", meinte Luna. „Jetzt reden wir über dich: Ich habe gehört, ihr habt einen neuen Fall – es kam vorhin im Radio! Greger Lind soll eine Frau getötet haben."

„Jetzt ist es also doch raus."

„Ja, ich bin dann auch ins Internet gegangen – auf den Homepages der Zeitungen läuft es als Eilmeldung."

„Du kanntest Greger Lind?"

„Casper, Lind hat zwar bisher meistens in zweit- oder drittklassigen Serien mitgespielt, aber er ist ein herausragender Schauspieler. Der macht selbst aus den schlechtesten Drehbüchern noch ein Ereignis. Ich habe ihn mal in einer Soap gesehen, in der diese Groschenroman-Sprache verwendet wurde, als es um eine Liebesszene ging, du weißt schon …"

„Uuuulriiiiiika, willst du meine Briefmarkensammlung sehen?"

„Ja, so ein Zeug, oder noch schlimmer: Nachdem sie sich die Kleider vom Leib gerissen hatten, sah Sören ihre langen Beine und vollen Brüste und dachte: Oh, mein Gooootts!"

„Und als sie sich zum ersten Mal berührten, war es wie ein Blitz. Beide dachten, das sei Magie, das müsse die große Liebe sein."

Munk und Luna lachten.

Dann fuhr Luna fort: „Schau dir mal was von Greger

Lind an und du wirst sehen: Der setzt die Mimik ein, wenn er sie braucht, und wenn er sie nicht braucht, spricht sein Gesicht für ihn. Der Typ ist grandios. Er füllt den Raum – ich meine damit nicht im wörtlichen Sinne einen Raum, ein Zimmer also, sondern ich meine den Raum, den eine Szene dem Schauspieler zur Verfügung stellt. Du weißt, was ich meine?“

Munk nickte und blickte in sein Glas Bier. Ja, er musste sich schlau machen, was für ein Typ dieser Lind gewesen war. Ob er den Vertrag, den er bekommen hatte, wirklich verdiente. Wer ihn protegierte. Wer ihm den Aufstieg neidete. Reine Polizeiarbeit. Er würde morgen damit beginnen. Ganz früh. Heute nicht mehr.

Luna schien seine Gedanken erraten zu haben.

„Warum sitzt du eigentlich nicht im Polizeipräsidium und recherchierst, was für ein Typ dieser Lind war?“, fragte sie. „Und wer die Frau gewesen ist, die er getötet haben soll?“

„Es gibt drei Gründe dafür. Erstens: Leila war noch im Präsidium – ich glaube, sie macht das. Zweitens: Ich habe mein Tempo zurückgeschraubt, ich muss nicht immer der Erste sein. Und drittens: Ich recherchiere hier.“

„Bitte?“

„Es geht mir um die tote Frau und …“

„Und?“

„Na ja, eigentlich geht es mir um weibliche Sexualität“, fuhr Munk fort. „Als ich zu dir gefahren bin, habe ich darüber nachgedacht, welche Frauen mir heute begegnet sind. Am Mittag bin ich von Lovisa weggefahren – sie hat mir zuvor gesagt, dass sie derzeit mehr auf Frauen steht und nicht auf Männer. Es hätte momentan keinen Zweck mit uns beiden …“

„Oje.“

„Das ist kein Problem für mich."

„Gut!"

„Also, erst die Sache mit Lovisa. Und dann traf ich eine Frau, unsere Zeugin, die eine Animierdame ist oder eine Prostituierte, wie du willst. Und dann ist eine andere Frau getötet worden, sie arbeitete wohl als eine Art Edelnutte. Drei Frauen, die nicht nach den konventionellen Regeln leben – eine Bisexuelle und zwei Animierdamen, die zum Teil gegen Geld Sex haben. Wobei ich beides natürlich nicht vergleichen will. Ich recherchiere jetzt bei dir, einer Frau, zum Teil privat und zum Teil beruflich. Kannst du mir Lovisas Bisexualität erklären und kannst du mir Frauen erklären, die gegen Geld Sex haben?"

Luna guckte erst erstaunt, dann lachte sie so laut und heftig, dass es sie schüttelte. Sie kippte nach hinten und schlug mit dem Kopf gegen den Holzpfeiler, der sich hinter ihrem Stuhl befand. Für einen Moment war sie still, dann sagte sie „hoppla" und fing wieder zu lachen an.

Schließlich sagte sie: „Casper, du hörst dich an, als wärst du 15 und ich wäre deine Mutter, die dich aufklären muss. Du weißt, was Bisexualität ist, und du weißt, dass es Nutten gibt, die …"

„Moment, Luna. Ich bin ein Mann, ich bin heterosexuell und ich bewege mich gewöhnlich in der Wertewelt unserer Gesellschaft. Mein Wissen ist theoretisch."

„Meines auch, was Bisexualität und bezahlten Sex angeht."

„Aber du bist eine Frau – und ich frage dich nach Frauen. Und du bist klug genug, meine Fragen differenziert zu betrachten. Lass uns von vorne beginnen und über die Sexualität der Frau reden."

„Bitte", sagte Luna, lächelte und rieb sich den Kopf.

„Wir sind hier zwar in Schweden, einem Land, in dem

die sexuelle Emanzipation der Frau sehr weit fortgeschritten ist“, sagte Munk, „aber dennoch sind sie eher als Männer dazu erzogen, ihre Lust zu verleugnen.“

„Na ja.“

„Schau dir nur die Debatte um die Prostitution in Schweden an. Da gab es doch Gegner des Verbots, die sagten, man brauche Prostituierte, damit die Männer ihre Sehnsüchte und ihren Trieb befriedigen könnten; ansonsten könne es zu Übergriffen gegen Frauen kommen. Von der Lust der Frauen, die nicht zu Prostituierten gehen können – sieht man von ein paar Callboys ab –, war nie die Rede. Haben die Frauen weniger Lust, sind sie weniger triebstark? Sind sie in monogamen Beziehungen eher zufrieden als Männer? Ich glaube nicht. Und was ist mit weiblichen Prostituierten – ich meine die, die es freiwillig machen? Sind sie abnormal?“

Luna setzte sich gerade hin. Sie war nun ernst und hörte aufmerksam zu, Munk hatte ihr Interesse geweckt.

„Ich glaube, ich weiß, was du meinst“, sagte sie dann. „Und ich bin natürlich der Ansicht, dass Frauen genauso abenteuerlustig sind wie Männer, wenn man das so nennen will.“

„Ich habe vorhin noch kurz im Internet recherchiert“, fuhr Munk fort. „Ich fand einige Studien zur weiblichen Sexualität, die mit dem Klischee aufräumen, dass der Mann zur Vielweiberei und die Frau zur sexuellen Treue geboren sei. Zwischen dem, was Frauen fühlen, und dem, was sie sich erlauben, sei demnach ein großer Unterschied.“

„Und Lovisa und die Animierdamen erlauben sich was?“, fragte Luna.

„Ja. Aber ich meinte generell alle Frauen – auch welche, die nicht bisexuell sind, und welche, die keine Animierdamen sind.“

„Was stand in den Studien noch?“

„Ich konnte mir nicht alles merken“, erwiderte Munk, „aber es gab ein anschauliches Beispiel, das ich nicht vergessen habe: Versuchspersonen wurde ein Sensor in die Vagina eingeführt und damit gemessen, wie viel Feuchtigkeit produziert wurde, also wie erregt die Frauen sind. Dann hat man ihnen Pornos gezeigt, ganz verschiedene: Männer hatten Sex mit Frauen, Frauen mit Frauen, Männer mit Männern, sogar Affen mit Affen. Oder Gruppensex.“

„Und?“

„Alles erregte die Frauen!“, sagte Munk.

„Auch der Affensex?“

Luna lachte, aber diesmal ließ sie sich nicht nach hinten fallen.

„Auch der Affensex“, antwortete Munk.

„Mich würde der nicht erregen, alles andere vielleicht schon.“

„Selbst bei gewaltsam herbeigeführtem Sex erregten sich die Testpersonen.“

„Hmmmh, hat man ein ähnliches Experiment auch bei Männern gemacht?“, fragte Luna.

„Ja“, erwiderte Munk, „und die meisten, sofern sie heterosexuell waren, reagierten nur bei einer Art von Porno …“

„… bei dem mit den Affen?“

Munk lachte.

„Nein, wenn eine Frau mit einem Mann Sex hatte“, sagte er dann.

„Wie eindimensional die Hetero-Männer sind!“

„Ist wohl so.“

„Aber noch einmal zurück zu unserer Erziehung“, sagte Luna, „das ist ein wichtiger Punkt. Frauen werden also eher dazu erzogen, sich nicht auszuleben?“

„Ja. Vereinfacht gesagt ist es so: Ein junger Mann, der viele Affären hat, ist ein toller Kerl. Eine junge Frau, die viele Affären hat, ist eine Schlampe.“

„Na ja.“

„V-E-R-E-I-N-F-A-C-H-T gesagt! Aber es stimmt schon irgendwie. Und es gibt doch die Theorie der Evolutionsforscher: Der Mann, dieser Jäger und Sammler, kann so viele Kinder zeugen, wie er will und ist deshalb promisk. Die Frau kann nur wenige Kinder bekommen, ist wählerisch und wünscht sich einen Beschützer für ihr Nest.“

„Mir ist das Ganze etwas zu platt“, sagte Luna. „Aber dreh das Ganze doch mal um, Casper: Wie sehr wünschen sich Lovisa und die Animierdamen, obwohl sie sich ausleben, ein normales Leben – eines, das den Werten der Gesellschaft entspricht? Diese Frage ist vielleicht wichtig für dein Privatleben mit Lovisa und für deinen Fall. Wo ist das bürgerliche Leben der Animierdamen?“

„Wir müssen nach dem bürgerlichen Leben der Animierdamen suchen", sagte Casper Munk am nächsten Morgen um 9 Uhr, als er die Sitzung im Polizeipräsidium eröffnete. Außer ihm waren noch im Raum: Hauptkommissar Halldor Selander, Leila Andersson, Grip, Achatz Larsson und der Kriminaltechniker Jari Huskonen.

„Wie meinst du das, Casper?", fragte Selander.

„Vielleicht kann ich die Diskussion abkürzen, Halldor", sagte Leila Andersson.

Alle blickten zu ihr.

„Ich habe heute Nacht noch weiter recherchiert und heute Morgen einige Leute angerufen", begann sie, „und heraus kam: eine Überraschung. Die Tote hatte ein Doppelleben."

Die Ermittler sahen sich gegenseitig an.

„Was heißt das?", fragte Selander.

„Jackie heißt eigentlich Annebritt Södergren und ist die Ehefrau des Anwalts Agustin Södergren."

Ein bürgerliches Leben, dachte Munk. Luna hatte mal wieder den richtigen Riecher.

„Agustin Södergren ist nicht irgendein Anwalt", fuhr Leila fort. „Er ist auf Wirtschaftsdelikte spezialisiert und verteidigt die ganz Großen, wenn etwas nicht ganz koscher gelaufen ist: Kamprad oder Wallenberg."

„Nicht schlecht", rief Grip dazwischen. „Das ist erste Liga."

„Und Södergren hat damit ein Motiv: seinen guten Ruf. Was würde die High Society sagen, wenn herauskäme, dass sich seine Frau für Geld mit einem fetten Schauspieler abgibt?", sagte Leila.

„Das kommt jetzt aber auch heraus", wandte Munk ein. „Die Boulevardblätter werden dafür sorgen."

„Greger Lind ist trotzdem nicht mehr der einzige

Verdächtige – auch wenn er von Rose Blad schwer belastet wird", fasste Selander zusammen. „Casper, du und Leila, ihr fahrt zu Agustin Södergren."

„Leila, wo ist seine Kanzlei?", fragte Munk.

„Hab schon nachgefragt", erwiderte Leila. „Er ist heute Morgen zu Hause. Natürlich wohnt er auf Lidingö."

„Wenn ihr zurück seid, unterhalten wir uns mit Greger Lind", sagte Selander. „Der Arzt versucht gerade, ihn vernehmungsfähig zu bekommen."

„Eins noch", sagte Munk, „die Hauptrolle, die Greger Lind spielen sollte …"

„… ist die von Olof Palme", sagte Leila.

Munk war nicht verärgert, dass ihm Leila die Pointe geklaut hatte.

„Olof Palme!", rief Halldor Selander. Alle im Raum schauten mit einer Mischung aus Verwunderung und Bewunderung. Verwunderung, weil Lind diese Rolle spielen sollte. Und Bewunderung wegen Palme. Mit Ausnahme von Leila waren alle 40 oder älter: Olof Palme war entweder der Held ihrer Kindheit gewesen oder ein Idol, als sie Erwachsene waren.

„Ich wusste nicht, dass es einen Palme-Film geben soll", sagte Selander. „Und schon gar nicht, wer die Hauptrolle spielen soll."

„Das war offenbar bis gestern geheim", erwiderte Munk. „So stand es jedenfalls in den Online-Portalen. Heute müssten eigentlich die Zeitungen voll davon sein. Und unser Fall müsste auf den ersten Seiten sein, zumindest bei den Zeitungen, die einen späten Andruck haben. Kurz vor 23 Uhr lief die Nachricht im Radio."

Keiner hatte am Morgen Zeitung gelesen, und offenbar hatte auch keiner im Internet nachgeschaut, ob man etwas zum Fall finden könnte. Selander wies die Sekretärin Emma

Svensson an, sofort alle Zeitungen in den Besprechungsraum zu bringen.

„Es ist immer das Gleiche bei solchen Fällen“, seufzte er, „die Arbeit nimmt uns so in Beschlag, dass wir nicht einmal dazu kommen, die Zeitungen zu lesen, selbst wenn darin etwas stünde, was wichtig für den Fall wäre.“

„Na ja, übertreib nicht, Halldor“, sagte Munk. „Wir kriegen das schon mit – wenn wir wollen.“

Halldor Selander, der am Vorabend zeitig nach Hause gegangen war und sich bis zur 9-Uhr-Konferenz im Polizeipräsidium offenbar nicht mehr um den Fall gekümmert hatte, überging die spitze Bemerkung.

„Wer macht den Palme-Film?“, fragte der Hauptkommissar.

„Gösta Sundblad“, antwortete Munk.

Selander pfiff durch die Zähne. Sundblad war der beste Regisseur in Schweden. Das meinten jedenfalls viele.

„Drehbuch?“, wollte Selander wissen.

„Vic Jönsson“, erwiderte Munk.

Auch Jönsson war bekannt. Er stand in der ersten Reihe der Drehbuchautoren und Schriftsteller in Schweden. Munk mochte seine Romane, denn Jönsson war ein guter, fantasievoller Erzähler, kein Eiferer, der die Welt verbessern wollte. Er faselte und missionierte nicht, er beobachtete nur. Jönsson wechselte elegant zwischen Beschreibungen mit langen Sätzen, bei denen sich der Leser ausruhen konnte, und kurzen Sätzen, die Spannung erzeugten – ganz so, wie es auch gute Journalisten taten. Heute wurden dem Leser nur noch Häppchen hingeworfen. Jönsson beschrieb sehr häufig Menschen, die in Extremsituationen über sich hinauswuchsen – Helden also. Vielleicht waren deshalb seine Bücher so beliebt.

Außerdem schrieb er messerscharfe Drehbücher, man

merkte, dass er eigentlich vom Journalismus kam. Von dem von früher.

„Okay, wir denken darüber nach, was das bedeuten könnte, dass Lind Olof Palme spielen sollte, ob wir auch politische Motive berücksichtigen sollten“, sagte Selander. „Aber jetzt fahrt ihr erst mal nach Lidingö – zu Agustin Södergren, dem Mann der Toten.“

Munk und Leila fuhren in Munks altem Saab 900 nach Lidingö. Es war ein komisches Gefühl für Munk, dass nun Leila Andersson neben ihm saß und nicht mehr Greta Gustafsson. Er hatte fast fünf Jahre eng mit Greta zusammengearbeitet, und er mochte ihren Humor, ihre Empathie, ihre Loyalität. Neulich war er eine halbe Stunde in Gretas früherem Büro gesessen und hatte an sie gedacht. Dann war er zum Fenster gegangen und hatte hinausgeschaut. Sein Blick war an einer Spinnwebe neben dem Fensterrahmen hängen geblieben. Spinnweben waren ein Zeichen für nicht Genutztes, für Altes und Gewesenes, für Abschied und Vergänglichkeit. Greta fehlte ihm.

Auf Lidingö, einer Insel am Ostrand Stockholms, lebten die Reichen: Industrielle, Filmregisseure, Banker, Schauspieler. Munk dachte bei Lidingö aber auch an Carl Milles, den berühmten Bildhauer. Milles hatte auf Lidingö einen der schönsten Skulpturenparks Europas geschaffen. Munk ahnte, dass er mit Leila nicht so gut über Fußball reden konnte wie mit Greta, die sogar wusste, dass Alisson den kuriosen Loris Karius im Tor des FC Liverpool abgelöst hatte. Munk war großer Liverpool-Fan, seit den siebziger Jahren, als der FC diese deutsche Mannschaft mit dem langen Namen, Borussia Mönchengladbach, im Europapokalfinale besiegt hatte – mit Ray Clemence im Tor, Steve Heighway im Sturm und so weiter. Aber vielleicht konnte er mit Leila über Kunst reden.

„Magst du Milles?“, fragte er sie, als sie die Brücke nach Lidingö überquerten. Rechterhand lag die Hafeneinfahrt von Stockholm.

„Jjjjjjjjj…ein“, antwortete Leila. „Manche Sachen finde ich toll, manche scheußlich. Ich mag die Skulptur von Sven Hedin auf einem Kamel, und ich mag die Tänzerinnen. Aber ich kann wenig anfangen mit der Hand Gottes oder dem Menschen mit Pegasus. Seine Engel sind sehr schön gefertigt, aber ich kann ihnen sonst nichts abgewinnen.“

Sehr differenziert, dachte Munk. Sie kennt sich aus.

„Ich mag den Skulpturengarten, weil er Natur und Kunst verbindet“, sagte Munk etwas gestelzt. „Der Garten ist einfach schön – mit seinen Terrassen, mit seinen Säulen, mit seinem Blick auf die Hafeneinfahrt von Stockholm. Ich bin gerne dort draußen. Weniger spannend finde ich die Antikensammlung im Museum. Das ist nicht so mein Ding: hier ein Torso, da ein Torso. Auch die Reliefs mag ich nicht so – nur das eine, das mit dem Wildschwein, finde ich gut.“

„Ich glaube, Milles mochte Wildschweine“, erwiderte Leila. „Es gibt ja nicht nur dieses Relief, es gibt auch das liegende Wildschwein oder das laufende Wildschwein als Skulpturen. Das laufende Wildschwein gefällt mir zum Beispiel besser als die Hand Gottes.“

Munk musste lachen – er dachte an Wildschweine und an Obelix und an den Satz, den Leila gerade gesagt hatte, und der, herausgelöst aus dem Kontext, so kurios erschien: Das laufende Wildschwein gefällt mir zum Beispiel besser als die Hand Gottes. Leila achtete nicht darauf, dass Munk lachte.

„Das Wildschwein ist nicht so angeberisch, nicht so ambitioniert, nicht so unbescheiden“, fuhr sie fort. „Die Hand Gottes – geht’s nicht noch eine Nummer größer?

Milles ist schon gut, keine Frage, aber er ist eben nicht so ganz mein Fall."

Sie erreichten den Gavelvägen auf Lidingö. Das Haus, in dem die Södergrens wohnten, lag etwas abseits in einem Park. Inmitten des Parks stand eine monumentale Villa – sie war groß, aber schlicht, fast ganz in Weiß gehalten, mit Fenstern, die hoch und schmal waren und wie durchsichtige Säulen wirkten. Hier wohnte sie also, die Edelnutte Jackie, dachte Munk. Mein Vater, dem Äußerlichkeiten stets wichtiger waren als Inhalte und Gefühle, würde sagen: Sie hatte doch alles!

Auf dem Balkon der Villa stand ein Hund, auch er war beeindruckend groß. Beim Anblick des riesigen grauen Tiers mit den langen Läufen dachte Munk, das müsse ein irischer Wolfshund sein. Der Hund bellte sehr laut, als Munk und Leila mit ihrem Wagen vor die Villa fuhren. Das Gebell hallte durch den ganzen Park, wurde von den hohen Bäumen zurückgeworfen zur Villa, vor der sie nun standen. Der Hund bellte jetzt ganz außer sich, es tat in den Ohren weh.

„Hunde, wollt ihr ewig leben?", sagte Munk mehr zu sich als zu Leila.

„Friedrich der Große", sagte Leila.

„Der Hund heißt Friedrich der Große?", staunte Munk. „Humor haben sie schon, die Södergrens. Woher weißt du das eigentlich? Hast du das auch recherchiert?"

„Ich weiß nicht, wie der Hund heißt. Ich wollte nur sagen, der Spruch ‚Hunde, wollt ihr ewig leben' stammt von Friedrich dem Großen."

Mit Geschichte kennt sie sich auch noch aus, dachte Munk.

„Friedrich der Große kämpfte mit Preußen gegen Österreich. Als sie eine Schlacht verloren, rief er seinen fliehenden Soldaten hinterher: ‚Ihr verfluchten Racker, wollt ihr denn ewig leben?‘ Aus den Rackern wurden später Hunde.“

„Er hat Racker zu seinen Soldaten gesagt?“

„Ja.“

„Das ist ja putzig. Bei Rackern denkt man heute vielleicht noch an Tick, Trick und Track. Oder an einen kleinen Hund.“

Munk blickte nach oben auf den Balkon: Dieser Wolfshund war definitiv kein kleiner Racker.

Leila unterbrach seinen Gedanken. „Zu Pluto, dem Hund von Micky Maus, könnte man vielleicht kleiner Racker sagen“, sagte sie. „Ist übrigens lustig: Eine Maus hat einen Hund. Die Maus kann sprechen, der Hund nicht. Wenn Walt Disney noch leben würde, sollte er sich untersuchen lassen.“

Munk lachte. Sie hat wirklich Humor, dachte er. Ihre Großmutter hatte recht gehabt. Oma Andersson hatte gesagt, die auf den ersten Blick spröde Leila habe einen umwerfenden Humor – wenn man darauf achte. Und wenn sie, Leila, so viel Vertrauen zu ihrem Gegenüber gefasst hatte, dass sie Witze machen konnte und wollte.

Sie waren aus dem Saab ausgestiegen und standen unschlüssig vor der weißen Villa. Eine Todesnachricht zu überbringen, war immer eine harte Sache. Munk hatte es schon mehrmals getan, aber es fiel ihm immer noch schwer. Wie würde der Mann reagieren? Gab es Kinder?

Munk zögerte. Er wollte noch nicht hineingehen.

„Meine Freundin Luna hat mir erzählt, dass die reichen Leute auf Lidingö eine neue Art haben, ihre Hunde auszuführen“, sagte er stattdessen zu Leila. „Sie fahren mit dem Auto auf einen Feldweg, öffnen die Türe, lassen die Hunde raushüpfen und fahren dann vor ihnen den

Waldweg entlang."

„Ist doch praktisch", erwiderte Leila. „Dann können sie gleichzeitig im Auto wichtige Dinge erledigen: den Lidstrich nachziehen zum Beispiel oder mit dem Smartphone die Börsenkurse checken."

Munk lachte.

„So ein Wolfshund wie der da oben könnte ja vor dem Auto herlaufen, aber was ist mit einem kleinen West Highland Terrier? Der trottet doch hinterher, den Kopf auf der Höhe des Auspuffs und atmet die Abgase ein, Tag für Tag."

„Hunde, wollt ihr ewig leben?", sagte Leila nur trocken.

Schwarz ist ihr Humor auch noch, dachte Munk und lächelte. Sie entwickelt sich zur Traumfrau. Sie ist fast wie ihre Oma. Vielleicht hätte er doch … Dann riss er sich am Riemen.

„Wir müssen", sagte er zu Leila.

Sie gingen zur schmalen, hohen Tür der weißen Villa und klingelten. Eine ältere Dame, vermutlich die Haushälterin, öffnete.

„Guten Tag", sagte Munk, „mein Name ist Casper Munk, ich bin Ermittler der Mordkommission in Stockholm. Das ist meine Kollegin Leila Andersson."

„Sie wünschen?", antwortete die Dame ungerührt.

Weltfrieden, Sex mit Lovisa, Freunde, die mich verstehen, und genügend Geld, um gut zu leben, dachte Munk. Doch er beschränkte sich auf: „Wir würden gerne mit Herrn Södergren sprechen."

Die Dame trat zur Seite: „Bitte kommen Sie herein."

Munk und Leila traten in ein lichtdurchflutetes Foyer. Der Architekt hatte einen Teil des Vorraums mit Glas überdacht, sodass ihn die Sonne erhellen konnte. Die Dame bog nach rechts ab, klopfte an eine Tür, trat ein und zog die Tür hinter sich zu. Sekunden später kam sie wieder heraus.

„Herr Södergren erwartet Sie“, sagte sie knapp.

Als Leila und Munk eintraten, erhob sich der Hausherr von seinem Stuhl hinter einem schweren Schreibtisch. Lächelnd kam er auf die beiden Polizisten zu, streckte erst Leila und dann Munk die Hand entgegen. Munk fiel auf, dass er etwas humpelte. Södergren bemerkte Munks Blicke.

„Eine Verletzung beim Tennisspielen“, sagte der Mann, „nichts Schlimmes.“

Agustin Södergren war gut 1,90 Meter groß und braun gebrannt, seine Haare waren weiß und sein Vollbart war es auch, er trug ein dunkles Polohemd und einen hellen Anzug. Er mochte Mitte fünfzig sein, dachte Munk, und er sah trotz oder wegen der weißen Haare sehr gut aus. Außerdem war er offenbar ziemlich trainiert. Und trotzdem führte seine Frau dieses Doppelleben? Munk wusste, dass auch diese Frage oberflächlich war und eher zu seinem blasierten Vater passte als zu ihm. Es gab viele Gründe, weshalb man ein anderes Leben wollte als das, das man führte. Auch wenn das Leben für Außenstehende paradiesisch erschien.

„Was führt Sie zu mir?“, fragte Södergren freundlich.

Munk nahm innerlich Haltung an. Er musste dem Mann sagen, dass seine Frau tot war. Dass sie getötet wurde, machte es noch schlimmer. Und dieser Fall – Agustin Södergrens Frau war offenbar von einem dicken Schauspieler erdrückt worden und hatte einen Spazierstock im Unterleib – übertraf alles, was er bisher einem Hinterbliebenen hatte mitteilen müssen. Ganz abgesehen davon, dass Södergren vielleicht gar nichts wusste vom Doppelleben seiner Frau.

Munk machte trotzdem keinen Umweg.

„Wir müssen Ihnen leider mitteilen, dass Ihre Frau getötet worden ist“, sagte er.

Agustin Södergren sah Munk direkt in die Augen. Alles wirkte echt: seine Überraschung, sein Entsetzen, seine Sprachlosigkeit. Nur die erste Frage, die er nach dem Schweigen stellte, passte nicht dazu. Jeder normale Mensch hätte gefragt, wie es passiert sei, wann es passiert sei, warum es passiert sei. Ob man es hätte verhindern können, ob sie leiden musste, ob der Täter schon gefasst sei, ob man selbst schuldig sei, weil man die Frau alleine gelassen hatte. Nichts davon sagte Agustin Södergren.

Er sagte stattdessen: „War Molly dabei?“

Dann drehte er sich um, ging schleppend zu seinem Schreibtisch zurück, setzte sich auf den Stuhl, stützte den Kopf in die Hände und starrte auf die Tischplatte. Munk und Leila blickten sich an. Schließlich ging Munk ein paar Schritte auf Södergren zu und sagte: „Herr Södergren, der Mord geschah gestern Nachmittag, haben Sie Ihre Frau gestern Abend und heute Nacht nicht vermisst?“

Södergren blieb reglos sitzen.

„Herr Södergren“, sagte Munk noch einmal.

Der Mann hob den Kopf und blickte in Munks Richtung, aber er sah durch den Kommissar hindurch.

„Herr Södergren, haben Sie nicht bemerkt, dass Ihre Frau heute Nacht nicht nach Hause gekommen ist?“

Södergren sagte nichts.

„Er muss einen Schock haben“, raunte Munk über die Schulter hinweg zu Leila.

Dann stand Södergren auf und ging Richtung Tür. In der Mitte des Raumes blieb er plötzlich stehen, drehte sich ein paar Mal um die Achse wie ein Kreisel und fiel schließlich wie ein nasser Sack zu Boden. Er lag nun auf dem Rücken wie Kafkas Gregor Samsa – genau wie Greger

Lind einen Tag vor ihm.

„Noch einer", murmelte Munk.

„Ruf einen Arzt!", rief Leila.

Nach zehn Minuten war der Notarzt in der Villa. Munk hatte unterdessen noch ein paar Mal versucht, Agustin Södergren anzusprechen. Er reagierte nicht. Södergren lag auf dem Boden, er hatte die Augen geöffnet und atmete leise, aber er schien in eine andere Welt eingetaucht zu sein. Der Notarzt gab Södergren eine Spritze und nahm ihn mit ins Krankenhaus.

„Wir versuchen es später noch einmal", sagte Munk zu Leila. „Jetzt fahren wir zurück ins Präsidium, vielleicht können wir Greger Lind vernehmen."

„Schon komisch", sagte Leila. „Der Hauptverdächtige ist zunächst nicht vernehmungsfähig, weil er total besoffen ist, und mit dem Ehemann des Opfers können wir auch nicht reden, weil er offenbar einen Schock hat."

„Das ist bestimmt Zufall", sagte Munk. „Zumindest Lind simuliert nicht – dieser Rausch ist nicht vorgetäuscht. Aber unbefriedigend ist das schon. So kommen wir nicht weiter."

Dann stiegen sie in den Wagen und verließen Lidingö. Vom Balkon bellte ihnen der irische Wolfshund hinterher.

„Kannst du dich noch an Dominique Strauss-Kahn erinnern, Casper?", fragte Leila, als sie die Brücke von Lidingö nach Stockholm überquerten.

„Klar, das war der Chef des Weltwährungsfonds, der von einem Zimmermädchen in New York beschuldigt wurde, sie vergewaltigt zu haben."

„Ja, wäre das nicht gewesen, wäre er vielleicht Frankreichs Präsident geworden. Er hatte gute Chancen. Aber es war ja nicht nur die Sache mit dem Zimmermädchen, was schlimm genug ist. Er hat auch andere zum Sex gezwungen."

„Soll."

„Was?"

„Er soll auch andere zum Sex gezwungen haben", sagte Munk. „Soweit ich weiß, ist das nicht bewiesen."

„Ja, man weiß es nicht, das sind Anschuldigungen. Du hast recht, wir dürfen nichts behaupten, wenn es keine Beweise gibt – wir sind Polizisten, Hüter des Rechts und der Ordnung."

Sie legte die Hand an die Stirn, als würde sie salutieren.

„Nicht mal privat und unter uns?", fragte Munk und lachte.

„Doch", sagte Leila und nahm die Hand von der Stirn. „Ich glaube, dass er auch immer ins Bordell gegangen ist. Moment ... er hat das sogar zugegeben."

„Genau. Dass er Sex gegen Geld hatte, gilt als ziemlich belastbare Tatsache", sagte Munk, der es nun lustig fand, sich in gestelztem Juristen-Schwedisch zu unterhalten. „Aber worauf willst du eigentlich hinaus?"

Leila schien nachzudenken.

Dann sagte sie: „Ich wollte nur zu bedenken geben ..."

Sie sprach nun auch gestelzt, aber es war ihr nicht bewusst. Munk lachte.

„Was ist?", fragte Leila.

„Nichts", sagte Munk.

„Also, ich wollte nur zu bedenken geben, dass bei Strauss-Kahn der Trieb stärker war als jede Vorsicht, die er eigentlich hätte walten lassen müssen, wenn er Frankreichs Präsident hätte werden wollen. Wenn er an seine Karriere gedacht hätte, wäre er vernünftiger gewesen. Verstehst du, was ich meine?"

„Ja, der Kopf war in den Schwanz gerutscht", sagte

Munk.

„Vorhin war deine Ausdrucksweise gewählter", sagte Leila und lächelte. „Aber es ist richtig. Ein Mensch, der tickt wie Strauss-Kahn, ein Karrierist, ein Machtmensch, der ist und bleibt trotzdem ein primitiver … nun ja: Mann."

„Und?", fragte Munk.

„Unser schöner Anwalt mit dem hellen Anzug und dem Prolohemd …", fuhr Leila fort.

Munk lachte.

„Was ist?", fragte Leila.

„Er trug ein Prolohemd?"

Leila lachte. Sie schlug ihm mit der Faust gegen den Oberarm.

„Habe ich Prolohemd gesagt? Polohemd! P-O-L-O-H-E-M-D!"

„Schon gut", sagte Munk und lachte. „Also, unser Anwalt mit dem hellen Anzug und dem Polohemd hat etwas mit Strauss-Kahn gemeinsam? Was meinst du konkret?"

„Sein Weibchen hat ihn lächerlich gemacht, weil sie als Hure gearbeitet hat", sagte Leila. „Er tötet sie und denkt nicht an die Konsequenzen, weil er in erster Linie ein gekränkter Mann ist und erst dann ein seriöser Anwalt. Sie hat sich für Sex bezahlen lassen. Sie ist fremdgegangen. Sie hat ihn betrogen. Und er tötet sie, weil es ihm wichtiger ist, diese Schmach zu beseitigen, als die Haltung zu bewahren – wichtiger als Geld, Karriere, Freiheit, Ansehen."

Munk dachte nach.

„Möglich", sagte er dann. „Sehr gut möglich."

„Ich wollte dir noch eine lustige Geschichte über Dominique Strauss-Kahn und ein Bordell in Belgien erzählen", sagte Leila.

„Nicht jetzt, Leila", entgegnete Munk. „Wir sind gleich da."

„Ihr kommt gerade rechtzeitig“, sagte Halldor Selander, als Leila und Munk das Polizeigebäude betraten. „Greger Lind ist vernehmungsfähig. Wie war es bei Södergren?“

„Er brach zusammen und ist nicht vernehmungsfähig“, sagte Munk, „vermutlich ein Schock.“

Selander nickte.

Leila und Munk gingen in den Raum, in dem Lind verhört werden sollte. Dort saßen bereits Grip, Achatz Larsson und Jari Huskonen.

„Hej Casper“, sagte Grip, „ich habe einen neuen Witz.“

„Ich glaube, dass Greger Lind gleich kommt“, sagte Munk freundlich. „Heb ihn dir auf bis nach dem Verhör.“

„Er ist nur ganz kurz, Casper. Warum nimmt ein Mann ein Fernglas mit zur Beerdigung?“

„Keine Ahnung.“

„Ein entfernter Verwandter wird begraben.“

Leila, Munk, Huskonen und Larsson lachten. In diesem Moment kamen Hauptkommissar Selander, Greger Lind, der Polizeiarzt Roland Sandberg und ein Polizist, der Lind aus der Zelle geholt hatte, ins Zimmer. Das Gelächter verstummte schlagartig. Lind blickte etwas irritiert auf die Polizisten, Selander schien verärgert zu sein, aber er sagte nichts.

Lind war blass, seine Augen waren rot unterlaufen und die Lider hingen auf Halbmast. Er sah sehr mitgenommen aus; aber vor allem sah er aus wie jemand, der sich in der Realität nicht zurechtfand. Selander hatte ihm gesagt, dass Jackie tot war und dass er verdächtigt wurde. Aber Lind schien das nicht kapiert zu haben.

„Herr Lind“, begann Hauptkommissar Selander, nachdem er seine Kollegen vorgestellt hatte. „Könnten Sie uns bitte schildern, was am gestrigen Nachmittag passiert ist?“

Lind sah Selander aus seinen blutunterlaufenen Augen

an. Er saß zusammengesunken auf seinem Stuhl, seine Hände lagen auf dem Tisch. Munk bemerkte, dass Lind zwei Siegelringe an den Fingern trug. Ein Aufsteiger, der seine neu gewonnene Bedeutung zur Schau tragen musste?

„Ich weiß es nicht", sagte Lind.

„Wie wäre es, wenn Sie sich ein wenig anstrengen würden?", sagte Selander, „Sie stehen hier unter Mordverdacht."

Lind blickte auf die Tischplatte. Dann fixierte er das Glas Wasser, das vor ihm stand. Sucht er Halt, dachte Munk, oder spielt er ein Spiel? Weiß er genau, was gestern geschehen ist? Oder weiß er gar nichts? Munk ergriff das Wort.

„Lieber Herr Lind", sagte er, „ich habe einige Ihrer bisherigen Filme und Sitcoms verfolgt …"

Lind horchte auf.

„… und ich finde nicht alle gut, ich halte die meisten sogar für sehr mittelmäßig, aber ich halte Sie, Herr Lind, für einen herausragenden Schauspieler, der diesen Formaten längst entwachsen ist."

Lind lächelte und seine Augen füllten sich mit Tränen.

Was hatte Luna noch über Lind gesagt?

„Sie haben ein vorzügliches Mienenspiel", setzte Munk nach. „Ihre Gestik ist außerordentlich und manchmal müssen Sie gar nichts tun, um zu wirken. Sie müssen nur im Bild zu sehen sein. Sie füllen einen Raum – ich meine damit nicht im wörtlichen Sinne einen Raum, verzeihen Sie, ich denke an den Raum, den eine Szene den Schauspielern zur Verfügung stellt. Ich hoffe, Sie verstehen, was ich meine."

Lind nickte und wandte sich direkt an Munk.

„Können Sie mir erklären, was ich getan haben soll, Herr …?"

„Munk. Ja, das kann ich. Wir haben eine Zeugin …"

„Rose?"

„Jetzt kommt die Erinnerung aber doch", warf Grip ein.

Munk ignorierte die Bemerkung.

„Wir haben eine Zeugin, die angegeben hat, dass Sie sehr lange mit Jackie alleine gewesen sind", sagte er. „Dass es ihr schlecht ging. Dass Sie sich weigerten, einen Arzt zu rufen. Und dass Jackie schließlich tot war – erdrückt und mit einem Spazierstock in der Vagina."

Lind riss die Augen auf. Dann verzog er den Mund. Erst Überraschung, dann Ekel, beides ziemlich stark, dachte Munk. Er hatte einmal ein Seminar für Ermittler besucht. Darin wurde ihnen beigebracht, wie Gefühlsregungen zu deuten sind. Meistens waren sie ehrlich. Bei Lind gab es zwei Möglichkeiten. Erstens: Überraschung und Ekel waren echt – er wusste also nichts davon. Er war vielleicht so sehr im Delirium gewesen, dass er die Tat begangen hatte, sich aber nicht erinnern konnte. Oder er hatte die Tat tatsächlich nicht begangen. Zweitens: Er war es, wusste das und nutzte im Moment seine Fähigkeiten als verdammt guter Schauspieler. Munk musste bei diesem Gedanken innerlich lächeln – er selbst hatte gerade gesagt, dass Lind ein verdammt guter Schauspieler sei.

„Ein Spazierstock steckte in ihrer Vagina?", murmelte Lind, der sehr bleich geworden war.

„Ja", antwortete Munk, „und sie ist erdrückt worden."

Munk musterte den Mann. „Verzeihen Sie, Herr Lind, aber Sie gehören durch Ihre Körperfülle zu einem kleinen Täterkreis."

„Ein Erdrücken kriegt man auch anders hin", erwiderte Lind.

„Ja, der Täter hätte einen dressierten Elefanten auf die Frau schubsen können", sagte Grip, „aber wie hat er den

Elefanten in das Hotel geschmuggelt?"

„Ist gut, Grip", mahnte Munk. „Wir wollen uns nicht über Herrn Linds Gewicht lustig machen. Das gehört nicht hierher."

Er sah Greger Lind aufmunternd an.

Lind ließ sich nach hinten auf den Stuhl fallen und fasste zusammen: „Alles, was ich weiß, ist, dass wir meinen Vertrag gefeiert haben. Ich gebe zu, es war sehr exzessiv, es war viel Alkohol im Spiel, es waren Drogen im Spiel, und es waren Frauen im Spiel, auch käufliche. Aber ich habe niemanden umgebracht."

„Was ist das Letzte, an das Sie sich erinnern können?", fragte Munk. Er hatte nun endgültig die Vernehmung übernommen.

„Dass Jackie im Badezimmer war", erwiderte Lind. „Ich wollte ihr helfen, weil es ihr nicht gut ging. Ich habe sie ..."

„Ja?", ermunterte ihn Selander.

Lind blickte auf die Tischplatte. Es sah aus, als ob er dort die Erinnerung ablesen wollte: Jackie im Badezimmer. Greger im Badezimmer. Jackie geht es schlecht. Was war dann passiert?

„Ich bin dann in mein Zimmer gegangen."

„Ohne Jackie?", fragte Munk.

„Ja, ohne sie. Ich weiß noch, dass ich in meinem Zimmer etwas holen wollte, um ihr zu helfen. Ich weiß nicht mehr, was es war. Ich wusste es auch damals nicht mehr. Ich hatte viel getrunken. Ich habe mich auf mein Bett gesetzt und dachte darüber nach, was ich Jackie bringen wollte. Da kam plötzlich ein Mann in mein Zimmer."

Die Polizisten blickten sich überrascht an.

„Ich hatte den Mann vorher noch nie gesehen. Ich dachte, das sei ein Freund von Espen oder irgendein

Schauspieler, der sich mit mir zeigen wollte. Die Tür zur Suite war ja offen – es kamen so viele Menschen und tranken und feierten und gingen dann wieder. Der Mann war sehr freundlich. Er sagte, ich solle doch mal von seinem Cocktail trinken, der sei lecker. Es war irgendetwas Fruchtiges, ich dachte, es könnte nicht schaden. Ich trank – und dann muss ich eingeschlafen sein. Ich erinnere mich erst wieder, dass ich hier im Polizeipräsidium aufgewacht bin. Und an den Arzt, der gleich danach an mein Bett gekommen ist."

Lind sah hinüber zu Roland Sandberg, dem Polizeiarzt. Die Polizisten folgten seinem Blick.

„Ich weiß, was ihr wissen wollt – ob ich irgendetwas gefunden habe, das in diesem Cocktail gewesen sein könnte", sagte Sandberg. „Um es kurz zu machen: nein. Ich habe nur sehr viel Alkohol im Blut von Herrn Lind gefunden."

„Vielleicht hat mir der Alkohol in dem Cocktail den Rest gegeben", sagte Lind. Er sah dabei Munk fast flehentlich an.

„Wie sah der Mann aus?"

„Ich weiß nicht. Ich glaube, er hatte helle Haare. Und er war älter als ich."

„Wie alt?"

„Sorry, ich muss passen. Ich war zu betrunken."

„Können Sie sich denn an etwas anderes erinnern, was wichtig für uns wäre – neben dem Mann, der in Ihr Zimmer kam?", fragte Munk.

Lind überlegte. Wieder blickte er auf die Tischplatte.

„Hatten Sie mit Rose Kontakt an diesem Tag?", fragte Selander dazwischen.

„Wir hatten miteinander geschlafen, am Morgen. Danach hatte ich mit ihr nicht mehr und nicht weniger Kontakt als mit allen anderen", sagte Lind.

„Ist sie nicht in Ihr Zimmer gekommen und hat Sie

angebrüllt, dass Sie Jackie endlich helfen sollen?"

Wieder blickte Lind überrascht.

„Nein", sagte er, „daran kann ich mich wirklich nicht erinnern."

Munk blickte Selander an. Es schien keinen Sinn mehr zu haben, Greger Lind nach dem Ablauf des Tages zu fragen. Stattdessen sagte Munk: „Waren Sie in Jackie verliebt?"

Lind ließ sich wieder auf seinen Stuhl fallen, der unter der Last seines Gewichts ein langgezogenes Knirschen von sich gab.

Dieser Schauspieler sucht nicht das Rampenlicht, sondern das Wampenlicht, dachte Munk, und er wusste, dass er diesen albernen Gedanken exklusiv hatte.

Lind schaute derweil an die Decke, grunzte und röchelte, das Ganze war wohl ein Lachen.

„Ich bitte Sie, Herr Munk", sagte er dann, „sie war eine … Hure. Ich war nicht in sie verliebt – und ich habe noch nicht einmal mit ihr geschlafen. Ich gebe zu, dass ich das irgendwann einmal wollte, aber Jackie sagte stets, ich sei nicht ihr Typ und sie könne sich Gott sei Dank aussuchen, mit wem sie schlafe – auch gegen Geld."

„Sie sind sehr ehrlich, Herr Lind", sagte Munk. „Aber hat Sie diese Ablehnung nicht aggressiv gemacht? Und könnte es nicht so gewesen sein, dass Ihnen Ihr Erfolg – der Vertrag, die Palme-Rolle – zu Kopf gestiegen war, Sie mehr Macht fühlten als früher und Jackie nun ins Bett kriegen wollten, obwohl sie sich geweigert hatte und …"

„Nein, nein, nein", rief Greger Lind. „Es mag so aussehen, vielleicht. Ich habe sie ein wenig umworben, aber ich habe ihr keine Gewalt angetan. Nicht sexuell und auch sonst nicht. Das ist ja Wahnsinn mit diesem Spazierstock!"

„Das reicht erst mal", sagte Selander. „Wir müssen Sie

hierbehalten, Herr Lind."

Der Hauptkommissar wandte sich an den uniformierten Polizisten, der neben der Tür des Vernehmungsraumes stand. „Bringen Sie ihn in seine Zelle!"

Als Greger Lind und der Polizist das Zimmer verlassen hatten, stellte Halldor Selander die Frage, die er seinen Kollegen in diesem Raum schon tausend Mal gestellt hatte: „Glaubt ihr ihm?"

„Nein", sagte Leila Andersson. „Ich glaube, dass er sie umgebracht hat. Es spricht so vieles gegen ihn: sein unerfülltes sexuelles Verlangen nach Jackie, sein Machtanspruch, die Art, wie sie umgebracht wurde. Ich glaube Rose Blad. Und ich glaube nicht, dass es diesen Mann gab, der Lind einen Cocktail angeboten haben soll. Er hat ihn erfunden."

„Dito", sagte Achatz Larsson.

Munk war verwundert. Dito? Passte nicht zu Larsson. Zum alten Larsson jedenfalls.

Grip wand sich.

„Ich weiß es nicht", sagte er. „Dieser Lind mag besoffen gewesen sein, aber das ist kein primitiver Kerl und kein Volltrottel. Selbst im Affekt und Vollrausch traue ich ihm nicht zu, die Frau so plump zu ermorden. Außerdem war er sicher so betrunken, dass er Rose nicht zum Essingeleden gefahren haben kann. Und dass es ein Komplize gemacht hat – ich glaube es nicht."

„Mir geht es genauso", sagte Munk. „Außerdem sagt mir mein Gefühl, dass Lind es nicht war."

„Jari?"

Selander blickte auf den Kriminaltechniker. Jari Huskonen war zwar kein Ermittler, aber er war bei fast allen Fällen dabei. Er hatte einen gesunden Menschenverstand und eine scharfe Beobachtungsgabe, die Selander manchmal nutzte, wenn seine Ermittler nicht weiterkamen.

„Ich fand ihn nicht sonderlich sympathisch“, sagte Huskonen. „Aber er wirkte echt. Nur einmal hat er sich der Kontrolle unserer Blicke entzogen – als er zur Decke schaute, nachdem Casper ihn gefragt hatte, ob er in Jackie verliebt gewesen sei. Er sagte nein, aber ich glaube, er war in sie verliebt. Aber das heißt nicht, dass alles infrage zu stellen ist, was er sonst noch gesagt hat. Für mich ist er nicht der Täter.“

„Unentschieden“, sagte Selander. „Denn ich glaube, er ist es. Mit der gleichen Argumentation, die Leila gebraucht hat: Es klingt schlüssig und die Indizien sprechen gegen ihn.“

Die Polizisten schwiegen einen Augenblick.

„Halldor“, sagte Huskonen schließlich.

„Ja?“

„Es gibt noch eine Neuigkeit.“

„Bitte.“

„Es geht um den Spazierstock, den der Täter in Jackies Vagina gestoßen hat“, sagte Huskonen. „Er war nicht einen Meter lang, wie wir befürchtet haben. Er war abgeschnitten, maß noch etwa einen halben Meter und drang deshalb kaum in den Körper ein. Es sollte wohl mehr ein Symbol sein als ein brutaler Akt.“

Die Polizisten blieben stumm. Aber sie wirkten erleichtert.

„Die Todesursache ist also Erdrücken?“, fragte Selander.

„Ja, sie starb an einer Herz- und Lungenquetschung. “

„Danke, Jari“, sagte Selander.

„Was könnte das für ein Symbol sein?“, fragte Grip. „Was wollte uns der Täter mit dem Spazierstock sagen?“

„Natürlich hat es etwas mit Sex zu tun“, sagte Selander,

„vielleicht die Machtgeste eines Mannes gegenüber einer Frau."

„Wir sollten unsere Psychologin fragen", meinte Leila.

„Das kann sicher nicht schaden, aber ich glaube, wir haben noch zu wenige Informationen bei diesem Fall, um wirklich Schlüsse aus dieser Symbolik zu ziehen", sagte Selander. „Um welche Machtverhältnisse geht es? Wer hasst wen? Wir müssen die Leute kennenlernen und die Beziehungen, die sie zueinander hatten."

Die Polizisten saßen etwas unschlüssig da. Selander hob die Arme und öffnete den Mund. Offenbar wollte er die Runde auflösen.

„Wer profitiert davon, dass Lind jetzt im Gefängnis sitzt?", fragte Munk plötzlich.

„Wie meinst du das?", fragte Selander.

„Es gab doch sicher mehrere Bewerber für die Palme-Rolle", erwiderte Munk. „Lind wird sie nicht mehr spielen können, selbst wenn er unschuldig ist. Die Prostituierten, die Drogen, der Verdacht gegen ihn, das ganze Brimborium – das ist zu viel in den Augen der Öffentlichkeit. Wer wird die Rolle nun bekommen? Wer war sein Konkurrent? Gab es mehrere?"

„Ich kümmere mich darum", sagte Leila.

Munk wollte nicht, dass sich die Runde schon auflöste. Er war nicht zufrieden. Sie hatten noch nicht alles bedacht.

„Was haben wir?", fragte er. „Eine Leiche, sie heißt Jackie oder auch Annebritt Södergren. Sie ist eine Animierdame und gleichzeitig die Frau eines Anwalts, der zu den reichsten und einflussreichsten dieses Landes zählt. Unser Hauptverdächtiger ist Greger Lind, Schauspieler. Er wird stark belastet von der Prostituierten Rose Blad. Wenn es Lind nicht war, könnte es Agustin Södergren gewesen sein, der hinter das Doppelleben seiner Frau gekommen sein könnte. Dafür spricht, dass er sie aus Wut darüber getötet haben könnte. Dagegen spricht, dass er als pragmatischer Anwalt nicht zu unkalkulierbaren Aktionen neigt; und dass er genau das, was jetzt eingetreten ist, verhindern wollte: dass alle Welt vom Doppelleben seiner Frau weiß. Und dann gibt es noch die Schauspieler, die von dem Skandal profitieren. Die Linds Palme-Rolle haben wollen."

Munk machte eine Pause.

„Wir sollten aber noch eine ganz andere Spur verfolgen", fuhr er fort. „Prostitution ist in Schweden verboten. Vielleicht kommt der Täter aus diesem Milieu – Zuhälter, Freier, Menschenhändler. Oder es war eine Gegnerin der Prostitution: eine Frauenrechtlerin, eine Idealistin, eine Männerhasserin."

„Die dann eine Frau tötet?", zweifelte Selander.

„Du weißt, was ich meine, Halldor. Der Mord soll vielleicht als Symbol dienen: gegen die Prostitution. Oder es war irgendein Machtkampf innerhalb des Milieus – mit Jackie als Opfer. Wir müssen herauskriegen, ob Rose und Jackie auf eigene Rechnung gearbeitet haben, ob es einen Escortservice gab oder sogar einen Zuhälter. Leila, kannst du das herausfinden?"

„Aye, aye, Sir", sagte Leila.

„Und ich werde die Vorsitzende eines schwedischen Prostituiertenvereins aufsuchen und mich über die Lage der Prostituierten informieren, über Menschenhandel, über Schlupflöcher, über Hintermänner", fuhr Munk fort, „über die Auswirkungen des Gesetzes für die Prostituierten, die es ja weiter gibt, und so weiter. Ich habe sie bereits angerufen und einen Termin bei ihr ausgemacht."

„Ach, da braucht man einen Termin", sagte Grip und lachte.

„Grip, deine Witze zu Sex sind sehr vorhersehbar –

außerdem geht es bei deinen Witzen ohnehin meistens um Sex", sagte Selander.

„Jetzt komm, Halldor, du hast deine Kinder doch auch nicht im Dunkeln gezeugt", erwiderte Grip. „Übrigens, Leute, ich habe gestern in Vällingby ein lustiges Schild gesehen, es hing an einer Vereinsgaststätte. Auf dem Schild stand: Vögelfreunde Vällingby. Vögelfreunde statt Vogelfreunde."

Grip lachte, die anderen schmunzelten, mehr über Grip als über die Vögelfreunde, und Selander warf Grip einen bösen Blick zu. Aber er sagte nichts. Offenbar hielt er Grip in dieser Hinsicht für einen hoffnungslosen Fall. Grip ging es umgekehrt genauso. Ein Macho und ein politisch Korrekter würden sich nie verstehen.

Munk schnappte sich seine Lederjacke, verabschiedete sich und verließ das Polizeipräsidium. Auf der Straße sah er die stummen Verkäufer der Zeitungen. Natürlich hatten die Boulevardblätter den Fall groß aufgemacht, er war ein gefundenes Fressen für sie: Schauspieler, der Palme spielen soll, tötet – vielleicht – eine Nutte. Auf grausame Art und Weise. Dementsprechend sahen die Schlagzeilen aus. Munk las „Sex, Suff und Mord – Schauspieler erdrückt Hure", „Dickes Ende einer Orgie" oder schlicht „Mord im Grand Hôtel". Die Schlagzeile eines Satire-Magazins, die Munk am Morgen in einem Zeitschriftenladen gelesen hatte, war sogar witzig: „Palme-Mörder endlich in Haft".

Karel Straka dachte an Jiri. An Jiri Netolicka. Er und Jiri, sie hatten für Dubček gekämpft und gegen Breschnew. Er dachte an den 19. Januar 1969, als er mit Jiri Netolicka im Hinterzimmer einer Kneipe am Ľudovít-Štúr-Platz in Bratislava gesessen hatte. Er wusste noch, dass sie geflüstert hatten. Es war um Jan Palach gegangen, der sich drei Tage zuvor auf dem Wenzelsplatz in Prag selbst angezündet hatte – „aus Protest gegen die Niederschlagung des Prager Frühlings durch die Truppen des Warschauer Paktes“, wie er es selbst formuliert hatte; Palach war an diesem 19. Januar an den Folgen seiner Verletzung gestorben. Straka erinnerte sich noch sehr gut, dass seine Hände auf dem Tisch gelegen hatten, er hatte sie zu Fäusten geballt. Dann hatte er sie erhoben und auf die Tischplatte krachen lassen. Für Straka war es, als ob es gestern gewesen wäre. Er erinnerte sich sehr gut. Auch an die Reaktion von Jiri.

„Psssst“, zischte Netolicka. Er sah sich um. Netolicka hatte Angst, die Spitzel der Sowjets und die Kollaborateure waren überall. Aber keiner in der Kneipe hatte offenbar Notiz genommen von Strakas kurzem Wutausbruch.

„Jiri“, sagte Straka damals leise, „es reicht.“ Er seufzte: „Wir kommen nicht weiter. Jan Palach zündet sich an, die Welt schaut hin, aber sie tut nichts. Und wir ärgern die Russen ein bisschen mit unseren Sperenzchen, aber mehr auch nicht.“

Die slowakische nationale Bewegung, zu der die Eishockeyspieler Straka und Netolicka zählten, hatte zum passiven Widerstand gegen die Truppen des Warschauer Pakts aufgerufen, die seit Ende August 1968 in der ČSSR standen. Die Rebellen hatten Straßenschilder und Ortstafeln verdreht, übermalt oder abmontiert, damit Ortsunkundige – und das waren die Besatzer nun einmal – in falsche Richtungen fuhren. Sie hatten Plakate gezeichnet und gedruckt, auf denen die Russen und ihre Waffenbrüder aus der DDR und Bulgarien verspottet wurden. Sie hatten sich gegenseitig gestützt und Unterschlupf gewährt, wenn einer von ihnen verfolgt oder verprügelt worden war. Aber es hatte nicht viel geholfen. Die Besatzer waren noch im Land gewesen und hatten einen moskauhörigen Regierungschef eingesetzt. Alexander Dubček war zwar noch Parteichef gewesen, um die Welt und die Bevölkerung in der Tschechoslowakei zu besänftigen; aber viel Macht hatte er nicht mehr gehabt.

„Die Welt hilft uns nicht“, sagte Straka noch einmal. „Wir müssen uns selbst helfen – wir brauchen einen richtigen Volksaufstand, einen bewaffneten. Wir werfen sie eigenhändig raus.“

„Bist du verrückt!“, brüllte Netolicka, und diesmal schauten sich einige Gäste in der Kneipe zu ihnen um. Netolicka lächelte ihnen verlegen zu, hob entschuldigend die Hände und wandte sich dann wieder Karel Straka zu. „Wir sollen uns mit den hochgerüsteten Soldaten des Warschauer Pakts anlegen?“

Straka beugte sich über den Tisch und winkte Netolicka zu sich heran. „Als Palach sich vor vier Tagen angezündet hat und als abzusehen war, dass er sterben und die Welt uns trotzdem nicht helfen würde, habe ich mir einen Plan ausgedacht.“

Netolicka ließ sich nach hinten fallen.

„Hast du Pläne für eine Atombombe, die nur Russen tötet, aber Tschechen und Slowaken leben lässt?“, fragte er und lachte das Lachen eines Verzweifelten, der kein anderes Mittel mehr zur Verarbeitung der ausweglosen Situation sah als: ein irres Lachen.

„Falls du die Bombe hast, Karel, jag sie hier und jetzt in dieser Kneipe in die Luft – ich möchte bei einem Bier und …“ Netolicka holte einen Zigarillo aus der Jackentasche. „… und mit einem Zigarillo im Mund zusehen, wie wir beide die Explosion überleben. Immerhin sind wir Slowaken.“

„Hör mir doch wenigstens zu“, sagte Straka.

„Bitte“, antwortete Netolicka und zündete seinen

Zigarillo an.

„In ein paar Wochen beginnt unsere Weltmeisterschaft in Schweden", begann Straka und redete dann leise, aber eindringlich auf Netolicka ein, der von Minute zu Minute hellhöriger wurde. Bald blitzten seine Augen, er lächelte, diskutierte mit und nach gut einer Stunde sagte er: „Der Plan ist einfach, sehr einfach. Und er wird leider Menschenleben kosten, auch das Leben von Tschechen und Slowaken. Aber er ist unsere einzige Chance."

Karel Straka blickte an die Decke und dachte an die Szene, die 50 Jahre zurücklag. Tränen rannen über sein Gesicht. Es war eine verdammt harte Zeit gewesen damals. Aber er war jung und er sah eine Zukunft vor sich. Und er hatte Jiri.

Casper Munk fuhr mit der blauen U-Bahn-Linie hinunter zum Kungsträdgården. Die Prostituierten-Chefin hatte ihr Büro in einer sehr repräsentativen Gegend der schwedischen Hauptstadt, neben Banken und Gebäuden großer Versicherungen an der Ecke Näckströmsgatan und Kungsträdgårdsgatan. Nicht weit entfernt lagen das Nationalmuseum, das königliche Schloss – und das Grand Hôtel. Munk drückte den Türcode, den ihm die Frau gegeben hatte, und ging durch ein kolossales Treppenhaus mit reich verziertem Geländer hinauf in den dritten Stock. Das Haus lag in einer Seitenstraße, aber es war aufwendig renoviert und die Mieten waren sicher nicht billig. Munk klopfte an die Tür, eine junge Frau bat ihn in ein Vorzimmer, das hohe Räume hatte und einen knarzenden Parkettboden. Es herrschte gediegene Büroatmosphäre: ein ausladender Schreibtisch und ein Drehstuhl für die junge Frau, Stühle und ein Tisch für Wartende, Aktenordner im Aktenschrank. Nur die Poster an der Wand verrieten, dass man sich hier nicht beim städtischen Ordnungsamt befand. Nackte Brüste waren da zu sehen, Frauen mit kurzen Höschen, blondierten Haaren oder blonden Perücken – und stets stand ein Spruch dabei: „Wir wollen wieder in die Legalität" oder „Freiheit für Prostituierte" oder, ja auch das, „Freies Vögeln für freie Bürger".

„Setzen Sie sich bitte, Herr Kommissar", sagte die junge Frau, die offenbar die Sekretärin war. Munk setzte sich, auf dem Tisch vor ihm lagen Tageszeitungen und Frauenzeitschriften. Ist ja wie beim Friseur, dachte Munk. Er blickte auf das Cover eines Magazins: „König Carl Gustaf und seine Huren – wie lange macht Silvia das noch mit?"

War das Absicht, dachte Munk, Schleichwerbung mit dem König?

Plötzlich wurde neben dem Schreibtisch der jungen Frau eine schwere Eichentür aufgerissen und eine sehr kräftige und wohlproportionierte, sehr blondierte, sehr braun gebrannte Frau – Munk dachte: ein Dragoner – kam im Stechschritt auf ihn zu. Munk sprang auf und nahm Haltung an, er wusste nicht, warum er das tat. Und es fehlte nicht viel, dann hätte er salutiert.

Der Dragoner blieb mitten im Raum stehen und lachte.

„Haben Sie gedient?", fragte sie.

„Nein", antwortete Munk und murmelte etwas von Astigmatismus und Rheumatismus, weswegen er befreit gewesen sei. Die Polizei hatte ihn später trotzdem genommen. Das Rheuma war besser geworden.

Die dralle Frau drehte sich zur Seite, deutete mit der linken Hand auf die offene Eichentür und sagte: „Bitte kommen Sie herein, Herr Kommissar."

Munk passierte die Frau, die fast so groß war wie er, und betrat ein schönes Erkerzimmer mit Blick auf die

Näckströmsgatan. In der Mitte des Zimmers stand ein schwerer Schreibtisch. Durchaus repräsentativ das Ganze, dachte er wieder. Würde mich nicht wundern, wenn sich der Dragoner eine Zigarre anzünden würde, sobald er Platz genommen hat.

Die Frau nahm Platz und zündete sich keine Zigarre an. Stattdessen hatte Munk nun freien Blick auf die drallen Brüste der Dame. Sie sieht nicht aus wie ein Dragoner, sondern wie eine Domina, dachte er. Musste das sein: Die Chefin der Prostituierten erfüllte alle Klischees und sah aus wie eine Domina. Andererseits: Warum auch nicht?

„Frau Wilhelmsson", begann Munk.

„Sie können Lady Blue zu mir sagen, Kommissar Munk", erwiderte Lady Blue, „das tun alle."

„Verzeihen Sie, Lady Blue, darf ich wissen, woher der Name kommt?"

„Dürfen Sie, Kommissar Munk, aber nur, wenn Sie künftig nicht so gestelzt fragen und wenn wir uns ab jetzt duzen."

Munk war etwas überrumpelt.

„Okay, ich bin Casper", sagte er schließlich.

„Lady Blue. Sagte ich bereits."

„Und warum?"

„Warum was?"

„Warum Lady Blue?"

„Sie müssen mich genauer ansehen", sagte Lady Blue. „Höher, Kommissar Casper, hierher: in die Augen. Sie sind stahlblau."

Tatsächlich. Solche Augen hatte Munk nur einmal gesehen, als Kind im Fernsehen, bei Terence Hill. Aber bei Terence Hill waren es blaue Kontaktlinsen. Es hatte ihn enttäuscht, als er das später einmal in der Zeitung gelesen hatte.

„Tragen Sie blaue Kontaktlinsen?“, frage Munk

„Willst du mich beleidigen?“, sagte Lady Blue und lachte laut, es war ein rasselndes Lachen. Vermutlich rauchte sie viel.

„Erstens hast du mich wieder gesiezt, und zweitens ist alles an mir echt.“

Munk dachte: Alles echt – die Augen von Terence Hill und die Brust von Bud Spencer. Aber er sagte es nicht.

Beide schwiegen einen Moment.

„Du gefällst mir, Junge“, sagte Lady Blue dann.

„Danke“, entgegnete Munk. „Aber ich bin rein dienstlich hier.“

Lady Blue lachte.

„Was willst du wissen?“, fragte sie.

„Bevor wir zu unserem Fall kommen: Prostitution ist in Schweden verboten. Warum gibt es dann einen Verein der Prostituierten, dessen Vorsitzende du bist? Im Untergrund arbeitet ihr ja nicht gerade.“

Munk sah sich erst im Zimmer um, um zu zeigen, dass er das gediegene Ambiente wahrgenommen hatte. Dann blickte er aus dem Fenster, um auf die feine Gegend hinzuweisen.

„Sex zu kaufen ist verboten, Casper“, sagte Lady Blue. „Es ist aber nicht verboten, ihn anzubieten. Deshalb ist unser Verein legal.“

„So einfach ist das?“

„So einfach ist das.“

Munk schwieg einen Moment, als müsste er das soeben Gesagte in seine Gedanken erst einsortieren. Dann sagte er: „Wie du weißt, geht es um den Mord an einer Animierdame …“

„Ja, Jackie, ich kannte sie.“

„Was ich wissen will, ist, wie sich die Prostitution in

Schweden nach der Gesetzesänderung vor mehr als 15 Jahren verändert hat. Wer hat die Fäden in der Hand? Könnte es sich bei der Jackie-Sache um einen Mord im Prostituierten-Milieu handeln? Haben Menschenhändler ihre Hände im Spiel? Wie geht es den Prostituierten heute? Was würden sie gerne ändern?"

„Halt, halt, halt, so viel kann ich mir gar nicht merken", sagte Lady Blue und lachte wieder.

„Reden wir erst mal über das Gesetz", sagte Munk. „Der Staat verbot den Kauf von Sex, kriminalisierte die Freier, aber nicht die Prostituierten. Oder soll ich Sexarbeiterinnen sagen, das wäre vielleicht korrekter?"

„Nein, Junge, mit dem Schmonzes musst du mir nicht kommen – du kannst auch gerne Huren oder Nutten sagen. Ich will dir zu diesem Gesetz Folgendes sagen: Es wurde zu wenig zwischen Zwangsprostitution und freiwilliger Prostitution unterschieden – nicht alle Prostituierten sind Sexsklavinnen. Nicht alle fühlen sich missbraucht. Ich mache es zum Beispiel freiwillig – und wenn es ein gegenseitiges Einverständnis gibt wie in meinem Fall, dann sehe ich da keinen kriminellen Aspekt. Dann ist das Gesetz für mich staatliche Bevormundung. Ich werde zu einem Opfer gemacht, das ich gar nicht sein will."

„Aber ist es nicht entwürdigend, einfach so gekauft werden zu können?", fragte Munk.

„Du wirst auch gekauft, Casper, die Polizei bezahlt dich und du machst für sie den Rücken krumm. Mich bezahlt ein Freier und ich mache die Beine breit … Was ist? Guck nicht so – ich rede nur Tacheles. Außerdem kauft mich der Freier nicht als Mensch, sondern er kauft den Service. Ich habe es selbst gewählt. Es gibt Liebe und es gibt Sex. Liebe habe ich mit meinem Freund, mit den Freiern habe ich Sex."

„Und wenn ein besonders ekelhafter Freier kommt –

sagen wir mal eine Kreuzung von Stalin und einem Warzenschwein?"

„Auch du hast schlechte Tage in deinem Beruf, Junge. Noch einmal zum Mitschreiben …"

Munk grinste. Noch einmal zum Mitschreiben – das hätte Halldor Selander sagen können. Auch der mochte abgedroschene Phrasen. Das heißt, vielleicht mochte er sie gar nicht, er verwendete sie einfach. Ohne sich Gedanken zu machen.

„Warum grinst du, Junge?"

„Tut mir leid, Lady Blue, ich musste gerade an unseren Hauptkommissar denken."

„Geht er auch zu Nutten?"

„Nein", sagte Munk schnell, „das passt nicht zu ihm, gar nicht."

„Du bist naiv, Casper, auch dein Hauptkommissar könnte zu Nutten gehen, vielleicht gerade er. Es kommen ganz normale Männer zu uns, nicht nur Verklemmte, Sexsüchtige, Proleten, Kriminelle oder Kerle, die Frauen verachten und Macht ausüben wollen."

„Warum kommen auch normale?"

„Was denkst du, Casper?"

Munk war noch nie bei einer Prostituierten gewesen, aber natürlich hatte er sich Gedanken darüber gemacht.

„Ich denke, es geht ein Reiz davon aus", sagte er. „Der Reiz, etwas Unmoralisches zu tun, aus dem bürgerlichen Alltag auszubrechen – und der Reiz dieser Subkultur Prostitution generell. Und ich denke, dass das jederzeit Verfügbare reizvoll ist."

„Weiter."

Wollte Munk weitermachen? Er dachte nach.

„Außerdem kann sich der Freier sozusagen aussuchen, was er will", sagte er dann. „Ich meine damit sowohl Sexstellungen und -fantasien als auch den Körper der Frau. Wer auf große Brüste steht, nimmt eine Prostituierte mit großen Brüsten, wer eine zierliche will, nimmt eine zierliche."

„Findest du das gut?", fragte Lady Blue.

„Ich weiß nicht", sagte Munk. Er wollte nun das Thema wechseln. „Du wolltest mir etwas zum Mitschreiben sagen – bevor wir über meinen Chef und normale Männer redeten, die zu Prostituierten gehen."

Lady Blue akzeptierte, dass Munk das Thema gewechselt hatte.

„Ja, wir sprachen über schlechte Tage im Beruf und Stalin und Warzenschweine – natürlich kommen auch ekelhafte Typen", sagte sie. „Aber erstens kann ich sie ablehnen und zweitens ist es eben mein Job mit allen seinen Facetten. Und ich bin ein freier Mensch, der diesen Job frei gewählt hat. Zwangsprostitution ist natürlich ganz was anderes. Und selbstverständlich bin ich nicht jeden Tag glücklich, aber das bist du auch nicht. Ich mag das sowieso nicht, dieses glücklich als dauerhaften Zustand, wenn man über Menschen oder auch Tiere redet. Zum Beispiel: Glückliche Hühner legen diese wunderbaren Eier, weil sie freilaufend sind. Glückliche Hühner! Natürlich gibt es nicht nur glückliche Prostituierte, die immer nur Spaß haben, wenn sie dahergelaufenen Freiern die Eier kraulen. Aber es gibt auch keine glücklichen Polizisten, die mit einem Lied auf den Lippen Verbrecher verhaften, oder steht an eurem Polizeipräsidium draußen dran: Hier werden Sie nur von glücklichen Polizisten verhaftet?"

Munk lachte.

„Mit wie vielen Männern hast du schon geschlafen, Lady Blue?", fragte er dann.

„Ich schätze mal: 40.000."

Munk sagte nichts. Erst dachte er, was vermutlich

die meisten Menschen denken würden: Keine normale Frau verkauft ihren Körper an 40.000 Männer. Dann stellte er sich 40.000 Männer vor, das heißt, ein paar von ihnen als sozusagen repräsentativen Durchschnitt: dicke, dünne, alte, junge, welche mit Pickeln, welche mit langen Schnurrbärten, welche mit fulminanten Koteletten, mit Bürstenhaarschnitt, mit Ohrringen, mit Penis-Piercing, mit Nagelpilz und Achselschweiß, mit …

Dann sagte er: „Hast du schon einmal mit einem geschlafen, der beim Orgasmus die schwedische Nationalhymne gesungen hat?"

„Nein."

„Mit einem, der …"

„Hör auf, Casper."

Munk kapierte, dass Lady Blue das nicht witzig fand. Er selbst flüchtete sich gerne in den Humor, wenn er die Realität nicht verstehen konnte. Und er konnte nicht verstehen, dass man sich im Laufe seines Lebens an 40.000 Männer verkaufen konnte. Aber dann riss er sich am Riemen und kehrte zu den ernsthaften Fragen zurück.

„Wie versuchen die Prostituierten, das Verbot zu umgehen? Ich weiß, dass sie sich im Internet anbieten …"

„Nicht sich, ihre Dienste", erwiderte Lady Blue.

„Ihre Dienste. Aber es gibt doch sicher andere Wege als das Internet. Andere Tricks?"

„Du bist von der Polizei. Warum sollte ich dir das verraten?"

„Weil ich von der Mordkommission bin und nicht von der Sitte."

Lady Blue überlegte. Dann sagte sie: „Ich biete meine Dienste zum Beispiel auch im Auto an. Als ich einmal einen Freier im Wagen hatte und die Polizei uns ansprach, sagte ich: Wir wärmen uns nur gegenseitig."

Lady Blue lachte.

„Und was machst du im Sommer?“, fragte Munk.

„In Schweden ist es auch im Sommer kalt, Casper. Aber ich habe auch andere Ausreden. Manchmal sage ich: Das ist ein Freund von mir. Wie will die Polizei beweisen, dass es nicht so ist? Im Grunde haben die Polizisten nur eine Chance: Sie müssten uns dabei erwischen, wie mir der Feier Geld gibt und wie wir gleichzeitig – gleichzeitig, mein Lieber – Sex miteinander haben, der Freier und ich. Wir müssen in flagranti und mit Geld in der Hand erwischt werden. Das ist fast unmöglich.“

„Die Polizei hat schon ihre Möglichkeiten“, sagte Munk, „etwa wenn ein Telefongespräch zwischen einem Zuhälter oder einer Prostituierten und einem Freier abgehört wird.“

„So blöd darf man halt nicht sein, dass man es telefonisch vereinbart. Ich bin schlauer, und weil ich schlau bin, trau ich mich auch was: Ich bin sogar einmal mit einem Freier zu einem Geldautomaten gegangen, wo er die Kohle für meine Liebesdienste abgeholt hat. Die Polizei hat uns vor dem Geldautomaten angesprochen. Aber sie konnte uns nichts nachweisen, der Sex war ja schon vorbei.“

Munk schwieg. Er überlegte. Dann sagte er: „Wie ist das mit der Zwangsprostitution? Die ist doch seit dem Verbot zurückgegangen, oder?“

„Das stimmt. Früher sind die Frauen in Gruppen nach Stockholm geschleust worden, das hat abgenommen. Die meisten weichen jetzt in andere Länder aus – nach Deutschland, Dänemark, Holland oder Frankreich.“

„Woher kamen die Zwangsprostituierten?“, fragte Munk.

„Die, die nach Stockholm kamen, waren meistens aus Osteuropa, sehr viele aus dem Baltikum. Nach Oslo kamen viele Afrikanerinnen, vor allem aus Nigeria. Ich erzähle dir das, weil das dort kuriose Ausmaße annahm. Die Menschenhändler, die sie nach Oslo brachten, wollten erst mal testen, was norwegische Männer bevorzugen: Erst haben sie nur dicke Nigerianerinnen nach Oslo gebracht, dann welche, die hochgewachsen und schlank waren."

„Pervers."

„Mir gefällt das auch nicht, Junge. Da standen dann manchmal Hunderte nigerianische Prostituierte, die alle irgendwie gleich aussahen, auf der Karl Johans Gade in Oslo."

„Ist das der Straßenstrich in Oslo?"

„Ja. Aber mittlerweile gibt es das Verbot ja auch in Norwegen."

Munk schwieg.

„Was ist, Casper, macht dich das Thema traurig?"

Lady Blue hatte recht: Das Thema machte ihn traurig. Aber er wollte ihr das nicht sagen. Deshalb entgegnete er: „Ich bin nicht traurig, ich denke nach – über unseren Mordfall. Lady Blue, gibt es einen Zuhälter, der Kontakt mit Jackie hatte? Der sie unter Duck gesetzt haben könnte?"

„Unter Dagobert Duck?"

„Bitte?"

„Du sagtest: der sie unter Duck gesetzt haben könnte."

Munk lächelte gequält. Lady Blue war also doch albern.

„Ich meinte natürlich Druck", sagte er dann.

„Klar, was sonst? Ich dachte, du würdest es witzig finden."

„Normalerweise schon, aber …"

„Ja ja, ich weiß schon, du musst einen wichtigen Fall lösen, Cowboy, und kannst nicht immer witzig sein. Also, Jackie hatte wohl keinen Zuhälter. Sie war selbstständig, glaube ich. Aber es gab Anwerbeversuche."

„Anwerbeversuche?"

„Ja, die Zuhälter gehen auf die Mädchen zu, die selbstständig arbeiten."

„Ich nehme mal an, dass sie ihnen keinen höflichen Brief schreiben?"

„Nein, da geht es leider zur Sache."

„Wer hat versucht, Jackie anzuwerben?", fragte Munk.

Lady Blue blickte zu Boden. Munk folgte ihrem Blick.

„Bitte!", bat er.

„Rock Stroblonis hat es versucht."

„Rock Stroblonis – wer ist das denn?"

„Ein Zuhälter aus Lettland – spezialisiert sich auf bessere Damen."

„Herrgott, was es alles gibt", sagte Munk.

„Du hast den Namen nicht von mir."

„Natürlich nicht."

Lady Blue sah Munk eindringlich an.

„Ich weiß ihn nicht von dir", bekräftigte er noch einmal.

Lady Blue musterte Munk und fragte dann: „Willst du mit mir schlafen?"

Munk schob seinen Stuhl ein paar Zentimeter nach hinten. Er wollte auf keinen Fall die Nummer 40.001 sein.

„Nein", sagte er und lächelte. Er hoffte, seine Ablehnung war freundlich genug.

Lady Blue grinste. „Du hast nicht gedient, du schläfst nicht mit Nutten – bist du schwul?"

Munk lachte. Er beschloss, den letzten Satz als Scherz aufzufassen. Lady Blue lachte auch. Sicher war es ein Scherz. Munk stand auf und wollte sich verabschieden, aber Lady Blue war noch nicht ganz fertig. Sie schaute ihm in die Augen und sagte: „Casper, warum feiern wir eigentlich Weihnachten?"

Munk sah sie verständnislos an.

„Schließlich wird doch jeden Tag ein Mann geboren, der sich später für Gott hält", sagte sie.

Das war ganz sicher ein Scherz. Aber sie meinte es auch ernst. Munk glaubte zu wissen, was sie ihm sagen wollte.

Als Munk wieder auf der Näckströmsgatan war, musste er über den Namen Rock Stroblonis lachen. Er hatte mal einen Zeitungsartikel gelesen, in dem es um kuriose Kombinationen von Vor- und Nachnamen ging. Ein Mann, der Björn Borg hasste, hatte seinen Sohn Roscoe genannt – nach Roscoe Tanner, einem Tennisspieler aus den USA, der Borg bei einem Wimbledon-Finale mit seinen harten Aufschlägen an den Rand einer Niederlage getrieben hatte. Der Sohn hieß jetzt Roscoe Persson. Außerdem standen in diesem Artikel die Namen Scarlett Karlsson, Kevin John Boy Lindgren und Seymor Brad Pitt Svensson. Rock Stroblonis passte dazu, dachte Munk. Aber Stroblonis war offenbar Lette. Und er war ein Menschenhändler. Ich nehme Achatz Larsson mit, wenn ich zu Stroblonis fahre, beschloss Munk.

Dann dachte er noch einmal über den Fall nach. Wer war der Mörder? Agustin Södergren? Rock Stroblonis? Greger Lind? Ein anderer Schauspieler, der statt Lind Olof Palme spielen wollte? Nach wie vor war Greger Lind der Hauptverdächtige. Aber sein Gefühl sagte ihm, dass es Lind nicht gewesen war. Munk beschloss, diesmal nicht die U-Bahn zu nehmen, sondern den Weg zu Fuß zu gehen. Als er Kungsholmen erreicht und das Stadshuset passiert hatte, lief er zunächst am Norr Mälarstrand entlang. Munk liebte das Wasser. Als er an der Ecke des Rålambshovsparken angelangt war, blieb sein Blick an einem Schild hängen, das ins Gras gesteckt worden war: „Bitte überzeugen Sie Ihren Hund, hier keinen Haufen zu machen!"

Munk musste lachen. Wer wohl bei dieser Diskussion die besseren Argumente hatte: Herrchen (oder Frauchen) oder Hund? Obwohl er alleine war, lachte Munk laut. Dann drehte er sich um und ging die St. Eriksgatan nordwärts. Er musste auch noch im ICA-Supermarkt einkaufen. Was sollte er heute Abend essen? Brot und Käse und Tomaten? Nudeln mit Tomatensoße? Pizza? Er hatte keine Lust darauf. Mürrisch stapfte er die St. Eriksgatan entlang. Sollte er ins Dykaren gehen und Köttbullar essen? Oder in die irische Kneipe? Ein Guinness trinken und irisches Essen … essen? Mannmannmann, worüber man sich den Kopf zerbricht. Da klingelte sein Handy. Gott sei Dank, dachte er, bestimmt ein kulinarischer Ratgeber, der mich von meinen Fragen befreit. Einer dieser Fernsehköche, der sagen wird: Essen Sie heute Abend Ente in Rotweinsoße! Gibt's im Krogen an der St. Eriksgatan. Sie stehen direkt davor!

„Munk", meldete er sich.

„Hallo, Casper", sagte eine Frauenstimme. „Hier ist Linda."

Welche Linda?, dachte Munk.

„Hej Linda", sagte er, um Zeit zu gewinnen.

Doch Linda hatte an Munks Tonfall gemerkt, dass er sich nicht erinnern konnte.

„Linda Mattsson, die Ex-Frau von Pontus."

Wie konnte er das vergessen! Linda Mattsson, die Frau, mit der Pontus einen Sohn hatte.

„Wie alt ist dein Sohn?", fragte Munk, um irgendetwas zu fragen.

„Es geht um Pontus", sagte Linda, „er ist sehr krank."

„Sehr krank", wiederholte Munk tonlos. Pontus Mattsson war ein alter Freund von Casper Munk gewesen, sie hatten sich aus den Augen verloren, als sie beide Mitte

30 gewesen waren. Einmal hatte Munk danach versucht, die alte Freundschaft zu beleben – damals, als Nila, seine Frau, Hals über Kopf verschwunden war und Luna ihm geraten hatte, wieder unter Leute zu gehen. Das Treffen mit Pontus war allerdings ein Desaster gewesen. Pontus hatte sich wie immer von seiner besten Seite gezeigt: nörgelnd, jammernd, geizig, misanthropisch.

„Wie, krank?", fragte Munk.

„Pontus ist in einer Hypochonder-Klinik in Norwegen", sagte Linda. „Ich fahre manchmal mit meinem Sohn hin, aber ich glaube, das reicht nicht. Seine Eltern sind tot und Freunde hat er nicht mehr. Du weißt ja, wie er ist."

Hypochonder-Klinik? Munk unterdrückte ein Lachen. Es wäre sehr unpassend gewesen.

„Ja, ich weiß, wie er manchmal ist", sagte er stattdessen.

„Casper, wir waren nie die besten Freunde, und auch Pontus hat mit dir keinen Kontakt mehr, aber ich glaube, wir müssen etwas tun, sonst wird er entweder bis ans Ende seines Lebens unglücklich sein – oder er bringt sich um. Die Ärzte haben ihn schon wieder ein wenig aufgerichtet, aber sie sagen, er bräuchte auch die Nähe von vertrauten Menschen."

Munk überlegte. Mattsson bedeutete ihm nichts mehr. Oder?

„Ich überlege es mir", sagte er schließlich. „Gib mir bitte deine Nummer, ich melde mich."

Munk holte einen Stift aus seiner Lederjacke und schrieb Linda Mattssons Nummer auf.

„Eine Frage noch, Linda, wie ist er in diese Hypochonder-Klinik gekommen – ich wusste gar nicht, dass es so etwas gibt?"

„Ich hatte davon gelesen und ihm das vorgeschlagen,

aber er hat es immer empört abgelehnt. Sören hat es schließlich geschafft, ihn zu überreden."

„Sören?"

„Unser Sohn."

„Okay, ich melde mich", sagte Munk und drückte Linda weg.

Fünf Minuten später wählte er ihre Nummer.

„Wo ist die Klinik?", fragte er, ohne sich mit seinem Namen gemeldet zu haben.

„In Bergen in Norwegen", antwortete Linda. Sie schien erfreut zu sein.

„Ich fliege morgen hin – kann man ihn immer besuchen? Morgen ist Samstag."

„Ja. Und ich glaube, er wartet auf dich."

„Alles klar, wir hören uns."

Munk ging nach Hause, ohne im Dykaren, im irischen Pub oder im Krogen etwas gegessen zu haben. Er holte einen Rest Käse und zwei Tomaten aus dem Kühlschrank, schnappte sich ein Stück Brot und eine Flasche Bier und setzte sich vor den Computer. Er gab Bergen und Hypochonder-Klinik ein, las alle Artikel, die er dazu fand, und buchte einen Flug. Er musste am nächsten Morgen um 9.15 Uhr am Flughafen Arlanda sein. Um Jackie und Greger Lind würde er sich am Sonntag kümmern.

Als Casper Munk am Samstagmittag Bergen erreichte, blickte er aus dem Fenster des Flugzeugs auf eine märchenhafte Landschaft. Ein Fjord drängte sich in die Stadt – fast jeder, der hier wohnte, hatte sozusagen Meerblick. Außerdem war Bergen umgeben von Bergen. Von bewaldeten Bergen. Munk hatte ein paar Artikel über die Hypochonder-Klinik ausgedruckt, und als er jetzt beim Landeanflug noch einmal darin blätterte, fand er auch ein paar Zeilen über diese so schöne Stadt. „Wenn es regnet", hieß es da, „und es regnet oft in Bergen, dann hat die Stadt etwas Verwunschenes; Märchen mit Hexen und Trollen könnten hier spielen." Munk lächelte.

Um zur Hypochonder-Klinik zu gelangen, musste Munk den Fjord entlang hinaufgehen zum Fuß eines Berges. Grün ist es hier, dachte er. Und schön. Die Klinik hat was. Ist nicht alt, aber auch nicht neu, sie sieht aufgeräumt aus und hat einen unaufdringlichen Charme mit ihren gedeckten Farben.

Munk hatte sich die Hypochonder-Klinik als eine psychiatrische Einrichtung vorgestellt, wie man sie aus dem Fernsehen kannte. Oder wie sie in der Literatur oft dargestellt wurde. Negativ. Klischeehaft. Kalt. Fast gefängnisartig. Mit einer düsteren Atmosphäre. Schwachsinn, dachte er. Aber es wird einem eingetrichtert. Kürzlich hatte er eine Dokumentation im Fernsehen über eine Psychiatrie gesehen – das Kamerateam hatte in der Anstalt vom Boden aus gefilmt, um die angeblich beängstigende Atmosphäre anschaulich abzubilden. Idioten, dachte Munk.

An der Rezeption bat er um die Zimmernummer von Pontus Mattsson.

„Sind Sie angemeldet?", fragte die Frau an der Rezeption, eine hübsche Schwarzhaarige. Munk hatte mal gehört, dass es in Norwegen viele schöne schwarzhaarige Frauen gab, weil sich die Norwegerinnen früher mit portugiesischen Seefahrern vermählt hatten, die an den norwegischen Küsten aufgetaucht waren, um Handel zu treiben.

„Nein", antwortete Munk, „ich dachte, Hypochonder kriegen Angst, wenn man sich vorher ankündigt."

Der Witz war unangemessen. Munk merkte das sofort, noch ehe die Frau reagieren konnte.

„Ich bitte um Verzeihung", sagte er schnell.

„Ist schon gut", erwiderte die Schwarzhaarige und lächelte. „Hypochonder haben auch Angst vor Dingen, die sich nicht ankündigen. Und man sollte sie nicht in Watte packen – machen Sie ruhig Witze, wenn Sie Herrn Mattsson treffen. Man muss ihnen einen Spiegel vorhalten, damit sie sich nicht so ernst nehmen."

Jetzt war es die Frau, die einen Rückzieher machte.

„Entschuldigen Sie bitte", sagte sie und strich ihre Bluse glatt, „ich wollte Ihnen keine Ratschläge geben. Bitte vergessen Sie, was ich gesagt habe."

„Ich werde es vergessen – obwohl ich Angst vor Demenz habe", entgegnete Munk.

War das jetzt witzig oder kompletter Blödsinn, was ich gerade gesagt habe, dachte Munk. Die Frau hat mich verunsichert, weil sie mir gefällt.

Ihre Stimme durchbrach seine Gedanken.

„Ich muss Sie bei Herrn Mattsson anmelden, Herr …", sagte sie.

„Munk", sagte Munk, „Kommissar Munk."

Er war noch so verwirrt, dass er sich dienstlich vorstellte.

„Netter Vorname: Kommissar", sagte die Frau und lächelte. „Ich heiße Rezeptionistin Olsen. Steht bei mir im Pass. Sind Sie dienstlich hier?"

„Nein", stotterte Munk. „Es war ein Versehen. Ich bin … privat hier. Ko … di …"

„Ein netter Name, Kodi Munk. Und ungewöhnlich. Woher kommt dieses Kodi?"

Munk überlegte. Er hatte eigentlich sagen wollen, dass dieses Kommissar ihm immer direkt in den Sinn kam, wenn er nach seinem Namen gefragt wurde, weil er immer so oft dienstlich nach seinem Namen gefragt wurde und weniger privat – aber weil ihm die Frau gefallen hatte und er nervös war, kam nur ein gestottertes Ko … di … heraus.

Aber es gefiel ihm irgendwie, dass sie ihn Kodi nannte. Das klang intim.

„Raten Sie", sagte er.

„Eigentlich heißen Sie Konrad Diderich Munk, es ist eine Abkürzung und Zusammenführung der beiden Vornamen?", riet die Schwarzhaarige.

„Nein. Zweiter Versuch."

„Sie waren als Kind dick und wenn Ihre Mutter Sie zum Essen rief, brüllte sie: Komm, Dicker! Daraus wurde Ko-Di."

Ganz schön frech, dachte Munk.

„Ja, das stimmt", antwortete er.

Frau Olsen blieb der Mund offen stehen. Dann lachte sie laut – so laut, dass sich ein Mann, der gerade in die Lobby gekommen war, zu ihr umdrehte. Frau Olsen machte eine entschuldigende Geste und flüsterte Munk zu: „Wie haben Sie es geschafft, abzunehmen?"

Munk lachte.

„Ich war als Kind nicht dick", sagte er, „das war ein Witz." Mit einem Lächeln ergänzte er: „Ich habe Ihrem sehr frechen, aber auch sehr netten Vorschlag zugestimmt, obwohl es nicht gestimmt hat – weil der Vorschlag so schön war. Ich heiße eigentlich Casper. Casper Munk."

Frau Olsen blickte verwirrt.

Munk sagte, dass er selbst etwas verwirrt sei, und dass er das mit dem Kommissar immer direkt sage, weil er eben so oft dienstlich nach seinem Namen gefragt werde, und die Rezeptionistin Olsen folgte seinem Vortrag belustigt lächelnd.

Munk brach ihn verlegen grinsend ab.

„Wie heißen Sie mit Vornamen, Rezeptionistin Olsen?“, fragte er.

„Tove“, antwortete Frau Olsen.

„Ein sehr schöner Name“, sagte Munk.

Tove Olsen räusperte sich. Sie blickte auf ein Blatt Papier, das vor ihr auf der Theke lag und sagte schließlich: „Ich versuche, Herrn Mattsson zu erreichen – ich sollte Sie doch anmelden.“

Munk räusperte sich auch. Er wusste nicht, warum er das tat. Vermutlich deswegen, weil Tove Olsen es auch getan hatte, um sich zur Räson zu rufen. Aber warum mussten sie sich überhaupt zur Räson rufen? Es war doch gerade so … nett.

„Frau Olsen“, sagte Munk, aber die Rezeptionistin hatte bereits den Hörer gehoben und die Nummer von Pontus Mattssons Zimmer gewählt. Er hörte, wie sie „Casper Munk“ sagte und „ja, er ist hier bei mir“. Dann legte sie auf und sagte: „Herr Mattsson erwartet Sie, seine Zimmernummer ist 94, es ist im zweiten Stock. Dort hinten ist der Aufzug.“

Sie deutete mit dem rechten Arm in Richtung Aufzug und lächelte, aber Munk wusste dieses Lächeln nicht zu deuten. Er verabschiedete sich, ging zum Aufzug und beschloss, die Rezeptionistin Olsen nach dem Besuch bei Pontus noch einmal anzusprechen. Munk betrat den Aufzug und fuhr in den zweiten Stock. Er trat dort in den

Flur hinaus und dachte weiter an Tove Olsen und das nette, vielleicht auch kuriose Gespräch und sein abruptes Ende. Es fiel ihm nicht auf, dass die Hypochonder-Klinik nicht eingerichtet war wie ein Krankenhaus, sondern eher wie ein Hotel. Nicht wie ein Luxushotel, aber wie ein schlichtes und sauberes, in dem man sich wohlfühlen konnte. Hier hingen Bilder an der rot gestrichenen Wand, dort gab es viele Pflanzen und das Personal hatte keine weißen oder grünen Kittel an, sondern Alltagskleidung: Jeans, T-Shirts, Hemden, Röcke. Was trug noch mal Tove Olsen? Sie hatte schwarze Haare, war schlank und hatte eine dunkelblaue Bluse an. Außerdem trug sie ein Halstuch. Es stand ihr gut. Sie sah verwegen aus. Ob sie eine Hose trug oder einen Rock, hatte Munk nicht sehen können – sie stand ja hinter der Theke. Eine Frau ohne Unterleib, dachte Munk, vielleicht war sie eine Nixe, die gar keine Beine hatte. Und dann stellte er sich ihre Beine vor, es waren natürlich schöne Beine. Munk wurde aus seinen Gedanken gerissen, denn einige Meter vor ihm öffnete sich eine Tür und Pontus Mattsson trat heraus. Er hatte abgenommen und sah entkräftet aus. Auch sein Gesichtsausdruck hatte sich geändert, er war nicht mehr genervt, sondern ängstlich.

„Komm bitte herein, Casper", sagte er.

Munk betrat das Zimmer. Es war nicht groß, aber auch nicht klein, vielleicht hatte es zehn Quadratmeter oder auch zwanzig. Zahlen waren Munks Sache nicht. Als er einmal als 19-Jähriger bei einem Lokalblatt in Dalarna ein Praktikum gemacht hatte – damals probierte er einige Jobs aus –, war ihm ein schwerer Fehler unterlaufen. Es ging um die Aufräumarbeiten nach Mittsommer, unter anderem wurde der Maibaum abgebaut. Munk schrieb damals: „Der kräftige Kreisheimatpfleger Sture Wasberg trug den 1000

Kilo schweren Baum ganz alleine zum Schuppen." Der Redakteur hatte den Artikel nicht aufmerksam redigiert und so stand die Zahl im Blatt. Der Baum war aber eigentlich nur 100 Kilo schwer. Wasberg nahm das Ganze mit Humor. „Ich bin so stark wie Kapitän Langstrumpf", hatte er jedes Mal gesagt, wenn er dem jungen Casper Munk begegnete. Munk nahm schließlich davon Abstand, Journalist zu werden.

„Setz dich, Casper", sagte Mattsson freundlich. Munk nahm an einem kleinen Tischchen Platz, an dem zwei Stühle standen. Mattsson setzte sich ihm gegenüber.

„Ich danke dir, dass du gekommen bist", fuhr Mattsson fort. „Ich weiß mittlerweile, dass ich mich oft unmöglich verhalten habe."

Munk schwieg.

„Ich war nörgelig und geizig und vor allem habe ich immer gejammert."

„Aber du bist krank ..."

„Nein, damals war ich noch nicht krank, damals war ich ein Misanthrop. Aber vielleicht bin ich ein Hypochonder geworden, weil ich so war, wie ich war. Man weiß es nicht. Mein Arzt weiß es auch nicht."

„Warum bist du hier, Pontus?", fragte Munk.

„Ich habe fast ein Jahr lang gedacht, ich müsse sterben – obwohl ich nichts hatte."

„Was heißt das?"

„Ich dachte immer, ich hätte einen Herzinfarkt oder bekäme gleich einen, und ich würde daran sterben. Ich habe es nicht nur geglaubt – ich war mir sicher. Ich habe nur noch davon gesprochen. Immer ging es bei mir um Leben und Tod. Natürlich haben das die Leute um mich herum nicht mehr ausgehalten."

„Aber du warst doch sicher bei Ärzten, die dir gesagt

haben, dass du keinen Herzinfarkt hast."

„Natürlich, aber ich habe ihnen nicht geglaubt", sagte Mattsson. „Es war doch da immer dieses Stechen in der linken Brusthälfte."

„Kommt vom Rücken."

„Ja, Casper, natürlich", sagte Mattsson scharf. „Aber bitte hör mir zu: Ich habe das alles nicht mehr geglaubt! Ich war mir sicher, dass ich sterben würde. Ich war paranoid. Ich hatte permanent Angst. Das Cortisol in meinem Blut spielte verrückt. Ich konnte mich nicht mehr entspannen. Ich konnte kaum noch schlafen."

„Was …"

„Entschuldige, Casper, lass mich kurz erzählen, wie es mir ging, sonst verstehst du das nicht", sagte Mattsson nun etwas ruhiger. „Du konntest nicht mehr mit mir argumentieren wie mit einem normalen Menschen – nicht in der Phase, in der ich mich befand. Ich war nicht mehr zugänglich und ich habe mich nur noch mit Herzkrankheiten beschäftigt. Ich habe alles in mich aufgesogen – Zeitungsartikel über Herzinfarkte und die Risiken, die dazu führen. Und ich habe alles auf mich bezogen. Es gibt so viel, das ich aufsaugen konnte, Casper, glaub mir: Unsere Zeitungen sind voll davon, im Fernsehen kommen so viele Sendungen über Krankheiten. Das ist wohl ein Problem in unseren westlichen Gesellschaften – man hat hier so viele Möglichkeiten, sich zu informieren, natürlich auch im Netz, dass man jedes kleinste Detail, das man erhaschen kann, auf sich beziehen kann, und wenn der Arzt sagt, Sie haben nichts, weil das und das und das auf Sie nicht zutrifft, dann findet man garantiert einen Artikel, in dem genau dieser kleine Schmerz, den man fühlt, doch zum Herzinfarkt führt und zum Tod."

Mattsson schwieg einen Moment. Sie saßen still da.

Munk hatte kapiert, dass er jetzt nichts sagen sollte. Er musste erst verstehen. Falls das für ihn überhaupt möglich war.

„Casper, Hypochondrie ist etwas anderes als eine psychosomatische Störung, etwas anderes als ein Gejammere“, fuhr Mattsson fort. „Es ist eine ernste Krankheit. Psychosomatiker tragen ihre seelischen Probleme über den Körper aus, oft sind es Hilfeschreie, weil sie überfordert sind. Hypochonder dagegen glauben fast immer, dass sie eine schwere Krankheit haben, dass sie vermutlich sterben werden. Und sie haben jegliche Distanz zu sich selbst verloren.“

Wieder entstand eine Stille. Doch diesmal wagte es Munk, etwas zu sagen.

„Wie bist du hierhergekommen, Pontus, und wie geht es dir jetzt?“

„Linda hatte von dieser Hypochonder-Klinik gehört. Aber ich habe mich zunächst dagegen gewehrt. Ich bin nicht psychisch krank, habe ich gesagt, ich bin körperlich krank – ich habe Herzprobleme, ernste Herzprobleme. Es dauerte Wochen, bis sie mich überzeugen konnte. Eigentlich lag es an unserem Sohn, ich habe es für ihn getan.“

„Du solltest es für dich tun, Pontus.“

„Das weiß ich jetzt auch“, erwiderte Mattsson. „Aber damals dachte ich, ich tue es für ihn. Um deine zweite Frage zu beantworten: Ich bin noch nicht über den Berg, aber es geht mir besser – ich glaube nicht mehr, dass ich sterben werde. Aber ich brauche noch ein bisschen, um mein Denken zu verändern – sonst komme ich bald wieder hierher und der Arzt muss mich überzeugen, dass ich nicht eine unheilbare Hamsterbacken-Krankheit habe oder dass mir mein Arm abfault, wenn ich nachts zu lange darauf liege.“

Mattsson lachte, als er das sagte. Munk hatte ihn schon lange nicht mehr lachen sehen. Es freute ihn.

„Wie wirst du behandelt, Pontus?", fragte er. „Ist das eine Psychotherapie? Oder spielen sie dir sämtliche Laurel- und Hardy-Filme vor?"

Mattsson lächelte etwas gequält.

„Es ist eine kognitive Therapie", sagte er dann. „Diese Therapie gilt als die aussichtsreichste bei Hypochondern. Als ich hierher kam, traf ich auf einen Professor, der mich sofort infrage stellte und mir gleichzeitig behutsam half."

„Was hat er genau getan?"

„Na ja, er fragte mich, warum ich denke, dass ich einen Herzinfarkt bekommen könnte, wo doch mehrere Ärzte gesagt hätten, ich hätte keine Herzprobleme. Warum sollte gerade ich recht haben? Wenn ich sicher sei, dass der Arzt irre, warum sei ich dann sicher, dass ich mich nicht irre? So hat er mich erst mal ins Wanken gebracht."

„Und dann?", fragte Munk.

„Dann hat er gesagt, dass ich theoretisch in einer Sekunde geheilt sein könnte, weil sich alles im Kopf abspielt. Wenn ich mich also in dieser Sekunde entscheiden würde, nicht mehr zu glauben, ich bekäme einen Herzinfarkt und müsse sterben, dann sei es vorbei. Sofort."

„Aber das geht nicht, oder?"

„Nein. Das heißt: Es geht theoretisch schon. Aber ich schaffe es nicht, keiner schafft so etwas sofort. Ich bin noch in einer Zwischenphase. Ich habe verstanden, was er meint, und ich bin mir auch nicht mehr sicher, dass ich an einem Herzinfarkt sterben werde. Aber ich glaube, ich brauche noch ein paar Stunden mit dem Arzt, bis ich ganz geheilt bin."

„Aber es geht doch nicht nur um den Herzinfarkt, sondern um deine ganze Lebenseinstellung …", sagte Munk.

„Richtig, ich war Hypochonder und Luxus-Jammerer – ein Luxus-Jammerer bin ich jetzt nicht mehr, hoffe ich."

„Du wirkst ganz anders als früher", sagte Munk.

„Na ja, mir ging ja auch der Arsch auf Grundeis, Casper. Und wenn ich hier rauskomme, dann will ich mein Leben auch wieder anpacken."

„Und wieder lachen, mein Lieber."

„Ja, und wieder lachen", sagte Mattsson. „Erinnerst du dich noch an die Sache mit Adolf Munk?"

„Klar", erwiderte Munk, „das war definitiv einer deiner besten, aber auch hinterhältigsten Scherze."

Beide erinnerten sich an die Geschichte und hätten sie nicht erzählen müssen, aber es war wie so oft, wenn sich alte Freunde über die Vergangenheit unterhielten: Es verband ungemein, es eben noch einmal zu erzählen.

„Ich habe spontan bei dir vorbeigeschaut", sagte Mattsson. „Aber du warst auf dem Weg zum Arzt, dein Krankenschein lag auf dem Tisch. Du sagtest, du müsstest noch kurz ins Bad."

„Ja, und dann bin ich zum Arzt gefahren, hab den Schein bei der Arzthelferin abgegeben, wurde ins Wartezimmer geschickt und kam dann in den Untersuchungsraum zur Ärztin, bei der ich zum ersten Mal gewesen bin. Sie hat in den Computer geschaut, in den die Sprechstundenhilfe offenbar meine Daten eingeben hatte, und gesagt: Sie heißen also Casper Adolf Munk?"

Munk schnappte nach Luft, weil er sich vor Lachen verschluckt hatte. Mattsson musste sich an der Tischplatte festhalten, weil es ihn schüttelte vor Lachen.

„Ich dachte, die Erde stürzt über mir zusammen", fuhr Munk fort. „Es war so unwirklich: Wie konnte eine Ärztin sagen, ich hieße Adolf Munk? Ich stammelte nur, das müsse Casper Erik Munk heißen, weil ich dachte, dass mein zweiter Vorname vielleicht auf dem Krankenschein oder in irgendwelchen Unterlagen notiert sei, die der Ärztin vorlagen. Aber warum Adolf? Es schauderte mich."

„Ich weiß noch, wie du mich gleich nach dem Arztbesuch angerufen hast, du hast nur gestammelt und gesagt, dir sei etwas ganz, ganz Eigenartiges, fast Übersinnliches passiert – die Ärztin hätte dich Adolf genannt. Ich wollte dich eigentlich noch ein bisschen erzählen lassen, aber ich musste so lachen, ich konnte nicht mehr anders."

„Ja, du hast mindestens fünf Minuten gelacht", sagte Munk, „weil du Adolf auf den Krankenschein geschrieben hattest, den ich auf meinen Küchentisch gelegt hatte."

„Ja, es war die Zeit, als ich an der Uni das ganze Nazizeugs hatte."

„Sehr witzig", sagte Munk gespielt ernst.

Mattsson lachte, als hätte er die Geschichte zum ersten Mal gehört. Nein, er lachte sogar noch mehr, denn manche Geschichten wurden immer lustiger, je öfter man sie erzählte. Munk sah ihm mit einem Grinsen zu und dachte, dass sein alter Freund wieder gesund werden würde.

Sie verabschiedeten sich und Munk ging schnurstracks zum Aufzug. Er hatte es eilig, denn er wollte Tove Olsen sehen. Er hoffte sehr, dass sie noch nicht Dienstschluss gehabt hatte und nach Hause gegangen war. Munk sah auf die Uhr – es war kurz nach 15 Uhr. Vielleicht war sie schon weg. Vielleicht war sie nach Hause gefahren zu ihrem Freund oder zu ihrem Mann und ihren Kindern. Oder zu ihrer Freundin. Munk musste kurz an Lovisa denken, an seine bisexuelle Ex-Freundin. Es tat ihm nicht weh. Er mochte Lovisa, aber er war nicht richtig in sie verliebt gewesen. Munk musste lachen. Als er mit Pontus, dem alten Nörgel-Pontus, einmal ein Spiel von Manchester United angeschaut und Rooney eine Chance vergeben hatte, hatte Mattsson gesagt, Wayne Rooney sei eben „kein richtiger Stürmer“. Diese Bemerkung war danach für Munk und Luna zum Running Gag geworden. Immer wenn Grip einen Fehler machte, sagte Munk, Grip sei eben „kein richtiger Polizist“. Wenn der Premierminister im Fernsehen Unsinn redete, sagte Luna, er sei eben „kein richtiger Politiker“. Und wenn der Postbote Rechnungen statt Liebesbriefe brachte, war er eben „kein richtiger Postbote“. Munk war also „nicht richtig“ in Lovisa verliebt gewesen. Oder hatte er einfach keine Lust auf jemanden, der manchmal auch mit Frauen zusammen sein wollte – weil er, Munk, dann keine Chance hatte?

Wie war es mit Leila Andersson? Munk mochte sie sehr, und es waren natürlich nicht nur die Schuldgefühle. Aber war er verliebt in sie? Leila Andersson war zwar klug, witzig, empathisch und auch gutaussehend mit ihrer zierlichen Figur und den blonden Haaren, die sie meist zum Pferdeschwanz gebunden hatte. Aber sie zog ihn nicht an. Sie war hübsch, ja, aber sie war nicht sein Typ.

Hatte er einen Typ? Eher dunkel, eher natürlich, eher humorvoll, eine zum Pferdestehlen wäre gut. Eine wie Tove Olsen? Sie war hübsch, sie war offenbar intelligent und sie hatte Humor. Wo war der Haken? Munk riss sich am Riemen – er hatte gerade mal zehn Minuten mit ihr geredet und trotzdem schwärmte er wie ein Teenager. Bin ich wieder bereit?, dachte er. Die Trennung von seiner Frau Nila lag ein Jahr zurück. Ist Tove Olsen nur ein Zeichen? Dass ich wieder bereit bin für eine Beziehung?

Munk fuhr mit dem Aufzug nach unten, verließ ihn hastig und sah, dass an der Rezeption nun ein Mann stand. Er war enttäuscht. Sollte er den Mann nach Tove Olsen fragen? Munk beschloss, es anders zu machen. Er würde im Netz nach ihr suchen: Sicher hatte die Klinik eine Homepage mit ihren Angestellten, da müssten doch auch die Rezeptionisten aufgeführt sein. Außerdem gab es ja ein Melderegister für Bergen und Umgebung. Munk verfluchte sich, dass er nicht längst ein Smartphone besaß, mit dem er jetzt sofort ins Internet hätte gehen können. Er mochte keine Smartphones oder I-Phones, er mochte diesen ganzen technischen Krimskrams nicht. Freunde und Kollegen hatten mehrmals versucht, ihn von den Vorzügen dieser Dingsphones zu überzeugen. Ein Kumpel hatte zu ihm gesagt, er könne auf dem Smartphone alle U-Bahn-Verbindungen abrufen, zu jeder Zeit. Er müsse nur eingeben, wann er wo einsteigen wolle, und schon würde ihm die Abfahrtszeit genannt, auch spätabends, wenn er von der Kneipe nach Hause fahren wolle.

„Ich verliere dann keine Minute“, hatte der Kumpel gesagt, „ich kann exakt planen, wann ich die Kneipe verlassen muss, um die U-Bahn zu bekommen.“

Munk hatte höflich geantwortet, dass er sich freue, wenn ein Smartphone anderen Menschen helfe; wenn sie Freude daran hätten. Er selbst wolle aber kein so durchgeplantes Leben. Er wolle die Kneipe verlassen, wenn ihm danach sei. Und wenn die U-Bahn dann erst in zehn Minuten komme, sei ihm das recht. Dann könne er einfach einmal dasitzen und nichts tun. Einfach nur dasitzen an der U-Bahn-Station. Das Einfach-nur-Dasitzen käme in unserer Gesellschaft viel zu kurz, hatte Munk gesagt.

Munk beschloss, zum Flughafen zu fahren. Dort standen im Wartebereich Computer herum, er musste sich nur einen Zugangscode kaufen. Er bat den Rezeptionisten, ein Taxi zu bestellen, und musste dann über den Taxifahrer lachen, weil der ihm erzählte, er habe nur ein Ziel im Leben: Er wolle den Sitz seines Taxis so kaputt sitzen wie andere

Leute ihre Sofas. Dann sah der Taxifahrer nach vorne auf die Straße und pfiff ein Lied.

Munk kam um kurz vor vier am Flughafen an. Er hatte noch eine Stunde Zeit, bis sein Flieger nach Stockholm ging. Er kaufte sich einen Zugangscode und suchte die Homepage der Hypochonder-Klinik. Das Personal war dort tatsächlich aufgeführt, Pfleger und Rezeptionisten ohne Bild, die Ärzte mit Bild. Munk wunderte sich, dass es sogar in so einer Klinik so etwas gab wie Hierarchie oder Dünkel. Oder hatte es einen anderen Grund, weshalb die Ärzte mit Bild gezeigt wurden – sollte das Vertrauen schaffen? Er las die Namen der Rezeptionisten, aber er fand keine Tove Olsen. Vielleicht half sie nur aus, vielleicht war sie Studentin oder versorgte die meiste Zeit ihre Kinder. Oder war sie häufig mit der Olsen-Bande unterwegs?

Munk war enttäuscht. Dann schaute er sich die Bilder der Ärzte an – da war sie! Dr. Tove Olsen. Sie war Ärztin! Warum war sie an der Rezeption gewesen? War sie kurz eingesprungen, weil dem Rezeptionisten schlecht geworden war? Hatte sie nur etwas an der Rezeption abgeholt in dem Moment, in dem Munk das Foyer betrat? Er versuchte, das Gespräch noch einmal zu rekonstruieren und konzentrierte sich auf den Anfang Sie hatte ihm den Tipp gegeben, auch Witze über die Hypochonder zu machen, nicht alles zu ernst zu nehmen, auch mit den Hypochondern zu lachen und über sie. Dann hatte sie einen Rückzieher gemacht. Aber ihr Rat sprach dafür, dass sie sich auskannte. Munk schmunzelte – sie hatte ihn hereingelegt, sie hatte sich Rezeptionistin Olsen genannt und nicht Ärztin Olsen. Das sprach dafür, dass sie Humor hatte und keinen Dünkel kannte – sie hatte sich sozusagen gesellschaftlich herabgestuft, nur um ihren Spaß zu haben. Tolle Frau, dachte Munk. Aber wenn sie Ärztin ist, muss sie sicher sehr viel arbeiten, dachte er. Und sie arbeitet so viel, dass sie gar keine Zeit für ein Privatleben hat. Sie ist also Single, und sie würde das nur aufgeben, wenn der ganz tolle Prinz vorbeigeritten käme, denn sie ist sicher anspruchsvoll: Prinz Casper. Munk setzte sich vor dem Computer auf und blickte in den Spiegel, der rechts neben ihm war. Er zog den Bauch ein. Dann musste er lachen. Ich bin ein kindischer Trottel, sagte er leise. Aber ich habe wieder Interesse an Frauen, ernstes Interesse. Das ist sehr gut. Was mache ich mit Tove Olsen? Soll ich sie anrufen? Soll ich Pontus wieder besuchen? Munk beschloss, im Flugzeug weiter darüber nachzudenken. Jetzt wollte er das Gefühl genießen, ein Sandwich essen und einen Muffin hinterher. Er ging an den Kiosk, kaufte sich die Zeitung Aftenposten, ein Sandwich, einen Muffin und eine Cola. Es ging ihm gut.

Als Casper Munk auf dem Flughafen Arlanda ankam und sein Handy wieder einschaltete, fand er darauf drei Nachrichten. Eine von Luna und zwei von Halldor Selander. Luna wollte nichts Besonderes, nur Hallo sagen, Selander bat Munk, am Sonntag zur Beerdigung von Jackie alias Annebritt Södergren zu gehen. Sie würde auf dem Skogskyrkogården im Süden Stockholms beerdigt werden. Munk ärgerte sich. Er hasste Beerdigungen. Aber es musste sein. Auf Beerdigungen konnte man etwas sehen oder hören, was die Ermittlungen voranbrachte.

Als Munk am Sonntagvormittag den Skogskyrkogården erreichte, war die Zeremonie bereits im Gang. Der Priester sprach zu den Trauergästen. Munk sah sich um – es mussten wohl Hunderte sein, die Abschied nehmen wollten von Annebritt Södergren, die nur wenige Meter von Greta Garbo entfernt begraben werden sollte. Agustin Södergren, ihren Mann, konnte er nicht erblicken.

Munk hörte nicht länger darauf, was der Priester sagte, es waren ohnehin nur die üblichen Floskeln von Himmelreich und ewigem Leben. Er blickte hinüber zur Waldkapelle, die inmitten von Bäumen stand. Er mochte zwar keine Beerdigungen, aber er liebte diesen Friedhof. Wald und Gräber – für Munk passte das zusammen, es hatte etwas sehr Friedliches und Versöhnliches. Und die Waldkapelle passte auch dazu. Sie war schlicht, nicht aufdringlich. Ein kleiner, goldener Todesengel, den der Bildhauer Carl Milles angefertigt hatte, schmückte das Dach. Ansonsten: keine Schnörkel, nichts. Seine Kollegin Leila Andersson, die sich nicht nur mit Milles, sondern auch mit Architektur auskannte, hätte ihm jetzt erklären können, warum welche Wege auf dem Waldfriedhof genau so angelegt worden waren und nicht anders; warum künstlich aufgehäufte Hügel, Steinmauern und ein paar weitere Kapellen genau so angeordnet worden waren. Munk wusste nur, dass der Skogskyrkogården zum UNESCO-Weltkulturerbe gehörte. Und dass es in der Begründung hieß, der Friedhof „habe großen Einfluss auf die Gestaltung von Begräbnisstätten in der ganzen Welt gehabt".

Munk dachte daran, dass er gerne mit Tove Olsen auf diesen Friedhof gehen würde. Überhaupt dachte er nur an Tove Olsen, seit er in Bergen gewesen war.

Munk schaute wieder hinüber zum Priester, der etwa zwanzig Meter von ihm entfernt war. Der Geistliche sprach gerade über das Leben als langen, manchmal gefährlichen Fluss, als sich eine alte, ganz in schwarz gekleidete Frau aus der Menge löste und mit schleppenden Schritten dem Priester und dem Grab näherte. Die Frau ging gebückt, ihre grauen, langen Haare hingen auf dem Rücken ihres schwarzen Kleides. Sie ist ungepflegt, dachte Munk. Der

Priester sah die Frau und stockte kurz. Sie ging an ihm vorbei und warf sich auf den Sarg, der auf Holzpaletten über dem Grab stand – bereit, nach den Worten des Priesters hinabgelassen zu werden. Die Frau lag nun mit dem Oberkörper auf dem Sarg, für einige Momente stumm, aber dann begann sie zu klagen. Munk verstand sie nicht, es war eine fremde Sprache. Die Frau klang jämmerlich und zwischendurch wurde sie von Weinkrämpfen geschüttelt. Munk hörte, wie Umstehende begannen, über sie zu reden. Aber auch sie konnte er nicht verstehen. War das griechisch? Warum hing eine alte Griechin an Annebritt Södergrens Sarg?

Zwei jüngere Frauen kamen nun dazu, Munk hoffte, sie würden die alte Dame zurück in die Menge holen. Aber auch die jüngeren Frauen warfen sich auf den Sarg. Sie klagten noch lauter und zwischendurch weinten sie herzzerreißend. Der Priester stand etwas hilflos neben den Klageweibern. Schließlich löste sich noch jemand aus der Menge, ein sehr dicker Mann mittleren Alters. Würde er vernünftig sein und die Frauen zur Besinnung rufen? Der Mann ging entschlossen auf das Grab zu – und warf sich ebenfalls laut schluchzend auf den Sarg, der unter seiner Last erst einen ächzenden Laut von sich gab, dann wankte und schließlich durch die Holzpaletten hindurch in die Grube stürzte. Die drei Frauen und der dicke Mann fielen hinterher.

Munk lachte laut. Er war zu schwach, dem Impuls widerstehen zu können. Nach wenigen Sekunden hatte er sich aber gefangen und lief mit einer Geschwindigkeit, die man dem Mittvierziger nicht mehr zugetraut hätte, zum Grab hinüber, wo sich schon die ersten Helfer versammelt hatten, um die vier Menschen aus dem Loch zu holen. Soweit Munk sehen konnte, war ihnen nicht viel passiert, die Frauen und der Mann berappelten sich auf dem Grund der Grube. Allerdings hatte sich durch den Aufprall des Sarges auf dem Grubenboden der Deckel geöffnet – Munk sah darin einen älteren Mann, der in eine griechische Fahne eingewickelt war.

Munk erschrak.

Dann riss er sich am Riemen, reichte dem dicken Mann die Hand und zog den schwer Atmenden gemeinsam mit zwei anderen Helfern nach oben. Die drei Frauen verließen das Grab ebenfalls durch die Hilfe von Trauergästen. Eine von ihnen schimpfte auf den dicken Mann ein, vermutlich war es seine Ehefrau.

Einige Friedhofsmitarbeiter beeilten sich, die Schäden wieder zu beseitigen. Sie schlossen den Deckel des Sarges, der unbeschädigt schien. Dann blickten sie zum Priester nach oben, der die unausgesprochene Frage – sollen wir den Sarg gleich hier unten lassen? – sofort verstand. Er nickte. Die Mitarbeiter rückten den Sarg so zurecht, dass er in der Mitte der Grube stand. Nachdem sie das Loch verlassen hatten, warf der Priester einige Schaufeln Erde in die Grube und murmelte einen letzten Segen. Dann wandte er sich an die Trauergäste und erklärte die Zeremonie für beendet. Einige Trauergäste gingen auf Casper Munk zu und schüttelten ihm die Hand; vermutlich bedankten sie sich, dass er den dicken Mann aus dem Grab gezogen hatte. Manche murmelten das schwedische „Tack“, andere das griechische „Efcharisto“.

Munk schloss die Augen, nachdem der Letzte ihm gedankt hatte, und öffnete sie erst wieder, als er wenige Augenblicke später eine Hand auf seiner Schulter spürte.

„Casper“, sagte eine weibliche Stimme, die er kannte.

Munk drehte sich um; vor ihm standen seine Kollegen Leila Andersson und Per Henrik Grip.

„Wo bist du denn die ganze Zeit gewesen?“, fragte

Leila. „Annebritt Södergrens Beerdigung ist jetzt beendet.“

Munk sah Leila an, als habe sie soeben gesagt, der nächste schwedische Regierungschef werde ein giftgrüner Eisbär sein.

„Sie war dort drüben“, sagte Leila und deutete mit der rechten Hand auf einen imaginären Punkt in der Ferne. „Wir haben dich vermisst – und jetzt erst gesehen, als wir den Friedhof verlassen wollten.“

Munk sagte nichts. Er starrte vor sich hin.

„Casper!“, rief ihm Grip direkt ins Gesicht.

Der wusste längst, dass er auf der falschen Beerdigung gewesen war. Und er wusste auch, warum. Er war mit den Gedanken woanders gewesen, bei Tove Olsen. So etwas war ihm noch nie passiert. Die Arbeit war ihm immer wichtig gewesen, seine Ex-Frau Nila hatte oft gesagt, die Arbeit sei ihm das Wichtigste überhaupt.

„Schrei nicht so, Grip“, sagte Munk. „Ich hatte die Augen geschlossen, nicht die Ohren.“

„Und sonst?“, fragte Leila etwas besorgt.

„Kleiner Orientierungsverlust“, sagte Munk. „Sorry. Nichts weiter. Bin wieder der Alte.“

Grip gab sich damit zufrieden.

„Halldor erwartet uns im Polizeipräsidium“, sagte er. „Wir sollen dich mitnehmen.“

„Ich bin mit meinem eigenen Auto da“, erwiderte Munk. „Wir sehen uns.“

„Ich fahre mit dir, Casper“, sagte Leila, „falls es dich nicht stört.“

„Im Gegenteil“, antwortete Munk.

Im Auto dachte er über die Griechen nach. Es machte ihm Angst, dass er die Beerdigung verwechselt hatte.

„Alles in Ordnung, Casper?“, fragte Leila.

„Yes“, sagte Munk.

„Woran hast du gedacht, als du mit geschlossenen Augen auf dem Friedhof gestanden bist?“

„An Jolly Jumper“, sagte Munk, „Lucky Lukes Pferd.“

„Natürlich“, sagte Leila und lachte. „An Jolly Jumper. Das hätte ich mir denken können: Jeder Mensch, der auf eine Beerdigung geht, denkt an Jolly Jumper. Ist doch klar.“

Leila stieß ihn kumpelhaft in die Seite. Sie bohrte nicht weiter nach und wechselte das Thema.

„Gestern Abend war ich auf einem Grillfest eingeladen“, sagte sie dann. „Der Mann, der den Grill bediente, sagte irgendwann: Jetzt werde ich die Kohle verteilen. Ich stand daneben und sagte: Fein, endlich bekomme ich meinen Anteil an dem Bankraub. Keiner hat gelacht, Casper, zwei sahen etwas betreten zu Boden, die anderen haben gar nicht reagiert. Und ich dachte: Gut, dass Casper aus dem Urlaub zurück ist!“

Munk lächelte.

„Ach, und die Beerdigung von Annebritt Södergren war langweilig“, sagte Leila. „Nur High-Society-Leute da, niemand aus dem Prostituierten-Milieu. Und keine besonderen Vorkommnisse.“

Halldor Selander hatte für 12.30 Uhr eine Pressekonferenz angesetzt. Sie war überfällig gewesen. Natürlich hatten sich die Medien auf den Fall Lind gestürzt, und die Polizei hatte ihre Informationen tagelang nur über Pressemitteilungen an die Journalisten weitergegeben. Manchmal hatte auch der Pressesprecher der Polizei die Fragen der Journalisten telefonisch beantwortet. Das war Selanders altmodische Art, die Öffentlichkeit von dem Fall auszuschließen, so gut es ging. Aber die Boulevardblätter hatten natürlich die Lecks im Polizeipräsidium genutzt. Sie hatten dort ihre bezahlten Quellen. Munk fand das widerlich, von den Reportern und von den Polizisten, aber so war es nun mal. Die Öffentlichkeit wusste also längst, dass das Opfer keine klassische Prostituierte war, sondern eine offenbar unbefriedigte Ehefrau eines angesehenen Anwalts. So schrieben es die Zeitungen jedenfalls genüsslich. Und sie machten Auflage damit. Voyeurismus war eben die beste Währung.

Und nun also die Pressekonferenz.

„Wir wollen alle Journalisten auf den gleichen Stand bringen", hatte Selander gesagt, als ob nicht längst die angeblich seriösen Journalisten von den bunten Blättern abgeschrieben hatten – natürlich nicht, ohne die Quelle, also das Boulevardblatt, zu nennen, um selbst fein heraus zu sein, falls etwas nicht wahr sein sollte. Selander war in dieser Hinsicht etwas naiv und dachte bei diesem Auf-den-gleichen-Stand-Bringen in erster Linie an die seriösen Medien, zum Beispiel an die Zeitung Dagens Nyheter, die er zu Hause las – natürlich in der Printversion.

Es war 12.20 Uhr. Die Pressekonferenz rückte näher und Munk wurde nervös. Die Journalisten würden ihn fragen, nicht Halldor Selander. Munk war für sie der dankbarere Gesprächspartner, denn er war nicht nur unterhaltsamer als der spröde Hauptkommissar, sondern auch impulsiver. Ihm rutschte auch mal etwas heraus. Und wenn Munk wegen einer seiner Meinung nach ungebührlichen Journalistenfrage aus der Haut fuhr, dann hatten sie schon ihre Geschichte. Munk wusste das. Und er hasste sich dafür, dass er sich nicht immer kontrollieren konnte, wenn er Journalisten gegenübersaß.

12.22 Uhr. Leila kam herein.

„Ich will dich aufheitern“, sagte sie, „ich erzähle dir jetzt endlich die lustige Geschichte von Dominique Strauss-Kahn und dem Bordell in Belgien.“

Munk schnappte sich den Kalender auf seinem Schreibtisch und warf ihn nach Leila.

„Verschwinde“, sagte er und grinste. Leila rannte lachend aus dem Zimmer. Munk versank in Gedanken. Er dachte daran, dass sie keinen der Gäste von Linds Party ausfindig machen konnten. Keiner hatte sich freiwillig gemeldet, und Rose Blad hatte ihnen auch nicht helfen können. Oder wollen. Dann dachte er an Greger Lind. Und an Agustin Södergren. Und an Espen Järv.

Dann blickte er wieder zur Uhr. 12.26 Uhr.

Da wurde die Tür aufgerissen, Grip stürzte herein und rief: „Espen Järv ist tot!“

Järv war seit der Verhaftung von Greger Lind und dem Tod von Annebritt Södergren alias Jackie nicht mehr aufgetaucht. Und jetzt war er tot?

Munk blickte Grip fragend an.

„Komm mit, Casper“, sagte Grip. „Halldor steht im Flur, er erklärt es uns gerade.“

Munk stand auf und folgte Grip auf den Flur, wo Leila, Larsson und Selander bereits zusammenstanden. Als Selander die beiden sah, sagte er: „Järv liegt tot auf dem Mosebacke Torg. Passanten haben uns alarmiert. Wir fahren alle hin."

Der Mosebacke war ein Hügel auf Södermalm, und auf diesem Hügel standen das Södra Teatern und ein Restaurant, von dessen großer Terrasse aus man einen fulminanten Blick auf die Altstadt und den Hafen hatte. Casper Munk liebte den Mosebacke Torg, er hatte dort viel Zeit mit seiner Ex-Frau Nila verbracht, als sie sich kennengelernt hatten. Manchmal waren sie auf der Terrasse gesessen und hatten hinab auf den Hafen geblickt; und manchmal hatten sie auf dem Platz vor dem Theater gesessen, wo ein kleines Häuschen mit der Aufschrift „Reichstelefon" stand und wo man auf zwei nackte Frauen blicken konnte – zwei Statuen, die der Künstler „Schwestern" genannt und dort vor mehr als 70 Jahren aufgestellt hat. Munk hatte sie selten angesehen, er hatte damals nur Augen für eine Frau: für Nila.

Als ihn Nila verlassen hatte, hatte er sich mit Luna auf der Terrasse betrunken. Sie hatten auf den Hafen hinunter geschaut und Luna hatte ihm von einem Unglück erzählt, das 1890 geschehen war – vermutlich wollte sie ihn mit einer kuriosen Geschichte auf andere Gedanken bringen: Der Artist Victor Wladimir Rolla war mit einem Heißluftballon, der an einem Seil gesichert war, vom Mosebacke aus in die Höhe gestiegen, der Ballon hatte sich losgerissen und war mit dem Mann hinaus in den Schärengarten getrieben. Ein Fischer hatte Rolla am nächsten Tag tot aus der Ostsee geborgen. Und jetzt lag ein Toter auf dem Platz vor dem Theater und dem Restaurant: Espen Järv.

Als die Polizisten am Mosebacke Torg ankamen, war dieser voll mit Schaulustigen. Die Kollegen hatten bereits Bänder gespannt, um die Menge zurückzuhalten. Jari Huskonen war schon bei dem Toten, der unmittelbar vor dem Eingang des Södra-Theaters auf dem Kopfsteinpflaster lag. Munk fiel auf, dass kein Blut auf dem Boden neben Järv zu sehen war – und dass Järv eine Uniform trug.

„Und?“, fragte Munk.

Huskonen blickte nach oben.

„Er fiel vom Dach des Theaters“, sagte er dann.

„Selbstmord?“, fragte Selander.

„Nein, er wurde wohl heruntergeworfen, denn er war nicht mehr am Leben, als er vom Dach stürzte.“

„Wie kommst du darauf?“, fragte Munk.

Huskonen winkte Munk und Selander näher heran. Dann flüsterte er: „Man hat ihm die Brustwarzen ab- und die Halsschlagader durchgeschnitten – und ihn dann vermutlich verbluten lassen.“

Scheiße, ist das ekelhaft, dachte Munk, aber es berührte ihn nicht so sehr wie der Spazierstock in Jackies Vagina.

„Und deswegen kann man hier auch kein Blut sehen, oder?“, sagte Munk und blickte sich um.

Huskonen nickte. „Seht euch an, wie bleich er ist. Und nach dem Verbluten haben sie ihn auf das Dach des Theaters geschafft und hinuntergeworfen.“

„Sie?“, fragte Selander.

„Ja, oder er. Ich weiß nicht, ob es ein Einzeltäter war oder mehrere.“

Munk blickte hinauf zum Dach des Theaters. Die Kollegen der Spurensicherung machten dort ihre Arbeit.

„Und warum trägt er eine Uniform?“, fragte Munk.

„Wenn ich Hellseher wäre, würde ich hier im Theater auftreten“, sagte Jari Huskonen. Der Kriminaltechniker war sonst nie spöttisch oder sarkastisch. Aber er war vermutlich noch angeschlagen wegen der Sache mit dem Spazierstock.

„Entschuldige, Jari“, sagte Munk, „war eine blöde Frage.“

„Es ist die Uniform der Reichsbahn“, sagte

Halldor Selander.

Munk sah sich die Uniform genauer an. Selander hatte recht.

„Wir haben es wieder mit einem oder mehreren Tätern zu tun, die uns ein Zeichen geben wollen – es geht um das Theater, es geht um die Brustwarzen und um die Uniform der Bahn“, sagte Munk und stöhnte. Er hasste es langsam, dass die Täter Zeichen gaben. Wie wichtig nahmen sie sich? Wie ausgelutscht war dieses Zeichengeben eigentlich? Er wünschte sich einen Fall, bei dem ein Mann einen anderen Mann einfach über den Haufen knallte. Fertig. Aus. Andererseits: Die Zeichen konnten ihm helfen, den Fall zu lösen. Und darauf kam es schließlich an.

Er sah sich den Mann genauer an. Ein Kerlchen war dieser Espen Järv, klein und schmächtig. Und er war weiß wie die Wand. Munk musste an Pantomimen denken. Pantomimen schminken sich weiß. Clowns auch. Ist das auch noch ein Zeichen? Sind es vier Zeichen: Theater, Pantomime oder Clown, Reichsbahn, Brustwarzen? Brustwarzen sind erogene Zonen, das ist als Zeichen nachvollziehbar. Das mit dem Theater auch – schließlich ging es in diesem Fall um Schauspieler, und Greger Lind hatte zumindest in seiner Anfangszeit auch Theater gespielt. Munk hatte das gelesen. Aber Pantomime? War Lind auch Pantomime? Gab es in diesem Fall irgendjemanden, der Pantomime war? Wir wissen noch zu wenig. Wir müssen endlich die Schauspieler befragen, die mit Lind um die Palme-Rolle konkurrierten, dachte Munk. Vielleicht war da ein Pantomime dabei. Oder ein Clown?

„Casper, Achatz, wir drei fahren zurück ins Präsidium.“

Es war Halldor Selanders Stimme, die Munks Gedanken unterbrach.

„Du willst die Pressekonferenz abhalten?“,

fragte Munk.

„Ja. Wir haben jetzt einen zweiten Toten und damit neuen Stoff für die Journalisten."

„Aber wir wissen nur, dass es Espen Järv ist und dass er ohne Brustwarzen und mit aufgeschnittener Kehle auf dem Mosebacke Torg liegt", wandte Munk ein. „Wir sollten uns an die Arbeit machen, um mehr herauszufinden, anstatt uns mit Journalisten zu unterhalten."

„Grip und Leila machen das, und wir gehen zur Pressekonferenz", befahl Selander.

Munk schüttelte den Kopf. Aber er sagte nichts. Er fügte sich. Selander, Larsson und Munk gingen zum Dienstwagen des Hauptkommissars und fuhren ins Polizeipräsidium.

„Eins steht ja jetzt fest", sagte Selander, als sie im Auto saßen. „Greger Lind kann Espen Järv nicht getötet haben. Er sitzt bei uns in Haft."

„Richtig", sagte Munk, „entweder haben wir zwei Mörder oder Lind hat auch Jackie nicht getötet."

„Ich glaube nicht mehr, dass er es war", sagte Selander.

Munk war überrascht. Der Hauptkommissar hatte bisher eine andere Meinung vertreten.

„Warum nicht?", fragte Munk.

„Ich habe mit Linds Frau gesprochen", entgegnete Selander.

„Lind hat eine Frau!", rief Munk.

„Ja, sie heißt Esther."

„Was sagt sie dazu, dass ihr Mann mit Prostituierten feiert?", fragte Munk. „Und dass er mit ihnen schläft – mit Rose hat er ja wohl geschlafen?"

„Esther Lind ist mit Greger zusammen, seit beide 18 waren", erwiderte Selander. „Sie hat gesagt, dass Sex nicht mehr die Hauptrolle in ihrer Beziehung spielt. Und es sei ihr lieber, wenn Greger mit einer Prostituierten schlafe als mit einer Geliebten. Bei einer Prostituierten seien keine Gefühle im Spiel."

Munk blickte Larsson an. Der lächelte und zuckte mit den Schultern. Ich bin immer noch naiv, dachte Munk. So wie Esther Lind das sieht, so ist das Leben. Aber ich glaube immer noch an die Liebe im Hollywood-Film, an Clarke Gable und Vivian Leigh. An Cary Grant und Ingrid Bergman. Eigentlich müsste ich es besser wissen – ich habe selbst einiges erlebt. Worauf bezog sich meine Romantik? Auf die Anfangszeit von Beziehungen und auf unerreichbare Lieben? Es gab sogar die romantische Erfüllung in meinem Leben, eine Frau, mit der ich nie zusammen gewesen bin, aber mit der ich das verband, was ich in Hollywoodfilmen gesehen habe: Magie statt Alltag. Es war an einem Abend in Gamla Stan, es war Winter und über der Västerlånggatan hing ein Vorhang von Schneeflocken. Plötzlich tauchte sie auf, sie kam auf mich zu, lächelte und hatte Schneeflocken im Haar. Ich sah sie an und dachte an Cary Grant und …

Munk lachte über seinen inneren Monolog und über sich selbst. Was war er für ein alberner, kitschig-romantischer Kindskopf.

„Was ist?", fragte Selander, der seit 40 Jahren verheiratet war.

Munk überging die Frage. Stattdessen sagte er: „Du hast also Esther Lind getroffen, sie hat diese Sachen mit der langen Ehe und der Prostituierten gesagt und so weiter. Aber ich weiß immer noch nicht, warum du nicht mehr glaubst, dass Lind es nicht gewesen ist."

„Esther Lind hat mir alles über ihren Mann erzählt – Kindheit, Jugend, Ängste, Träume. Der Palme-Film war die Erfüllung eines Traumes für ihren Mann, der in gewisser Hinsicht noch ein Kind ist …"

… noch einer, dachte Munk.

„… und sich nichts sehnlicher wünschte, als vom schwedischen Publikum geliebt zu werden. Er hätte das niemals aufs Spiel gesetzt, selbst im Suff nicht."

Munk blieb skeptisch. Er glaubte zwar selbst nicht, dass Lind der Täter war, aber Selanders Argumente hielt er für schwach.

„Das ist mir zu einfach", sagte er. „Erstens passieren Dinge, die man jemandem nie zugetraut hätte. Zweitens hast du mit seiner Frau gesprochen, einem Menschen, der nicht objektiv ist, wenn es um Greger Lind geht – wer weiß, was sie dir alles aufgetischt hat."

Selander war beleidigt.

„Ich bin im ganzen Haus für meine Menschenkenntnis bekannt", sagte er trotzig. „Und ich habe auch nicht behauptet, dass ich nun sicher bin, dass Lind unschuldig ist. Ich sagte nur, ich glaube, dass er unschuldig ist."

„Dann steht es jetzt 4:2", sagte Munk.

„Bitte?"

„Grip, Jari, du und ich glauben, dass Lind unschuldig ist. Leila und Achatz denken, er hätte es getan."

„Yes", knurrte Larsson.

Als sie im Polizeipräsidium vor der Journalisten-Menge saßen, dämmerte es Munk, warum Selander Larsson gebeten hatte, an der Pressekonferenz teilzunehmen. Neben dem mittelgroßen Selander saßen nun der breitschultrige Larsson und der breitschultrige Munk auf dem Podium – das zeigte den Reportern, dass die Staatsmacht breitschultrig war. So einfach war das manchmal.

Selander kam gleich zum Punkt.

„Entschuldigen Sie bitte, dass wir Sie etwas warten ließen, aber Sie wissen sicher schon, warum – wir haben einen zweiten Toten, es ist Espen Järv. Er lag tot auf dem Mosebacke Torg. Man hat ihn vom Theaterdach auf den Platz geworfen."

Die Journalisten waren natürlich nicht überrascht. Ihre Kollegen, die am Mosebacke Torg waren, hatten sie informiert. Einige waren auch selbst dort gewesen und erst vor wenigen Minuten wieder ins Polizeipräsidium zurückgekehrt. Nur ein paar hatten hier auf die Polizisten gewartet. Sie schienen sich auch nicht darüber zu wundern, dass Järv der Tote war. Die bunten Blätter hatten ihn längst wenig einfallsreich „das Phantom" genannt, weil er zwar Zeuge, aber seit Tagen nicht auffindbar war. Jetzt wusste man, warum.

„Gehen Sie von einem Täter aus – von einem, der sowohl die Prostituierte als auch den Agenten getötet hat?", fragte Lennart Nordman vom seriösen Svenska Dagbladet.

Die Frage spielte Selander in die Karten. Es lag ihm ja daran, Lind zu entlasten.

„Ja, momentan sieht es danach aus", antwortete er. „Annebritt Södergren und Espen Järv waren auf der gleichen Party, sie kannten sich und sie wurden innerhalb von wenigen Tagen beide getötet."

„Aber damit würde Greger Lind, der in Haft ist, als Mörder von Annebritt Södergren ausscheiden", sagte Nordman.

5:2, dachte Munk.

„Wir ermitteln weiterhin in alle Richtungen", sagte Selander neutral, aber ihm war klar, dass die Journalisten Lind nun schonen würden.

„Hasst der Mörder Nutten und ihre Freier?", rief ein Reporter des Boulevardblattes Expressen nach vorne.

„Kein Kommentar", sagte Selander.

„Was meinen Sie, Herr Munk?", fragte Jens Polhem

von Dagens Nyheter.

„Was haben wir?“, gab Munk zurück. „Eine tote Animierdame und einen toten Agenten, beide waren auf der gleichen Party. Der Schluss liegt nahe, dass der Kollege vom Expressen eine richtige Frage gestellt hat: Hasst da jemand Prostituierte und Männer, die Prostituierte ... in Anspruch nehmen?“

„Ich warte auf Ihr Aber, Herr Munk“, sagte Polhem.

Munk lächelte.

„Das Leben ist nicht schwarz und weiß und der Himmel nicht immer blau“, sagte er dann.

„Verstehe“, antwortete Polhem. „Und mehr gibt’s nicht?“

„Nein“, sagte Selander. „Die Umstände von Annebritt Södergrens Tod haben Sie ja schon umfassend gewürdigt – ich meine nicht Sie, Herr Polhem, sondern alle Journalisten hier im Saal, die sich angesprochen fühlen. Und zu Järv wissen wir noch nichts Näheres.“

„Stimmt es, dass Järv verblutet ist und vom Dach des Theaters geworfen wurde?“, fragte der Mann von Expressen.

„Kein Kommentar“, sagte Selander.

Munk atmete auf. Er dachte, die Pressekonferenz sei nun beendet, und sie, die Polizisten, seien mit dem üblichen Geplänkel durchgekommen. Er sollte sich täuschen.

„Kennen Sie Fatty Arbuckle?“, rief ein Mann nach vorne, den Munk noch nie gesehen hatte.

Munk und Selander sahen sich an.

„Wer sind Sie und wer ist Fatty Arbuckle?“, fragte Munk zurück.

„Verzeihen Sie bitte“, sagte der Mann, zu dem sich nun alle Journalisten umgedreht hatten. „Mein Name ist Pontus Kjaer, ich bin Feuilleton-Redakteur bei Dagens Nyheter.

Mein Kollege Jens Polhem war so freundlich, mich mitzunehmen."

Der Mann machte eine kleine Pause. Es war sein großer Auftritt. Er wusste das. Und er genoss ihn von Anfang an.

„Also, meine Herren, kennen Sie Fatty Arbuckle? Oder soll ich Roscoe Arbuckle sagen? Fatty war sein wenig schmeichelhafter Spitzname."

„Wir kennen ihn nicht, würden Sie uns bitte aufklären", entgegnete Selander etwas genervt.

„Ich kenne ihn", sagte Achatz Larsson plötzlich mit seiner rauen Stimme.

Munk war überrascht. Larsson hatte bisher nicht am Gespräch teilgenommen. Es hatte ihn auch niemand gefragt. Hoffentlich kam nicht seine Vergangenheit hoch. Hatte Larsson diesen Fatty Arbuckle verprügelt?

„Roscoe, genannt Fatty Arbuckle, war ein Schauspieler", sagte Larsson, „ich glaube vor fast 100 Jahren – er spielte in Stummfilmen mit."

Munk war erleichtert. Larsson konnte Arbuckle nicht verprügelt haben.

„Beeindruckend", sagte Kjaer, „und was wissen Sie noch von ihm?"

„Nichts", sagte Larsson trocken. „Aber ich werde bald mehr von Fatty Arbuckle wissen, weil Sie Ihr Wasser sicher nicht halten können."

Selander blickte Larsson von der Seite scharf an.

„Verzeihen Sie, Herr Kjaer", sagte Selander, „ich würde Sie bitten, uns an Ihrem Wissen teilhaben zu lassen."

Pontus Kjaer ließ sich nicht lange bitten.

„Ich bin nicht nur Feuilleton-Redakteur bei Dagens Nyheter", sagte er, „ich bin auch Autor von diversen Büchern …"

Wichtigmacher-Ratgeber vermutlich, dachte Munk.

Larsson hatte so was von recht.

„… eines meiner Bücher ist eine Anthologie von Stummfilmstars: Buster Keaton, die kleinen Strolche, diese Jungs, Sie wissen schon. In diesem Buch finden Sie auch Fatty Arbuckle. Er hatte ein spannendes und tragisches Leben – und damit sind wir beim Fall Greger Lind."

Wieder machte er eine Pause. Aber diesmal waren die Zuhörer nicht genervt. Sie waren neugierig.

„Was ich Ihnen jetzt erzähle, können Sie in wenigen Minuten auch in der Online-Ausgabe von Dagens Nyheter nachlesen …"

Komm zum Punkt, dachte Munk.

„… und morgen auch in der Printausgabe. Ich habe eine ganze Zeitungsseite geschrieben über das Leben von Arbuckle und über die Parallelen zum Fall Lind. Wissen Sie, dass auch Arbuckle verdächtigt wurde, eine Frau getötet zu haben?"

Kjaer schaute in die Runde.

„Wissen wir nicht", sagte Munk eine Spur zu scharf.

„Und wissen Sie auch, wie er die Frau – ebenfalls eine Prostituierte – umgebracht haben soll?"

Im Saal war es nun totenstill.

„Er soll sie erdrückt haben und in ihrer Vagina steckte eine leere Flasche Cola."

Im Saal entstand Unruhe.

„Wie bei Lind", hörte man.

„Ein mörderisches Plagiat", sagte ein anderer.

„Also ein lange geplanter Mord, nichts Spontanes", sagte ein Dritter.

„Wer kommt auf so etwas?", seufzte ein Vierter.

Journalisten sind nicht sehr kreativ in ihrem Erstaunen, dachte Munk.

Hauptkommissar Selander klopfte mit der flachen

Hand auf den Tisch.

„Ruhe, bitte“, sagte er wie ein Richter vor der Androhung, den Saal räumen zu lassen.

„Fahren Sie bitte fort, Herr Kjaer.“

„Fatty Arbuckle kam vor Gericht; er wurde später zwar freigesprochen, aber seine Karriere war kaputt. Dabei hatte er gerade einen millionenschweren Vertrag unterzeichnet ...“

„Wie Lind“, hörte man wieder.

„Meine Herren“, sagte Pontus Kjaer zu den drei Polizisten und man merkte, wie er den Augenblick genoss. „Für mich ist der Fall klar: Da kopierte jemand einen Mord von vor fast 100 Jahren, um die Karriere von Greger Lind just zu dem Zeitpunkt zu zerstören, an dem sie volle Fahrt aufgenommen hätte. Haben Sie schon untersucht, welche Feinde Lind hat, welche Neider, welche Konkurrenten? Haben Sie diese schon verhört?“

„Haben wir“, log Munk.

„Und?“, fragte Kjaer.

„Wir können aus ermittlungstechnischen Gründen nicht mehr sagen“, sagte Selander.

Im Saal entstand Unruhe.

„Ich bitte Sie, meine Damen und Herren“, sagte Selander. „Das ist doch nicht neu. Wir können nicht alles sagen, was wir tun oder wissen. Die Pressekonferenz ist jetzt beendet.“

Die Journalisten zogen ab, im Hinausgehen drängten sie sich alle um Pontus Kjaer – in der Hoffnung, von ihm noch mehr über diesen Fatty Arbuckle zu erfahren. Kjaer lächelte nur und verwies auf seine Artikel, die erst im Netz und dann bei Dagens Nyheter zu lesen sein würden.

Selander, Larsson und Munk gingen in den Besprechungsraum.

„Es ist klar, was wir jetzt tun müssen", sagte Selander angestrengt. „Wir lassen Lind frei und verhören die Schauspieler, die außer Lind für die Palme-Rolle infrage gekommen sind."

„Leila war schon dran", entgegnete Munk. „Sie hat den Namen des größten Konkurrenten. Ich rufe sie an."

Munk tippte ein paar Zahlen in sein Handy. Sekunden später hörte er es klingeln und Leila ging durch die Tür herein. Sie kam gerade vom Mosebacke Torg zurück.

„Nicht rangehen", sagte Munk, „ich bin es."

„Wie war die Pressekonferenz?", fragte Leila, als sie die ernsten Gesichter ihrer Kollegen sah. „Nicht sehr erfreulich, oder?"

„Nein", seufzte Selander. „Ein Journalist hat uns klargemacht, dass er weiter ist als wir – wir werden es euch gleich erzählen. Aber jetzt kümmern wir uns erst um den anderen Schauspieler, der die Palme-Rolle auch wollte. Du warst dran, Leila, wie heißt er, wo wohnt er?"

„Seine Adresse habe ich im Computer, seinen Namen weiß ich – er heißt Sigurd Welz."

„Nie gehört", sagte Selander. Larsson, Munk und Grip, der nun auch im Besprechungsraum angekommen war, zuckten mit den Schultern.

„Er ist ein Geheimtipp", sagte Leila. „Bisher hat er nur auf kleinen Bühnen in Stockholm und in Schonen gespielt. Aber er soll gut sein. Und er sieht Palme verdammt ähnlich – ich habe sein Bild gegoogelt."

„Gab es sonst noch ernst zu nehmende Konkurrenten für Lind, was die Palme-Rolle anging?", fragte Selander.

„Nein", antwortete Leila, „Gösta Sundblad, der Regisseur, hatte nur Lind und Welz eingeladen."

„Das ist ungewöhnlich", erwiderte Selander. „Man castet doch mehrere Kandidaten, oder?"

„Für Sundblad ist eher ungewöhnlich, dass er überhaupt zwei Kandidaten eingeladen hatte, meistens weiß er schon sehr früh, wer es werden soll und dann gibt es nur den einen für ihn“, sagte Leila. „Dass er zwei eingeladen hatte, spricht dafür, dass es ein enges Rennen war.“

„Und dass dieser Welz am Ende sehr enttäuscht gewesen sein muss“, sagte Selander. „Das ist ein starkes Motiv.“

„Fast zu stark“, wandte Munk ein. „Das wäre doch sehr simpel: Wütender Schauspieler zerstört Karriere seines Konkurrenten, indem er einen Fall nachspielt, der vor 100 Jahren geschah. Da fällt der Verdacht doch sofort auf ihn.“

„Wovon redet ihr“, fragte Grip, „welcher Fall von vor 100 Jahren?“

„Casper wird es dir erklären, wenn ihr beiden zu Welz fahrt“, sagte Selander. „Und wir werden es Leila erzählen. Aber erst suchst du bitte die Adresse von Welz heraus, Leila.“

Sigurd Welz wohnte auf Djurgården, der grünen Insel in der Mitte von Stockholm, nicht weit entfernt von der Altstadt Gamla Stan. Der Vergnügungspark Gröna Lund und das Freilichtmuseum Skansen befanden sich dort – und natürlich auch all die anderen Museen, die wie an einer Perlenkette aufgereiht am Inselufer standen: Nordisches Museum, Vasamuseum, Abba-Museum, Biologisches Museum und das kleine Astrid-Lindgren-Museum, das Junibacken hieß. Dort konnte man sich in eine Art Sessellift setzen und eine Rundreise machen durch nachgebaute Minilandschaften aus Lindgrens Romanen, vorbei an Bullerbü, Lönneberga und der Villa Kunterbunt.

Munk hatte Grip im Auto die Sache mit Fatty Arbuckle erzählt. Grip hatte aufmerksam zugehört, manchmal hatte er den Kopf geschüttelt, manchmal hatte er auch gelächelt.

„Der Typ, der das nachspielt, muss schon einen kranken Humor haben“, hatte Grip gesagt.

Mit Selbstkritik – dass sie sich nicht eher um Sigurd Welz gekümmert hatten – hielten sie sich nicht auf. Grip war nicht der Typ dafür, Munk machte nur sich selbst Vorwürfe, nicht den anderen. Aber diese Selbstvorwürfe musste er ja nicht laut äußern.

Munk stellte seinen Wagen am Rande eines kleinen Laubwaldes ab. Sigurd Welz wohnte in einem alten Haus, das nur einen Nachbarn zur Linken hatte. Es war ein Idyll in der Stadt.

„Hoffentlich ist er zu Hause“, sagte Grip.

„Theaterschauspieler arbeiten abends“, erwiderte Munk.

„Das ist ein Klischee.“

„Besserwisser“, sagte Munk und lächelte. Er klopfte an die Tür. Es dauerte nur wenige Sekunden, dann öffnete ein Mann, der tatsächlich aussah wie der junge Palme: blond, Strähne in der Stirn, hervorspringende Nase, volle Lippen, helle Haut. Fast ein slawisches Aussehen.

„Herr …“

„Welz“, sagte Sigurd Welz. „Guten Tag, Herr Munk.“

Munk war überrascht.

„Man kennt Sie“, sagte Welz. „Ihr Foto ist oft in den Zeitungen und in den Abendnachrichten. Und ich kann mir Namen gut merken. Ihr Vorname ist Casper, oder?“

Munk war das ein bisschen zu intim.

„Das ist mein Künstlername“, sagte er.

„Hab ich auch“, sagte Sigurd Welz und lächelte. „Mein Agent wollte das so.“

„Wie heißen Sie denn wirklich?“, fragte Grip aus dem Hintergrund.

„Straka“, sagte der Schauspieler, „Roman Straka.“

„Haben Sie tschechische Wurzeln?“, fragte Grip. „Es gab mal einen tschechischen Nationalspieler, der Frantisek Straka hieß.“

„Slowakische“, sagte Sigurd Welz, „ich habe slowakische Wurzeln.“

„Wir würden jetzt gerne …“, setzte Munk an.

„… hereinkommen“, antwortete Welz höflich und ging zur Seite, um den Weg freizumachen für die beiden Polizisten.

„Wir würden jetzt gerne darüber reden, weshalb wir hier sind, wollte ich eigentlich sagen“, erwiderte Munk.

„Ich kann es mir denken“, sagte Welz und bot Munk und Grip einen Platz in seinem Wohnzimmer an.

Es sieht aus wie bei einem Studenten, dachte Munk. Oder wie bei Luna. Regale und Sofa von Ikea – er erkannte sogar die schlichte Lampe Söder, die Luna auch besaß. Entweder machte sich Sigurd Welz nichts aus Luxus, oder der Schauspieler hatte nicht viel Geld.

„Es geht vermutlich um Greger Lind“, sagte Welz, nachdem er selbst Platz genommen hatte.

„Ja“, sagte Munk. „Und weil Sie Zeitung lesen und die Abendnachrichten verfolgen, sind Sie sicher im Bilde.“

„Bin ich.“

„Herr Welz, Sie haben mit Greger Lind um die Palme-Rolle konkurriert – wie war es für Sie, als Lind sie bekam?“

„Ich war natürlich enttäuscht“, sagte Welz. „Es wäre eine große Chance für mich gewesen. Andererseits war ich aber auch froh, dass ich die Rolle nicht bekommen habe.“

„Froh?!“, rief Grip.

„Ich wäre bekannt geworden, sehr bekannt. Palme ist ein Pfund, wenn man den spielt, ist hinterher alles anders. Und ich gehe gerne unerkannt …“

… zu Ikea, dachte Munk.

„… ins Restaurant oder ins Kino“, sagte Welz. „Es reicht mir jetzt schon, wenn mich manche Leute anstarren, weil Sie glauben, Palme in mir zu erkennen. Ich sehe ihm nun mal ähnlich.“

„Wo ist Ihr Ehrgeiz?“, fragte Munk. „Und Ihre Eitelkeit?“

„Beides vorhanden, aber im normalen Maß“, erwiderte Sigurd Welz. „Ich bin ein ganz guter Verlierer. Sundblad hatte sich für Lind entschieden. So what. Ich bin genügsam, ich spiele schöne Rollen an kleinen Theatern.“

„Haben Sie schon einmal darüber nachgedacht, dass Sie die Rolle jetzt doch noch bekommen könnten, nachdem die Sache mit Lind und den Prostituierten geschehen ist?“, fragte Munk.

„Ich habe gerade im Radio gehört, dass man Lind freigelassen hat“, entgegnete Welz.

„Aber der Fall ist längst nicht abgeschlossen“, sagte Munk. „Und es ist sicher fraglich, ob Sundblad unter diesen Umständen mit Lind arbeiten wird.“

Welz schwieg. Er schien nachzudenken. Dann sagte er: „Ich glaube, dass Sundblad loyal ist und sich nicht darum schert, was die bunten Blätter schreiben. Wenn Lind nicht mehr verdächtig ist, wird Sundblad mit ihm arbeiten.“

„Ich glaube es nicht“, sagte Munk, „aber das ist alles Spekulation.“ Er kam zum Punkt: „Was für uns noch wichtiger ist: Wo waren Sie am vergangenen Freitagabend und in der Nacht zum Samstag, Herr Welz?“

„Ich wusste, dass Sie mich das fragen würden und muss deshalb nicht mehr lange darüber nachdenken – ich habe es bereits getan: Ich war am Abend mit Freunden in einem kleinen Theater in Södermalm, sie spielten ein Underground-Stück von einem unbekannten Dichter aus Värmland.“

„Wie hieß das Stück?“, wollte Grip wissen.

„Sie werden es nicht kennen, es heißt: Tomaten im Weltall.“

Grip lachte.

„Und was haben Sie danach gemacht?“, fragte Munk.

„War ich mit den Freunden in einer Kneipe auf Söder.“

Söder war Södermalm.

„Bitte schreiben Sie uns Namen und Telefonnummern Ihrer Freunde auf, damit wir das überprüfen können“, sagte Munk.

„Jetzt?“, fragte Welz.

„Jetzt“, sagte Munk.

Sigurd Welz verließ den Raum und kam wenig später mit einem Zettel und einem Bleistift in der Hand zurück ins Wohnzimmer.

„Leben Sie hier alleine?“, fragte Munk und sah sich um.

„Momentan ja“, sagte Welz. „Aber ich habe ein offenes Haus und Freunde, die schon mal ein paar Wochen hier wohnen, wenn sie gerade nichts anderes haben.“

Welz setzte sich und schrieb ein paar Namen und Nummern auf den Zettel. Dann gab er ihn Munk. Munk las fünf Namen. Er ahnte, dass Sigurd Welz ein starkes Alibi hatte.

„Danke und auf Wiedersehen“, sagte er und ging zur Tür. Grip folgte ihm.

„Auf Wiedersehen“, antwortete Sigurd Welz.

Im Auto schwieg Munk. Er dachte nach. Welz war neben Agustin Södergren die heißeste Spur, die sie hatten. Aber er schien es nicht gewesen zu sein.

„Er scheint es nicht gewesen zu sein“, sprach Grip seine Gedanken aus. „Er würde uns kaum fünf Namen aufschreiben, wenn diese ihm kein Alibi geben könnten.

Und dass alle fünf lügen? Kaum zu glauben. Ich glaube auch nicht daran, dass er einen Killer beauftragt hat."

Munk nickte missmutig. Grip hatte vermutlich recht. Und sie waren wieder am Anfang. Nein, sie waren hinter den Anfang zurückgefallen. Am Anfang hatten sie einen Hauptverdächtigen, Greger Lind, der von einer Zeugin stark belastet worden war. Jetzt hatten sie keinen Hauptverdächtigen mehr. Dafür hatten sie einen Toten mehr.

„Wir setzen uns im Präsidium mit Leila, Achatz und Halldor zusammen", sagte er. „Wir brauchen eine neue Strategie." Dann rief er Selander an und sagte ihm, dass Welz vermutlich ein Alibi habe und für den Mord an Jackie kaum infrage komme.

Leila, Larsson und Selander saßen bereits im Besprechungsraum, als die beiden anderen ins Polizeipräsidium zurückkehrten. Sie blickten ernst. Vermutlich dachten sie das Gleiche wie Munk: Dass sie fast nichts hatten – außer dem Halbverdächtigen Agustin Södergren und einem anderen Halbverdächtigen, der einmal ein Hauptverdächtiger gewesen war: Greger Lind. Aber Selander hatte Lind gehen lassen. Rose Blad hatte ihn belastet, ja, aber sonst hatten sie nichts gegen ihn in der Hand gehabt. Und jetzt gab es einen zweiten Toten, den Lind nicht getötet haben konnte.

Selander ergriff das Wort, als sich alle Ermittler gesetzt hatten. Er klang hilflos, als er sagte, man müsste die Partygäste finden, und man müsse noch einmal mit allen Personen reden, die irgendetwas mit den Toten zu tun haben könnten.

„Wir nehmen sie alle richtig ran", sagte er, wohl um sich selber Mut zu machen, und es klang, als habe Selander diesen Satz in irgendeinem Fernsehkrimi gehört.

„Achatz und ich haben gerade mit Agustin Södergren

geredet, aber es kam nichts dabei heraus", fuhr Selander fort. „Er hat kein Alibi, weil er in der fraglichen Nacht alleine zu Hause gewesen ist, und er streitet ab, irgendetwas vom Doppelleben seiner Frau gewusst zu haben. Das sei ja alles Wahnsinn, hat er gesagt. Und dass er zu euch, Leila und Casper, etwas von einer Molly gesagt haben soll – daran erinnert er sich nicht. Er kenne auch gar keine Molly."

Die Polizisten starrten auf die Tischplatte.

„Was glaubt ihr?", fragte Selander. „Wer hat Jackie getötet? Wer hat Järv getötet?"

Achatz Larsson räusperte sich. Er war bisher sehr zurückhaltend gewesen, hatte sich weder sonderlich aktiv an Mutmaßungen beteiligt noch an den Verhören. Vermutlich war es Absicht. Er wollte sich erst einmal unterordnen, nicht dominieren. Aber jetzt sprach er.

„Ich glaube immer noch, dass Lind Jackie erdrückt hat", sagte er. „Rose belastet ihn, und dann ist da seine unerfüllte Liebe oder sein unerfülltes Begehren, was Jackie anging, der Übermut nach seinem Vertragsabschluss, der ihn möglicherweise ermunterte, Jackie härter anzugehen – all das spricht gegen ihn. Und ich sehe keine Alternative. Sigurd Welz? Ihr sagt, er habe ein sehr gutes Alibi. Jackies Mann, Agustin Södergren? Der würde so etwas anders lösen. Diskreter."

„Aber Lind kann Järv nicht getötet haben", sagte Selander. „Es muss also in jedem Fall einen anderen Mörder geben, egal ob Lind Jackie nun getötet hat oder nicht."

„Ich schlage vor, dass wir unsere Psychologin Rea Tjark um Hilfe bitten", schaltete sich Munk ein. „Warum wurden Järvs Brustwarzen abgesägt? Was sollte damit demonstriert werden? Hat es etwas mit Sex zu tun? Brustwarzen sind ja extrem erogene Zonen, auch beim Mann. War Järv ein Brustwarzen-Fetischist und musste er dafür bezahlen, dass er Frauen zwang …"

„Genug", sagte Selander, der zu einer Generation zählte, die nicht gern im Detail über sexuelle Praktiken reden wollte. Und wenn schon darüber geredet werden sollte, dann sollte es ein Experte sein oder eine Expertin wie Rea Tjark. Dann hatte das Ganze sozusagen einen wissenschaftlichen Anstrich. Selander griff zum Hörer.

„Rea? … Ja, Selander hier. Kannst du bitte mal kurz bei uns im Besprechungsraum vorbeikommen? Danke."

Rea Tjark war drei Minuten später da.

„Rea, unserem Opfer wurde nicht nur die Kehle durchgeschnitten, weshalb er verblutet ist, ihm wurden auch die Brustwarzen entfernt …"

„… abgesägt oder abgerissen", warf Leila ein. „Jari hat ihn näher untersucht und denkt, es muss eine Säge oder Kreissäge gewesen sein."

„Also abgesägt", fuhr Selander fort. „Wir fragen uns, ob das ein Zeichen ist. Gibt es zum Beispiel Brustwarzen-Fetischisten, denen man …" Selander räusperte sich. „… denen man sozusagen als Bestrafung ihre edelsten Teile zerstört?"

„Es gibt nichts, was es nicht gibt", erwiderte Rea Tjark. „Also gibt es auch Brustwarzen-Fetischisten. Das kann sich auf die eigenen beziehen, aber auch auf die des Sexpartners. Manche Brustwarzen-Fetischisten denken beim Sex an ihre Mutter, weil sie als Babys sozusagen an der Brust der Mutter gesäugt worden sind …"

Selander verdrehte die Augen. Rea Tjark bemerkte das.

„Ich will euch nicht mit Details langweilen", sagte sie. „Aber ich kann euch sagen, dass das, was es sozusagen in diesem Bereich gibt, eure Vorstellungskraft übersteigt – sofern ihr, was ich jetzt mal annehme, ein einigermaßen normales Sexualleben habt."

Munk dachte an Tove Olsen.

„Järv wurden die Brustwarzen abgesägt“, sagte er dann. „Könnte das ein Racheakt sein? Vielleicht hat der mutmaßliche Brustwarzen-Fetischist Järv jemanden beim Sex schlecht behandelt und dieser Jemand hat sich jetzt gerächt. Vielleicht war Järv ein Brustwarzensex-Sadist. Gibt es so etwas?“

Grip lachte. Larsson konnte sich auch nicht mehr halten. Schließlich lachten auch Munk, Leila und Rea Tjark. Nur Selander lächelte gequält.

„Ich sagte es schon, Casper, alles ist möglich“, erwiderte Rea Tjark schließlich.

„Danke, Rea“, sagte Selander. Die Psychologin stand auf und verließ den Raum.

„Sehr viel schlauer sind wir nach diesem Sexualkunde-Unterricht nicht“, sagte Grip. „Järv war vielleicht pervers, vielleicht auch nicht.“

„Aber es war sicher ein Zeichen“, sagte Leila. „Wenn es eine – verzeiht die Wortwahl – normale Verstümmelung gewesen wäre, hätte man ihm Finger oder Zehen oder Beine abgesägt. Die Brustwarzen sind schon etwas Besonderes.“

„Und was bedeutet das für unsere Ermittlungsarbeit?“, fragte Selander.

„Wir suchen nach sexuell abartigen Personen“, sagte Munk, „und nach Frauen, die Sex mit Espen Järv hatten. Eine von ihnen ist tot: Jackie. Sie kann ihn nicht umgebracht haben.“

„Leila, kannst du dich mal in Espen Järvs Agentur umhören, bitte?“, sagte Halldor Selander. „Und du könntest auch Rose Blad befragen, mit wem Järv Sex hatte – sie hatte doch angedeutet, dass es viele Frauen waren.“

„Mach ich“, erwiderte Leila.

„Und der Rest von uns schwärmt aus, um alle möglichen

Personen im Umfeld von Lind, Södergren, Welz und Järv zu befragen."

Sie verteilten die Aufgaben und trennten sich. Es war spät geworden. Die Befragungen sollten am nächsten Tag stattfinden. Munk ging in sein Büro und dachte darüber nach, ob er das, was sie wussten, auf ein Blatt Papier schreiben sollte. Wenn er die Dinge schriftlich vor sich hatte, half ihm das beim Analysieren. Er beschloss, das Ganze auf den nächsten Tag zu verschieben. Er brauchte eine Pause. Dann doch lieber zu Luna! Hatte sie nicht gesagt, sie hätte etwas in ihrem Leben geändert? Oder sie wollte etwas ändern? Er wollte es wissen. Schließlich ging es um Lunas Leben. Im vergangenen Jahr hatte sich Luna stets um Munks Leben gekümmert, sie hatte zugehört, als ihn seine Frau verlassen hatte, sie war da gewesen, sie hatte ihm geholfen. Munk nahm die grüne U-Bahn-Linie zum Medborgarpladsen, zum Medis, wie die Stockholmer sagten. In der U-Bahn fragte ein Jugendlicher einen anderen, bei welcher Fast-Food-Kette die Pommes besser seien: bei McDonald's oder bei Burger King? Er sei eindeutig für McDonald's, sagte der eine. Der andere Jugendliche schüttelte den Kopf und sagte: „Burger King ist besser, und ich kann dich vollbomben mit Argumenten."

Munk musste grinsen. Er wartete auf die Argumente. Aber es kam nichts mehr. Die Jungs unterhielten sich jetzt über Musiker. Über Rapper, die mit Nachnamen Dog oder Doc hießen. Munk stieg am Medis aus und lief die Götgatan hinunter Richtung Globen, jener Sporthalle, die wie ein riesiger Golfball aussah. Jeder, der im Süden von Stockholm einen Balkon in den oberen Stockwerken hatte, konnte ihn sehen. Luna, die im dritten Stock wohnte, hatte einen Balkon. Munk freute sich darauf, mit Luna auf dem Balkon zu sitzen, den Globen anzusehen und einen

Rotwein zu trinken.

Er klingelte an Lunas Wohnungstür. Eine Frau öffnete, die Munk noch nie gesehen hatte.

„Kommst du auch zur buddhistischen Sitzung?“, fragte die Frau.

Munk ging einen Schritt nach hinten. Er schaute nach rechts und nach links – auf die beiden anderen Türen im dritten Stock. Hatte er sich in der Tür geirrt? Nein, Lunas Name stand auf dem Schild neben der Tür, an der er geklingelt hatte.

„Also“, fragte die Frau noch einmal, „kommst du auch zur buddhistischen Sitzung?“

Sie klang eher ungeduldig als tiefenentspannt.

Munk hörte, wie ein vielstimmiges „Oooooommmm“ aus dem Zimmer kam, das eigentlich Lunas Arbeitszimmer war – und das einen Balkon hatte, von dem aus man den Globen sehen konnte.

„Ist Luna da?“, fragte Munk.

„Ja“, antwortete die Frau und musterte ihn, „bist du Casper?“

„Bin ich“, sagte Munk. „Und wer bist du? Ich wusste nicht, dass Luna jetzt buddhistische Sitzungen veranstaltet.“

War es das, was sie in ihrem Leben ändern wollte?

Die Frau lachte.

„Macht sie auch nicht“, sagte die Frau. „Ich mache das, ich bin Annika.“

Annika streckte Munk die Hand entgegen. Munk drückte sie.

„Und warum machst du die Sitzungen hier?“, fragte er dann.

„Ich wohne hier“, sagte Annika.

„Hier?“

Munk war fassungslos.

„Ja, seit ein paar Tagen“, erwiderte Annika.

„Wo ist Luna?“

„In ihrem Zimmer, sie hört Musik.“

Munk hörte nur das „Ooooooommm“.

Annika erriet seine Gedanken.

„Sie hat Kopfhörer auf – damit sie unsere Ruhe nicht stört.“

„Damit sie Eure Ruhe nicht stört“, sagte Munk tonlos.

Dann ging er den Flur entlang zu Lunas Zimmer. Er klopfte. Luna öffnete nicht. Munk klopfte lauter. Wieder nichts. Er klopfte noch lauter. Jetzt öffnete Luna. Sie lächelte.

„Casper“, sagte sie, „komm rein!“

Luna hatte die Kopfhörer in der Hand.

„Ich höre gerade eine CD von Kenny Wayne Sheperd – seine letzte.“

„Goin' Home?“

Munk und Luna hatten den gleichen Musikgeschmack.

„Yes, Goin' Home.“

Munk vergaß, dass er gerade mit Lunas Mitbewohnerin geredet hatte. Er vergaß, dass Luna überhaupt eine neue Mitbewohnerin hatte.

„Wie findest du die CD?“, fragte er.

„Gut, Sheperd hat die alten Meister ausgegraben: Muddy Waters, Bo Diddley und die drei Kings: B. B., Albert und Freddie. Das gefällt mir.“

„Mir auch. Hast du John Mayalls letzte CD auch gehört?“

„Yes“, antwortete Luna. „A special life.“

„Und?“

„Ganz okay. Hab aber schon bessere Lieder von ihm gehört. Aber du musst das mal hören.“

Luna legte eine neue CD ein und hielt ihm die

Kopfhörer hin.

Munk hörte eine Weile rein, dann sagte er: „Das ist ja fantastisch! Wer ist das?"

„Ron Cartel. Der Song heißt: Don't make the monkey drunk."

Munk schwieg. Er hörte Cartel zu.

„Ich kenne ihn nicht", sagte er dann. „Ein Junger? Mit einer alten Stimme?"

„Nein", sagte Luna und lachte. „Er ist schon über 60. Ich habe ihn auch erst jetzt entdeckt."

Munk legte die Kopfhörer weg und setzte sich auf das Sofa in Lunas Zimmer. Luna saß am Boden.

„Eigentlich will ich Bluesharp spielen lernen", sagte sie. „Ich habe mir schon eine gekauft."

„Und?"

„Na ja …"

„Alles klar."

„Ja, die Mundharmonika liegt bei mir auf dem Schreibtisch", sagte sie, „ich übe nie und höre mir stattdessen lieber CDs von Bluesharp-Spielern an."

„Little Walter?"

„Ja, er ist der beste."

Munk nickte.

„Willst du mit mir essen, Casper?", sagte Luna schließlich. „Es gibt aber nur Spaghetti mit Hackfleisch und Parmesan."

Munk kehrte in die Welt zurück.

„Ja, ich habe seit heute Mittag nichts gegessen, aber …"

Er deutete mit den Augen zur Zimmertür.

Luna wusste sofort, was er meinte.

„Ich wollte dir schon beim letzten Mal von Annika erzählen, ich sagte doch, dass ich ein paar Dinge in meinem

Leben ändern wollte – eine Mitbewohnerin ist ein Ding davon. Aber dann haben wir über deinen neuen Fall geredet, über Prostituierte, über Sex und so weiter."

„Und was sind die Dinge, die du ändern wolltest?", fragte Munk. „Du hast aufgehört, als Psychologin zu arbeiten, du hast eine neue Mitbewohnerin und was noch?"

„Komm mit in die Küche, dann können wir miteinander reden, während ich koche."

Luna setzte Wasser für die Spaghetti auf und schnitt die Zwiebeln für das Hackfleisch in der Pfanne. Dann erzählte sie von ihren Veränderungen. Sie wollte etwas Neues machen. Und sie hatte eine Mitbewohnerin einziehen lassen, schließlich hatte sie ihren Job aufgegeben und brauchte Geld.

„Woher kennst du Annika?", fragte Munk, während er gedankenverloren Stück für Stück von dem Parmesan aß, der auf dem Tisch vor ihm lag.

„Internet", sagte Luna. „Dort gibt es Seiten für Leute, die eine WG suchen oder einen Mitbewohner."

Für Munk war das neu. In Stockholm gab es keine Kultur der Wohngemeinschaften. Man lebte allein, mit dem Partner oder in einer Familie.

„So, fertig", sagte Luna, als sie die Spaghetti abgegossen, auf zwei Tellern verteilt und das Hackfleisch hinzugegeben hatte.

„Jetzt muss nur noch der Parmesan drauf."

Sie sah auf den Tisch.

„Wo ist er? Ich hatte ihn doch hier hingelegt."

„Keine Ahnung", stotterte Munk. Hatte er ihn tatsächlich gegessen? Er ahnte es, aber er wusste es wirklich nicht mehr. Und das beunruhigte ihn. Andererseits: Wenn er den Käse tatsächlich gegessen hatte, ohne es zu merken, dann musste Luna sehr anregend erzählt haben.

„Das gibt's doch nicht“, sagte Luna und schüttelte den Kopf. Dann ging sie zum Kühlschrank, um nachzusehen, ob sie den Parmesan dort vergessen hatte. Hatte sie nicht.

„Ich guck mal, ob Annika Parmesan hat“, sagte sie und öffnete einen zweiten Kühlschrank, der hinter Munk stand und den er bis dahin noch nicht bemerkt hatte. Luna kehrte mit einem Stück Parmesan an den Tisch zurück. Sie lächelte.

„Hat doch Vorteile, wenn man nicht alleine wohnt“, sagte sie.

Munk hörte nebenan das „Oooooom“. Es war Leben in der Wohnung, dachte er, und das gefiel ihm, auch wenn die buddhistische Sitzung nichts für ihn war. Aber Munk wurde plötzlich klar, was in seinem Leben fehlte: Gemeinschaft, Geborgenheit. Ein Mikrokosmos von Menschen, die sein Leben teilten, die mit ihm mit-lebten. Er wohnte nun seit einem Jahr alleine. Er hatte Luna, Grip und jetzt wieder Pontus, er hatte Leila und seine Arbeit, aber trotzdem fühlte sich sein Leben manchmal an, als habe er nur in kurzen Momenten wirklich intensive Verbindungen, aber nicht im Ganzen. Munk hatte einmal eine Kurzgeschichte mit dem Titel „Die Person“ gelesen. Darin wurde eine Frau von allen wichtigen Menschen aus ihrem Leben mit einem Picknick überrascht. Alles war wunderbar. Sie fühlte sich geborgen. Sie fühlte sich geliebt. Dann ging die Frau nach Hause, leerte den Briefkasten – und war traurig, dass ihr keiner geschrieben hatte.

„Ich habe Annika nicht nur wegen des Geldes einziehen lassen“, sagte Luna in Munks Gedanken hinein, „ich habe auch gemerkt, dass ich etwas eingefahren war.“

„Du?“

Munk war überrascht. Für ihn war Luna der spontanste und unkonventionellste Mensch, den er kannte.

„Ja, ich. Und du bist es auch, mein Lieber."

Luna lachte.

„Ich war eingefahren", fuhr sie fort. „Ich lebte schon zu lange alleine, ich habe Marotten entwickelt und ich bin ein wenig unsozial geworden. Ich habe zu viel vor mich hingewurstelt."

Munk bekam ein schlechtes Gewissen. Er hatte zu wenig über Luna nachgedacht – darüber, wie es ihr ging. Luna war immer für ihn da, sie wirkte stabil und immer gut gelaunt. Und für jedes Problem schien sie eine Lösung zu haben. Aber es waren immer seine Probleme gewesen, über die sie geredet hatten.

„Ich wollte nicht mehr vor mich hinwursteln – als Psychologin, die sich das Leben der anderen anhört, als Single in meiner Höhle hier", sagte sie. „Es ist ein Risiko, den Job aufzugeben, aber es hat mir keinen Spaß mehr gemacht. Schon lange nicht mehr. Mir ist in meinem Leben ein wenig die Leidenschaft verloren gegangen. Ich habe kürzlich gelesen, was manche Griechen auf ihren Gräbern stehen haben."

„Der Euro hat mich ins Grab gebracht?", sagte Munk.

Luna lachte.

„Nein", sagte sie dann. „Auf den Gräbern steht: Hast du mit Leidenschaft gelebt? Darauf kommt es im Leben an, Kommissar Munk. Und dazu muss man im Leben immer Reizpunkte setzen, vor allem wenn man älter wird – so wie du und ich. Denn je älter man wird, desto mehr nimmt die Begeisterungsfähigkeit ab. In der Kindheit, als Teenager und als junger Erwachsener macht man viele Erfahrungen das erste Mal – erster Schultag, erste Liebe, erste eigene Wohnung – und deshalb ist alles aufregend. Aber dieses Einmaligkeitsgefühl von Erfahrungen nimmt später ab, wenn man im Alltag bleibt. Deshalb muss man immer und immer wieder etwas ändern, um neue Reize zu haben."

„Und was machst du jetzt?", fragte er. „Du musst doch Geld verdienen. Und zweitens: Was wirst du künftig mit Leidenschaft machen?"

„Erstens: Ich bediene im Kranich. Zweitens: Ich zeichne wieder."

Als Luna Nordin und Casper Munk für kurze Zeit ein Paar gewesen waren, sie waren damals beide 19, hatte Luna viel gezeichnet. Porträts, Plätze, auch Landschaften, vor allem aber Menschen. Munk hatte sie dafür bewundert.

„Das ist klasse", sagte er. „Du bist gut." Er verbesserte sich: „Du warst gut, damals. Und du bist es bestimmt noch immer."

„Danke", sagte Luna. „Darf ich ein bisschen pathetisch sein, und philosophisch?"

„Bitte."

„Heidegger …"

„… der mit den Nazis."

„Ja ja", sagte Luna, „aber darum geht es nicht, es geht um seine Gedanken zum Leben. Er sagte, tu, was du willst, aber was du tust, tu es ganz, mit aller Intensität."

„Das ist nicht so neu."

„Mir geht es darum, dass wir Menschen in der Mitte des Lebens, du und ich, Casper, wieder öfter über den Sinn des Lebens nachdenken. Und ich will mit dem, was ich gerade über Heidegger gesagt habe, das sagen: Es gibt keinen Sinn, außer du machst einen. Und diesen Sinn machst du dir, indem du das tust, was du willst. Warum gehen denn die Menschen so auf in dem, was sie tun? Sie wollen die Zeit festhalten mit allen ihren Fasern. Sie spüren, dass die Zeit der Feind ihres Lebens ist – und indem sie tun, was sie wollen, suchen sie nach einer Haltbarkeit des Seins, gerade in unserem Alter."

Munk schwieg. Er dachte darüber nach, was Luna gesagt hatte. Er hätte es so nicht formulieren können, aber er fühlte, dass Luna recht hatte.

Luna beendete die Stille.

„Ich zeichne jetzt Karikaturen", sagte sie.

„Karikaturen?"

„Ja, sagte ich doch – bist du schwerhörig geworden, Casper?"

Sie stand auf und rief ihm „KARIKATUREN" ins Ohr. Munk schüttelte sich und lachte.

„Wie kommst du darauf?", fragte er.

„Ich war vor einiger Zeit in Wien, und in Wien lebten und leben sehr viele gute Karikaturisten. Ich habe mir in einem Antiquariat einige Bände von Erich Sokol … warum lachst du?"

„Es gab mal einen mexikanischen Fußballer, der Erwin Sanchez hieß."

„Sehr witzig", sagte Luna mit gespielter Entrüstung.

„Das stimmt wirklich!"

„Willst du weiter über Erwin Sanchez lachen oder willst du jetzt hören, warum ich Karikaturen zeichnen will?"

„Karikaturen", sagte Munk und riss sich am Riemen.

„Erich Sokol war klasse. Mir gefällt seine Malerei, sie heißt fantastischer Realismus, und mir gefallen seine wuchtigen Karikaturen. Sie sind voller Leben. Ich begann selbst, Karikaturen zu zeichnen – ich fand es reizvoll, meine Zeichnungen mit meinem Humor sozusagen zu verbinden."

Munk horchte auf. Ja, das würde wunderbar zu Luna passen – sie war witzig und sie konnte zeichnen. Warum hatte er nie daran gedacht? Vielleicht deshalb, weil Karikaturen in Schweden keine Tradition hatten? Kaum eine Zeitung druckte Karikaturen.

„Ich finde, das passt wunderbar zu dir“, sagte er dann. „Du kannst das. Aber willst du das nur als Hobby machen oder auch Geld damit verdienen? Karikaturen sind in Schweden ja nicht sonderlich populär.“

„Ich weiß, aber der Fjäril will es mit mir probieren.“

Der Fjäril war ein alternatives Magazin in Stockholm, unprätentiös, sympathisch, links, einzigartig in Schweden. Es kam einmal im Monat heraus und widmete sich sowohl der großen Politik als auch der sogenannten Subkultur in Stockholm.

„Und ein paar Lokalblätter haben auch zugesagt“, fuhr Luna fort. „Sie haben nur einen dünnen überregionalen Politikteil, aber immerhin.“

„Welche Zeitungen sind das?“, fragte Munk, nachdem er einen Schluck Rotwein genommen hatte.

„Trollhättans Allehanda Zentralen – die TAZ …“ Luna verschluckte sich an ihrem Bier. „… TAZ …“

„Die TAZTAZ? Bei dieser Zeitung darf man stottern?“, fragte Munk und lachte.

„Die TAZ, du Idiot, nicht die TAZTAZ! Aber wenn schon, dann ist mir die PATZTAZ lieber – da darf man Fehler machen“, erwiderte Luna.

„Freche Kinder gehen später zur FRATZTAZ“, sagte Munk.

„Und Filmemacher zur MAZTAZ.“

„Hektiker zur HATZTAZ.“

„Vogelschützer zur SPATZTAZ“, sagte Luna und lachte.

Munk setzte nach: „Und dicke Journalisten zur PLATZTAZ und Schnellesser zur SCHMATZTAZ.“

„Liebe Leute gehen zur SCHATZTAZ.“

„Und die Tanten vom Kaffeekränzchen zur SCHWATZTAZ.“

„Björn Borg war bei der SATZTAZ", schmetterte Luna vergnügt in den Raum.

„Kojak schrieb für die GLATZTAZ", rief Munk.

„Wen es juckt, der geht zur KRATZTAZ", sagte Luna, nun etwas leiser.

„Und geschmeidige Torhüter zur KATZTAZ", sagte Munk.

Beide lachten. Dann schwiegen sie. Es war genug.

„Für welches Ressort wirst du zeichnen?", fragte Munk schließlich.

„Ich versuch's mal mit der Politik. Die Leser müssen die Leute kennen, die du zeichnest, sonst erzielt die Karikatur keine Wirkung. Wenn ich einen Bluesmusiker karikiere, juckt das keinen. Den Regierungschef kennt dagegen jeder."

„Ich freue mich sehr für dich, aber ich bin auch ein wenig neidisch, weil du machst, was dir gefällt", sagte Munk.

„Neid ist eine der sieben Todsünden der katholischen Kirche", sagte Luna und lachte.

Munk schwieg. Er dachte nach. Über Todsünden. Dann über Prostitution. Und über Karikaturen.

„Du kannst sicher auch eine Karikatur über Prostitution machen", sagte er dann. „Das bietet sich ja an. Übrigens habe ich heute beim Zahnarzt in einer Illustrierten geblättert, in der ein Mann einen Sexberater fragt: Ich stehe auf Pornos mit Comic-Figuren – ist das okay oder krank?"

„Was hat der Sexberater geantwortet?", fragte Luna.

„Solange die Fantasien niemanden gefährden oder sie so beherrschend werden, dass sie den Sex mit einer echten Frau verhindern – kein Problem."

„Irre", sagte Luna. „Aber nochmal zurück zur Prostitution: Ich wüsste schon eine Geschichte zu dem Prostituierten-Gesetz, die Vorlage für Karikaturen sein könnte."

„Welche?"

Luna lachte.

„Na, die Sache mit den blauen Briefen, die nach Hause kommen."

Jetzt lachte auch Munk. Er hatte davon gehört, dass erwischte Freier eine Vorladung vor Gericht bekamen. Und dass diese Briefe nicht mehr an die Arbeitsstelle geschickt wurden, wo sie die Freier selbst öffnen konnten, sondern an die private Adresse – wo die Ehefrau oder Freundin sie in die Hände bekamen. Zumindest in Stockholm war das so.

„Ich habe vergessen, warum die Polizei das macht", sagte Munk.

„Na ja, die Polizei argumentiert so: Sex zu kaufen sei eine Straftat wie jede andere auch – und bei anderen Straftaten werde die Vorladung ja auch nach Hause geschickt. Außerdem sollten die Frauen wissen, was ihr Mann so treibe, hat eine Polizeisprecherin gesagt."

„In dem Artikel stand doch auch, wie die Frauen reagiert haben. Weißt du das noch?", fragte Munk.

„Ganz unterschiedlich. Eine Frau hat ihren Mann sofort vor die Tür gesetzt. Eine andere hat sich Ledersachen, eine Maske und eine Reitpeitsche gekauft, weil ihr Mann ihr gestand, dass er auf Sado-Maso-Zeugs steht."

„Das stimmt jetzt nicht …"

„Doch", versicherte Luna, „das kann man sicher gut zeichnen – die Maske, die Peitsche …"

Munk lachte. Dann sagte er: „Bei dem Sado-Maso-Zeugs muss ich an die WM 2006 in Deutschland denken. Da sind doch angeblich viele schwedische Fans in die Bordelle in Deutschland gegangen, weil es dort erlaubt ist. Schwedische Reporter sind ihnen gefolgt und haben auch

Prostituierte befragt. Einmal kam eine Puffmutter in Berlin zu Wort …“

Munk musste wieder lachen.

„Sprich weiter“, drängte Luna.

„Die Puffmutter, es war so eine kräftige, stark geschminkte Domina mit blondierten Haaren, sagte über die schwedischen Männer und das Verbot der Prostitution in Schweden: ‚Bei uns riskiert keiner eine Strafe – außer er will sie in einem Dominaraum selber haben‘.“

Luna grinste.

„Ich erinnere mich daran“, sagte sie dann. „Ich hatte den Artikel auch gelesen.“

Munk schwieg wieder. Er hat einen Gedanken, den er noch nicht formulieren konnte. Er hatte nichts mit den Porno-Comics zu tun, nichts mit Karikaturen und auch nichts mit der Puffmutter in Berlin. Es ging um die Reaktionen der Frauen, deren Männer vorgeladen wurden, weil sie bei Prostituierten gewesen waren.

„Luna“, sagte er. „Was gab es noch für Reaktionen von Frauen, deren Männer den Brief von der Polizei bekommen haben?“

„Eine Frau hat ihren Mann zum Psychologen geschickt, eine hat sich getrennt und ihrem Mann zum Abschied eine Zehnerkarte für ein Bordell in Kopenhagen geschenkt …“

„… souverän. Was noch?“

„Ein paar haben gedroht, ihren Mann umzubringen oder ihm, nun ja, den Schwanz abzuschneiden.“

Munk blickte konsterniert.

„Das macht doch keine“, sagte Luna und lachte.

Aber Munk machte nicht die Vorstellung zu schaffen. Das war der Gedanke, den ich einfangen wollte, dachte er: dass es wie bei Jackie ist, nur umgekehrt. Jackie verkaufte sich an Männer und ihr Mann musste irgendwie reagieren

– so wie die Frauen der Freier irgendwie reagieren mussten. War es also doch Agustin Södergren, der Jackie getötet hat, weil er es nicht ertragen konnte, dass seine Frau als Prostituierte mit anderen schlief? Und vielleicht mit großer Lust? Und hat er auch etwas abgeschnitten? Die Brustwarzen von Espen Järv?

„Haaallllooooooooo, Caaaaaaspeeeer, guck nicht so traurig!"

„Ich denke nur nach."

„Über den Fall?"

„Ja. Und über die Prostitution."

„Das habe ich auch gemacht", sagte Luna. „Und weißt du, was ich vorschlagen würde?"

„Was?"

„Man sollte nur gegen diese schlimme Zwangsprostitution vorgehen, aber das wirklich massiv. Dafür sollte man Polizeieinheiten bilden. Die, ich sage mal ‚gewöhnliche Prostitution' sollte man allerdings ungestraft zulassen."

„Hmmmh", sagte Munk, aber er dachte mehr an den Fall als an die Prostitution, und zuvorderst an Agustin Södergren.

„Ja, vielleicht hast du recht, Luna", sagte er schließlich.

Dann aßen sie die Spaghetti, tranken sehr viel Rotwein, ohne den Globen zu sehen, und Munk fuhr mit der U-Bahn nach Hause. Als er am Fridhemsplan angekommen war, fiel sein Blick auf den Infoscreen neben den Gleisen, auf dem Infos über das Wetter, Fußball-Ergebnisse, die Weltnachrichten oder Wissenswertes aus der Wissenschaft angezeigt wurden. Diesmal ging es um die „Zahl des Tages", sie war natürlich mit einer Frage verbunden: „Wieviel Luft passt in die Lunge einer Maus?", las Munk. Er schmunzelte und bevor er der Tafel seine Frage – raucht die Maus oder nicht? – entgegenrufen konnte, wurde schon die Antwort eingeblendet: „Ein Milliliter". Munk lachte, stolperte nach Hause und fiel in einen tiefen Schlaf. Er träumte davon, dass er Agustin Södergren fragte: „Wieviel Lust passt in die Vagina deiner Frau?" Södergren zog daraufhin ein Messer und schnitt ihm, Munk, die Brustwarzen ab.

Karel Straka blickte aus dem Fenster. Das Wasser, das er sah, beruhigte ihn. Er schloss die Augen und dachte an die Weltmeisterschaft 1969 in Schweden, an den Vormittag vor dem Spiel gegen die Sowjetunion.

„Jetzt ist die Zeit gekommen, um zurückzuschlagen", hatte er an diesem Vormittag im Jahre 1969 zu Jiri Netolicka gesagt. Netolicka hatte nicht gleich geantwortet, er hatte Straka mit seinen stahlblauen Augen angeschaut. Jiris Augen hatten Straka an die Augen einer jungen Frau erinnert, bei der er in der Nacht zuvor gewesen war. „Lady Blue" hatte er sie genannt, wegen ihrer stahlblauen Augen. Sie war auf der Birger Jarlsgatan gestanden, als Straka ziellos durch Stockholm gelaufen war. Er hatte über seinen Plan nachgedacht, über den Plan, der viele Menschenleben kosten würde; der aber das Ende der sowjetischen Herrschaft über seine, Karel Strakas Heimat hätte bedeuten können.

Die Wut war in ihm aufgestiegen, als er durch die Straßen von Stockholm gelaufen war. Die Wut über die Sowjets, die sein Land einfach eingenommen hatten. Die Wut über die toten Landsleute; die Wut darüber, dass sich einer von ihnen, Jan Palach, aus Protest gegen den Einmarsch angezündet und die Welt tatenlos zugesehen hatte. Wo war der Westen gewesen? Warum hatte man ihnen nicht geholfen?

Und schließlich hatte er auch an seine eigene Situation gedacht. Er war Eishockey-Nationalspieler gewesen. Seine Mannschaft hatte die Sowjets vor fast einem Jahr geschlagen, bei Olympia in Grenoble. Und dann dieser Triumphzug nach Hause. Hunderttausende hatten sie gefeiert. War Sport doch Politik? Zweifellos, denn die Sowjets hatten auch auf diesem Feld zurückgeschlagen: 1969 hatte die Eishockey-Weltmeisterschaft in Prag stattfinden sollen. Aber die Sowjets hatten den Eishockey-Weltverband unter Druck gesetzt; hatten verlangt, dass die WM verlegt würde. Falls der Weltverband nicht eingewilligt hätte, dann hätten die Sowjets die WM ganz abgesagt – sie hatten das Sagen in Prag, nicht die tschechische Regierung. Es war klar gewesen, warum die Sowjets keine WM in Prag haben wollten: Sie wollten nicht noch einmal erleben, dass sich die ganze tschechoslowakische Nation hinter ihrer Nationalmannschaft versammelte, so wie nach den Olympischen Spielen in Grenoble; sie hatten Angst vor einer Revolte gehabt.

Und der Eishockey-Weltverband war eingeknickt, sein Präsident, ein Deutscher, war schwach gewesen. So hatte es Straka gesehen. Die WM 1969 war nach Schweden verlegt worden. Die tschechoslowakischen Nationalspieler waren sauer gewesen, ihre Heim-WM war futsch, und das wollten sie sich nicht bieten lassen. Sie hatten lange überlegt, wie sie gegen die Verlegung protestieren könnten, wie sie gegen die Sowjets protestieren könnten. Sie waren sich schließlich einig gewesen, dass sie den sowjetischen Spielern den Handschlag verweigern würden – als Zeichen für die Welt, die hoffentlich ganz genau hinsehen würde. Als Zeichen dafür, dass sie hinter dem Reformer Alexander Dubček standen, der in Prag um sein politisches Überleben kämpfte. Nur der Kapitän, den sie frei gewählt hatten und der nicht wie früher von der Kommunistischen Partei bestimmt worden war, dieser Kapitän also hatte dem Schiedsrichter und dem sowjetischen Kapitän die Hand geben sollen.

Mehr nicht. Vor einer Geldstrafe hatten sie keine Angst gehabt. Sie hatten ohnehin nichts. Zwei Dollar hatten sie pro Tag bei der WM bekommen sollen. Tolles Taschengeld! Außerdem hatten die Spieler beschlossen, einen Teil des Wappens auf den Trikots zu verkleben. Sie hatten den roten Stern verdecken wollen, den Stern der Kommunisten.

Und dann war er, Karel Straka, in Stockholm gewesen, um diese WM zu spielen. Und um einen großen Plan auszuführen, den nur er und Netolicka kannten und der alles verändern sollte. Aber würde der Plan glücken? Und würde er damit leben können, dass viele Menschen dabei sterben würden – auch wenn es für eine gute Sache war? Karel Straka war die Birger Jarlsgatan entlanggelaufen und hatte vor sich hin geflucht.

Und dann war da Lady Blue gestanden.

Karel Straka schüttelte seine Gedanken an die Vergangenheit ab und blickte aus seinem Fenster. Er konnte das Wasser nur verschwommen sehen, denn er hatte Tränen in den Augen. Jiri, dachte er.

Am nächsten Morgen stand Casper Munk vor seinem Spiegel im Bad. Er sah besser aus als noch vor einem Jahr. Das lag daran, dass er fünf Kilo abgenommen hatte. Er hatte einige Monate auf Süßes verzichtet, das war alles. Vor allem sein Kopf war schmäler geworden, die Wangen wirkten nicht mehr so aufgeblasen. Hatte er vielleicht wirklich Chancen bei Tove Olsen? Sein Handy klingelte. Munk hetzte ins Wohnzimmer, aber da lag es nicht. Er lief in den Flur, das Handy musste in der Tasche seiner Lederjacke sein. Munk nahm das Gespräch an: „Ja, bitte?"

Es war Halldor Selander. Man habe noch einen Toten gefunden, sagte er, genauer: man habe Leichenteile gefunden. Am Ufer des Årstaviken südlich von Södermalm, ganz in der Nähe des Eriksdalsbadet – und nicht sehr weit vom Globen entfernt.

„Sie wurden angespült", sagte Selander. „Kannst du bitte ins Präsidium kommen, ich habe eine Sitzung einberufen."

„Bin schon unterwegs."

Munk fluchte den ganzen Weg zum Präsidium vor sich hin. Noch ein Toter! Nein: Teile eines Toten. Ja, er arbeitete bei der Mordkommission. Tote waren sozusagen sein Geschäft. Aber drei Tote innerhalb einer Woche. Es reichte!

Er kam zeitgleich mit Leila Andersson an. Sie lächelte ihm zu, als sie den Besprechungsraum betraten. Grip, Achatz Larsson, Jari Huskonen und Halldor Selander waren schon da. Sie standen im Raum herum, Huskonen sprach mit Selander, Larsson mit Grip. Es drehte sich nicht um den dritten Toten, sondern es waren Privatgespräche. Offensichtlich wollten sie auf Munk und Leila warten, ehe sie gemeinsam über den Toten am Årstaviken sprachen. Bei den beiden älteren Polizisten ging es um Kinder und

Enkelkinder, bei Grip und Larsson um Fußballwetten. Er hätte in dieser Situation nicht über Privates reden können, dachte Munk. Man hatte schließlich einen dritten Toten und ihn, Munk, hätte nur eine Frage interessiert: Hat der dritte Tote etwas mit Jackie und Espen Järv zu tun?

„Setzt euch bitte alle", sagte Selander, als Munk und Leila den Raum betraten.

„Wir haben Leichenteile am Årstaviken gefunden, das wisst ihr ja bereits", begann er. „Es sind nicht alle Teile des Körpers vorhanden – nur ein Arm plus vollständiger Hand, der Torso samt Becken, aber ohne Kopf, dazu ein Unterschenkel und ein Oberschenkel, einmal links, einmal rechts."

„Scheiße, hat man ihn gevierteilt?", entfuhr es Grip.

„Soweit man es noch feststellen kann, wurden die Teile tatsächlich nicht sauber abgetrennt, also mit einem Schwert oder Ähnlichem, sondern der Tote – und ich hoffe, dass er schon tot war – wurde zersägt. Vielleicht mit einer Kreissäge."

Munk, Larsson und Grip sahen sich an, Leila blickte auf die Tischplatte. Huskonen schaute Selander an. Vermutlich dachten alle an Espen Järvs abgesägte Brustwarzen.

„Jari, ich denke, du solltest jetzt übernehmen", sagte Selander. Er setzte sich. Der Hauptkommissar hatte die Angewohnheit, aufzustehen, wenn er zu seinen Leuten sprach. Huskonen blieb sitzen, als er redete.

„Halldor hat recht", sagte der Kriminaltechniker, „der Körper wurde auseinandergerissen. Natürlich weiß ich nicht, ob die Teile einzeln abgetrennt worden sind oder sozusagen der ganze Körper in einem Ruck auseinandergerissen wurde. Und da der Kopf fehlt, wird es schwer, ihn zu identifizieren. Es ist ein Mann, soviel steht fest – ein älterer Mann. Es hat bereits einen DNS-Abgleich gegeben, aber wir finden ihn nicht in unserer Datenbank. Ich habe die Teile deshalb in das Institut für Rechtsmedizin gebracht – sie machen dort mit den Gewebeproben eine Isotopenanalyse, um den Mann zu identifizieren."

„Was ist das?", fragte Grip.

„Isotopen sind Atomarten", sagte Huskonen. „Wasserstoff, Kohlenstoff, Stickstoff, Sauerstoff, Schwefel, Strontium und Blei kommen in der Natur in unterschiedlichen Isotopen vor. Sie gelangen über das Wasser, den Boden und die Luft in den Nahrungs- und Stoffwechselkreislauf – und damit in unseren Körper. Jeder Mensch hat also eine individuelle Isotopensignatur. Man untersucht dann die Gewebeproben – Haare, Zähne, Fingernägel, Knochen – und kann feststellen, in welcher Region ein Mensch zu Hause war. Wo hat er seine Kindheit verbracht? Hat er nahe am Meer gewohnt und viel Fisch gegessen? Die Isotopenstruktur sagt auch etwas darüber aus, in welchem Klima ein Mensch gelebt hat."

„Wie lange wird das dauern?", fragte Munk.

„Eine paar Tage, vielleicht auch eine Woche", erwiderte Huskonen.

„Mich würde interessieren, ob er etwas mit den Fällen Jackie und Järv zu tun hat", sagte Munk.

„Bis jetzt haben wir keine Anhaltspunkte dafür", sagte Selander. „Außer dass er verstümmelt wurde und Järv, in geringerem Maße allerdings, auch verstümmelt worden ist. Wir warten in diesem Fall die Isotopenanalyse ab und wenden uns wieder Jackie und Järv zu. Casper, du fährst zu diesem Zuhälter, Rock Stroblonis. Und du nimmst Achatz mit."

Das wollte ich gerade vorschlagen, dachte Munk. Er sah Larsson an. Der nickte und die beiden verließen das Polizeipräsidium.

Sie fuhren mit Munks Wagen. Stroblonis hatte einen Club auf Östermalm, angeblich eine harmlose Bar für Aufsteiger, die nach der Arbeit einen Cocktail trinken und Musik hören wollten. Aber die Polizei war davon überzeugt, dass es dort auch um Drogen ging – und um Prostitution.

Larsson schwieg, wie er es oft getan hatte, seit er in der Mordkommission angefangen hatte. Munk fühlte sich dennoch wohl in der Gegenwart des Kollegen. Larsson hatte etwas Beruhigendes. Wo war seine Aggressivität geblieben? Hatte er nicht früher Leute zusammengeschlagen? Hatte er nicht Zeugen bedroht? Munk traute sich und fragte Larsson nach seiner Vergangenheit und nach seiner Veränderung. Wie würde er reagieren?

„Es konnte nicht mehr so weitergehen", sagte Larsson, ohne zu zögern. „Ich machte andere kaputt und mich selbst auch. Ich ging auf Entzug und beschäftigte mich danach mit gewaltfreier Kommunikation."

„Du?"

„Idiot!"

„Sorry. Ist mir rausgerutscht."

Beide schwiegen.

„Ich bin froh, dass du bei uns bist", sagte Munk dann.

„Danke."

Achatz Larsson straffte sich.

„Genug geredet", sagte er. „Es wird Zeit, dass wir uns den Kerl schnappen, der Jackie so zugerichtet hat. Egal wie."

Es klang nicht mehr nach gewaltfreier Kommunikation.

Rock Stroblonis' Etablissement lag in einer Seitenstraße auf Östermalm, dem Banken- und Versicherungen-Viertel in Stockholm. Es war 10.30 Uhr, sicher war in der Bar noch nichts los. Er würde da sein, hatte Stroblonis am Telefon gesagt, und es würde ruhig sein. Höchstens ein paar Handwerker wären da. Er modernisiere seinen Laden peu à peu, ohne den Betrieb zu stören.

Nachdem Munk den Wagen abgestellt hatte, stiegen sie die Treppen in die Bar hinab. Sie passierten einen Arbeiter, der mit einem Handstaubsauger den Teppich auf der Treppe reinigte. Unten hing der Geruch von Lack in der Luft. Rock Stroblonis kam den beiden Polizisten mit ausgebreiteten Armen entgegen. Er schüttelte erst Larsson die Hand, dann Munk. Stroblonis mochte auf Manieren achten, aber er sah aus wie der typische Zuhälter: Solariumsbräune, dünnes Clark-Gable-vom-Winde-verweht-Bärtchen, Goldkette. Manche Menschen kapieren nicht, dass sie sich selbst parodieren, dachte Munk. Er lächelte. Stroblonis war das nicht entgangen.

„Ich weiß, was Sie denken", sagte er. „Aber meine Bar – ich gebe es zu – zielt auf ein bestimmtes Publikum ab. Und dieses Publikum erwartet von mir einen gewissen Stil, Sie mögen es schmierig nennen. Aber in jedem Fall gehört dazu sportliches Aussehen und Bräune. Ich verkaufe sozusagen meinen Körper."

Er lachte über seinen eigenen Witz.

Er ist ein Arschloch, aber er ist nicht dumm, dachte Munk. Und er hoffte, dass Stroblonis auch diesen Gedanken lesen konnte.

„Setzen Sie sich", sagte er und deutete auf einen Tisch in einer Nische. Larsson und Munk ließen sich auf eine kalte Ledercouch fallen. Stroblonis nahm gegenüber Platz, ebenfalls auf einer Ledercouch.

„Wie Sie sehen, baue ich außerhalb der Öffnungszeiten gerade ein bisschen um", sagte er. Er deutete auf den Boden. „Schwarzer Granit, wurde letzte Woche verlegt, ruck, zuck an einem Tag. Glauben Sie nicht? War aber so. Die Toiletten sind auch aus schwarzem Granit, wollen Sie …"

„Nein, danke", erwiderte Munk, „wir würden gerne …"

„Etwas trinken? Schampus vielleicht? Oder Rotwein? Rotwein kann man immer trinken und so viel man will, selbst wenn man Auto fährt. Der ist beim Bluttest nicht so leicht nachzuweisen."

Rock Stroblonis lachte kehlig.

„Oder wollen Sie einen Cocktail?", fragte Stroblonis und deutete auf ein großes, schmales Glas, das vor ihm auf dem Tisch stand. „Ich habe mir gerade einen gemixt. Ist auch Alkohol drin."

„Sehr freundlich", sagte Munk, „aber wir würden gerne mit Ihnen über Jackie sprechen."

„Grauenvolle Geschichte", sagte Stroblonis und spielte mit seinem Siegelring, den Munk bis dato nicht bemerkt hatte. Noch so ein Klischee. Fehlen nur noch Tattoos. Wo sind sie? Auf seinem Arsch? Munk lächelte. Stroblonis bemerkte es nicht, er blickte an die Decke, direkt in einen schweren, goldenen Kronleuchter, der einen massiven Kontrast ergab zu den knallroten Wänden des Etablissements, an denen Flachbildschirme angebracht waren.

„Grauenvolle Geschichte", sagte er noch einmal.

Grauenvoller Geschmack, dachte Munk.

„Sie kannten Jackie?", sagte er dann.

„Jeder kannte Jackie", erwiderte Stroblonis. „Irgendwie. Sie gehörte zur Szene. Natürlich war sie nicht offiziell eine Prostituierte."

Stroblonis lachte.

„Ist ja verboten hier in Schweden", sagte er.

Er lachte noch lauter.

„Früher, als es noch erlaubt war, da hatten wir hier Prostituierte, ich gebe es zu, aber es lief alles immer fair ab“, fuhr er fort. „Wir haben niemanden über den Tisch gezogen, keine Nutte, keinen Freier. Kennen Sie die Geschichte von dem amerikanischen Freier, der 300.000 Kronen bezahlen musste – nur, weil er im Puff irgendwo in Europa eingeschlafen war? Hab ich gelesen. Also die Geschichte geht so: Der Mann geht stockbesoffen in den Puff und gibt der Nutte die Kreditkarte. Noch bevor es zum Sex kommt, schläft der Mann am Rande eines Schwimmbeckens ein. Die Nutte sagt später, der Kopf des Mannes wäre ins Becken gerutscht, wenn sie ihn nicht gehalten hätte. Er wäre ertrunken. Also hält sie den Kopf die ganzen zwölf Stunden, in denen der Amerikaner seinen Rausch ausschläft. Außerdem holt sie sich noch ein paar andere Prostituierte herbei – vielleicht war es ihr zu mühsam, den Kopf ständig selbst zu halten – und sie trinken die ganze Zeit Champagner. Das ergab dann eine Rechnung von 300.000 Kronen. Der Mann verzichtete darauf, vor Gericht zu gehen und flog heim zu Frau und Kind.“

Rock Stroblonis lachte so laut, dass es Munk in den Ohren dröhnte.

„Es gibt also heute keine Prostituierten mehr in Ihrer Bar?“, fragte Munk. Er ahnte, welche Antwort er bekommen würde.

„Natürlich nicht, hier wird getrunken und getanzt, gefeiert und geküsst – aber alles legal.“

„Sie sollten aufhören, uns zu verarschen.“

Achatz Larsson hatte sich zu Wort gemeldet. Er hatte es ganz ruhig gesagt, Stroblonis dabei aber fest in die Augen geschaut.

„Ich bin dafür, dass wir das Gesäusel jetzt lassen“, fuhr er fort. „Wir stellen klare Fragen und Sie antworten, oder auch nicht. Und wenn Sie antworten, dann lassen Sie das Überlegenheits-Getue. Okay?“

Rock Stroblonis lehnte sich zurück. Er war ein Profi. Natürlich ließ er sich nicht provozieren.

„Fragen Sie", sagte er.

„Haben Sie versucht, Jackie anzuwerben?", fragte Larsson.

„Wofür? Als Barkeeperin?"

Er blickte hinüber zur schwarz glänzenden Bar und grinste.

Larsson schlug mit der Faust auf den Glastisch, der zwischen ihm und Stroblonis stand. Der Tisch wackelte.

„Eine anständige Antwort oder keine!", zischte er.

Munk wusste, dass er eingreifen musste. Stroblonis würde sich mit Worten nicht einschüchtern lassen und Larsson konnte nicht weiter gehen, als er schon gegangen war. Er konnte den Mann nicht in seiner Bar verprügeln. Und den ganzen Laden hochgehen lassen, weil es hier Nutten gab? Würde die Polizisten in ihrem Fall nicht weiterbringen. Munk beschloss, die Taktik zu ändern. Er nahm Jackie aus dem Spiel.

„Lassen Sie uns über Greger Lind reden", sagte er ruhig. „Kannten Sie ihn? War er jemals hier in Ihrer Bar?"

„Ja, ein paar Mal", antwortete Stroblonis. „Er hatte immer seinen Agenten dabei."

„Espen Järv?"

„Ja, so hieß er, glaube ich. Sie haben immer viel getrunken, manchmal hatten sie auch Weiber dabei."

„Kennen Sie Rose Blad?"

„Netter Name. Aber ich habe ihn nie gehört."

Dieses Gespräch bringt nichts mehr, dachte Munk. Es gibt nur einen Grund, warum wir es geführt haben: Wir wollten diesen Rock Stroblonis ein wenig kennenlernen und wir können daraus vielleicht Schlüsse ziehen, später einmal, wenn wir mehr wissen. Aber Stroblonis' Antworten sind im

Moment nicht viel wert. Munk spürte, dass der Mann log. Und sie, die Polizisten, hatten nicht die Werkzeuge, nicht das Wissen, diese Lügen zu enttarnen. Noch nicht. Warum war Stroblonis verdächtig? Weil ihn Jackie zurückgewiesen hatte, als er sie anwerben wollte? Das könnte einem wie Stroblonis vielleicht reichen, einen Mord zu begehen. Oder morden zu lassen. Aber darüber hinaus gab es nichts, was ihn belastete. Keine Zeugen, keine Fingerabdrücke, kein Haar von ihm am Tatort, nicht einmal ein Schamhaar. Und dieser Stroblonis ist nicht blöd genug, der Polizei irgendetwas zu liefern, was ein Indiz sein könnte, geschweige denn ein Beweis. Und ihn weiter über die Prostituierten-Szene auszufragen, würde auch nichts bringen. Weil er log.

Munk stand auf.

„Wir danken Ihnen für dieses Gespräch“, sagte er etwas gestelzt.

Larsson und Stroblonis waren überrascht. Larsson räusperte sich, dann sagte er zu Stroblonis: „Ich würde jetzt doch gerne einen Drink haben – Scotch vielleicht, ginge das?“

Rock Stroblonis stutzte kurz, dann nickte er in Richtung Larsson, kniff kumpelhaft das rechte Auge zu und sagte: „Na klar, Cop, ich hole einen.“

Stroblonis verstand Larssons Bitte, einen Scotch zu bekommen, wohl als Versöhnungsgeste, nachdem Larsson zuvor etwas grob geworden war.

Als Rock Stroblonis den Tisch verließ, um den Drink an der Bar zu holen, fischte Larsson ein paar Tabletten aus der Seitentasche seiner Jacke – und warf sie in den Cocktail, den Stroblonis bisher bloß zur Hälfte geleert hatte. Die Tabletten lösten sich sofort auf. Munk, der sich wieder gesetzt hatte, blickte Larsson überrascht an, sagte aber nichts.

Als Stroblonis mit dem Scotch an den Tisch zurückkehrte, nahm Larsson das Glas in die Hand, stieß mit Stroblonis an, leerte sein Glas in einem Zug, stand wortlos auf und ging rasch zur Tür hinaus. Stroblonis streckte Munk, der wieder aufgestanden war, die Hand hin.

„Auf Wiedersehen, Kommissar Munk", sagte er. Munk nahm die Hand, drückte sie wortlos und folgte seinem Kollegen. Als er im Freien ankam, sah er, wie Larsson auf der anderen Straßenseite etwas ausspuckte. Larsson war ja trockener Alkoholiker, natürlich musste er das Zeug wieder loswerden.

„Hättest du nicht Tee bestellen können?", sagte Munk, als sie wieder im Auto saßen.

Larsson grinste.

„Das hätte er mir nicht abgenommen", antwortete er. „Und ich musste doch sichergehen, dass er mir ein Getränk holt und den Tisch verlässt."

„Was hast du ihm in den Cocktail geworfen?", fragte Munk.

„Ein Potenzmittel", sagte Larsson. „Wenn man es hoch dosiert verabreicht, und das habe ich getan, dann läuft der Mann, der es eingenommen hat, tagelang mit einem Ständer herum."

Nach dem Treffen mit Rock Stroblonis waren Larsson und Munk ins Polizeipräsidium zurückgefahren. Den Rest des Tages mussten sie Halldor Selanders schlechte Laune ertragen. Selander war meistens ausgeglichen, aber er reagierte mit zunehmendem Alter immer gereizter, wenn eine Ermittlung ins Stocken geraten war. Und diese Ermittlung steckte fest wie ein Wagen mit Sommerreifen in der Schneewehe. Munk ging es für gewöhnlich zwar ähnlich – auch er wurde dann immer gereizter –, aber diesmal war es anders. Er hatte nämlich an diesem Abend etwas vor.

An diesem Abend würde er Tove Olsen treffen. Er hatte zunächst überlegt, erneut Pontus in der Hypochonder -Klinik in Bergen zu besuchen und dabei nach Tove Ausschau zu halten. Aber dann hatte er gedacht, der direkte Weg sei der bessere – und der mutigere. Er hatte ihre Telefonnummer auf der Homepage der Hypochonder-Klinik gefunden, sie angerufen und inständig gehofft, dass er keine Männerstimme hören würde. Er hatte gehofft, dass sie weder verheiratet sei noch einen Freund hatte.

Als er angerufen hatte, hatte er eine Männerstimme gehört. Aber es war ihr 17-jähriger Sohn gewesen. Noch bestand die Hoffnung, dass sie alleinerziehend war. Munk hatte sie ohne Umschweife gefragt, ob sie mit ihm ausgehen wolle. Man könnte sich treffen, wenn er wieder in Bergen sei, um Pontus Mattsson …

Tove Olsen hatte ihn unterbrochen. Sie sei nächste Woche bei einem Ärzte-Kongress in Stockholm. Man könne sich doch dort an einem Abend treffen. Er könne ein Restaurant vorschlagen. Munk war so überrascht gewesen, dass ihm nur der Kranich einfiel, seine Stammkneipe, in der es diese famosen Köttbullar gab. Tove Olsen war einverstanden gewesen. Sie hatten dann noch eine halbe Stunde telefoniert: Tove sprach vom Meer, das sie von ihrer Wohnung aus sehen konnte, und von ihrer Arbeit; Munk davon, dass er früher Trompete gespielt, eine Katze mit Übergewicht besessen und seine Midlife-Crisis schon hinter sich habe. Als Munk aufgelegt hatte, war er voller Adrenalin gewesen. Er hatte ein Date mit Tove! Aber war sie frei? Und warum hatte sie einen Sohn, der schon 17 war? Sie war doch höchstens Anfang 30. Munk hatte gerechnet. Das war schwer möglich. Sie musste jünger aussehen als sie war.

Munk ging nach der Arbeit noch kurz nach Hause, um sich auf das Treffen mit Tove vorzubereiten. Er stand im Bad, sprühte ein wenig Parfüm an seinen Hals, frisierte sich, prüfte sein Spiegelbild und war zufrieden, ging in den Flur, warf die Lederjacke über und trat hinaus in den warmen Spätsommerabend. Mit der grünen Linie fuhr er zum Medborgarpladsen. In der U-Bahn erzählte eine Frau mittleren Alters ihrer Freundin, dass sie heute etwas Kurioses in der Zeitung gelesen habe: Ein heterosexueller Mann habe einen Purzelbaum gemacht, dabei einen Schlaganfall bekommen und sei danach schwul gewesen. Das sei kein Witz, sagte sie.

Munk stieg am Medis aus, ging die Treppe hoch zur Götgatan, sah hinunter zum Globen und lief beschwingt weiter zur Folkungagatan, in der sich die Kneipe Kranich befand.

Tove Olsen war schon da. Sie saß an einem Tisch in der Mitte des Raumes und stand lächelnd auf, als sie Munk hereinkommen sah.

„Ärztin Olsen“, sagte sie lächelnd und streckte ihm die Hand entgegen.

„Kommissar Munk“, erwiderte Munk und lächelte auch. Dann setzte er sich und blickte Tove Olsen in die Augen.

„Wie war der Flug?“, fragte er. „Wie war der Kongress?“

„Der Flug war gut, danke, und der Kongress war interessant.“

„Worum ging es?“

Tove Olsen lachte. Das Lachen war unaufdringlich.

„Warum lachen Sie?“

„Weil ich am Beginn unseres Abends ungern über Selbstverstümmelungen reden würde – darum ging es nämlich.“

„Um Selbstverstümmelungen?“

„Wollen Sie wirklich mehr wissen?“, fragte Tove Olsen.

Ich will alles wissen, was du an diesem Tag gemacht, geredet und gehört hast, dachte Munk.

„Ja“, sagte er kurz.

„Es ging um eine sehr seltene Krankheit“, begann Tove Olsen. „Sie heißt Body Integrity Identity Disorder, kurz BIID. Menschen, die an dieser Krankheit leiden, haben das Gefühl, dass ein Teil ihres Körpers nicht zu ihnen gehört – zum Beispiel der Fuß, das ganze Bein oder die Hand. Dieser Teil ist für sie ein Fremdkörper, sie wollen ihn nicht spüren.“

„Aber dieser Teil – die Hand oder der Fuß – ist gesund?“

„Ja, er ist gesund. Er wird von dem Menschen nur nicht akzeptiert, er stört, er soll weg. Die Menschen sind nicht verrückt, sondern krank. Sie haben BIID.“

„Ist es eine psychische Krankheit?“, fragte Munk.

„Die meisten Psychologen glauben das, ja. Sie glauben, dass die Ursachen in einer schweren Kindheit liegen, in der Sehnsucht nach Anerkennung – und wenn es nur eine Aufmerksamkeit ist, die man über eine seltene Krankheit bekommt…“

„… wie viele Kranke mit diesem BIID gibt es denn?“, fragte Munk dazwischen.

„Es sind weltweit wohl nur 5000 – also können Sie sich ausrechnen, dass es in Schweden nicht sehr viele davon gibt“, sagte Tove Olsen.

„Ich hatte Sie vorhin unterbrochen“, erwiderte Munk, „die Psychologen glauben also …“

„Ach ja, ich sagte, dass die meisten Psychologen glauben, dass BIID auf psychische Probleme zurückzuführen sei. Ich bin zwar auch Psychologin, aber ich denke in diesem Fall anders, ich halte BIID vor allem für ein neurologisches Problem. Man hat nämlich mithilfe von Hirnstrommessungen herausgefunden, dass BIID am Homunculus verwurzelt ist ..."

„... klingt wie ein römischer Legionär bei Asterix", warf Munk ein.

Tove Olsen achtete nicht darauf. Sie schien sich zu konzentrieren.

„Dieser Homunculus liegt in der Großhirnrinde und ist eine Art Landkarte, auf der alle Körperteile abgebildet sind", fuhr sie fort. „Ein Beispiel: Ein BIID-kranker Mann mag seinen rechten Fuß nicht – in diesem Fall wäre sein rechter Fuß auf dem Homunculus nicht abgebildet. Das Gehirn lehnt deshalb den rechten Fuß des Mannes ab."

„Irre", sagte Munk.

„Das Ganze ist eine sehr große Belastung für Betroffene, das können wir uns nicht vorstellen. Und deshalb denken sie darüber nach, den Fuß, das Bein, die Hand loszuwerden. Manche verstümmeln sich selbst."

„Sie hacken sich den Fuß ab?"

„Zum Beispiel. Aber das ist natürlich nicht so einfach, wie es klingt. Und ein Fuß ist noch gefahrloser zu entfernen als zum Beispiel ein ganzes Bein. Es gibt BIID-Kranke, die legen ihr Bein auf eine Schiene und lassen den Zug darüber fahren."

Munk starrte Tove Olsen fassungslos an.

„Sie machen keine Scherze?", fragte er. „Sie haben mich schon einmal hochgenommen – an der Rezeption in Bergen."

Tove Olsen lächelte.

„Ich mache keine Scherze", sagte sie dann. „Das Ganze ist auch sehr traurig. Manche Menschen leiden jahrzehntelang, Psychologen und Mediziner wissen nicht, wie man ihnen wirklich helfen kann. Und natürlich ist es den Ärzten verboten, den BIID-Kranken einfach ein gesundes Bein zu amputieren. Es gab mal einen britischen Arzt, der das gemacht hat – und den Patienten ging es nach der Amputation tatsächlich besser. Aber der Arzt hätte fast seine Approbation verloren."

Tove Olsen hielt inne. Sie sah Munk in die Augen und sagte: „Das war ein sehr wuchtiger Anfang für unser Gespräch – wollen wir jetzt nicht lieber über etwas anderes reden, vielleicht über Hobbys oder Geschichten, die man erlebt hat und die lustig sind? Was man halt so redet, wenn man sich zum zweiten Mal trifft. Und sich kennenlernen will."

„Was sind denn Ihre Hobbys?", fragte Munk.

„Literatur, sinnlose Serien glotzen, auf meinem Balkon sitzen und Schiffen beim Auslaufen zusehen und Spinnen töten."

„Spinnen töten?"

„Ja, ohne Skrupel. Ich hasse sie. Und wenn ich könnte, würde ich alle Spinnen dieser Welt töten lassen. Klar, das ist nicht nett. Aber mir wäre wohler. Kürzlich ging ich vom Supermarkt nach Hause, ich kam an einem Plakat vorbei – und war schon fast vorbei, als ich im Augenwinkel sah, dass dort eine Vogelspinne abgebildet war."

„Eine Vogelspinne?"

Es war eine dumme Frage, dachte Munk. Sie hatte doch gerade gesagt: eine Vogelspinne. Munk wollte Tove Olsen zeigen, dass er zuhörte. Trotzdem war es albern.

Tove Olsen nickt nur.

„Eine Vogelspinne", sagte sie. „Natürlich bin ich umgedreht und habe mir das Plakat näher angeschaut. Es stand darauf, dass in unserem Viertel eine Vogelspinne entlaufen sei, dass der Tierschutzbund informiert sei und dass man sich unter einer Telefonnummer melden solle, wenn sie einem über den Weg liefe …“

Munk hörte aufmerksam zu.

„Ich bin dann heimgegangen, habe alle Fenster geschlossen …“

Tove Olsen zögerte. Dann sagte sie: „Ich merke gerade, dass ich mich um Kopf und Kragen rede. Schlimm genug, dass ich über meine Angst vor Spinnen rede, aber jetzt rede ich auch noch über diese Geschichte, die, wenn ich sie weitererzähle, nicht gerade ein gutes Licht auf mich werfen würde.“

Sie redet ja wie Selander, dachte Munk: Nicht gerade ein gutes Licht auf mich werfen würde. Dann riss er sich am Riemen.

„Ich höre die Geschichte gerne“, sagte er und lächelte.

„Ich mache es kurz“, sagte Tove Olsen. „Ich habe mich als Lokalreporterin ausgegeben und beim Tierschutzbund, bei der Polizei und bei der Reptilien-Auffangstation angerufen, ob die Vogelspinne schon aufgetaucht sei und wenn nicht: welche Vorlieben Vogelspinnen hätten, ob sie in Wohnungen eindringen und besonders Frauen um die 40 heimsuchen.“

„Das stimmt jetzt nicht.“

„Doch. Bis auf das mit den Frauen um die 40.“

„Und?“, wollte Munk wissen.

„Sie wussten von nichts, und sie sagten, dass Vogelspinnen sich vor allem in warmen Höhlen verkriechen, unter Büschen und Bäumen zum Beispiel. Aber natürlich sei es nicht ganz ausgeschlossen, dass sie auch in Wohnungen eindringen würden.“

„Oje.“

„Ich bin dann zurück zu dem Plakat und wollte die Nummer abschreiben, die dort angegeben war. Aber sie war verwischt, als ob Wasser hingekommen wäre. Also bin ich heim und habe unruhig geschlafen."

Munk hörte ihr gerne zu. Er hielt sie nicht für hyperempfindlich, überängstlich oder verrückt. Eher fühlte er mit ihr.

„Ich habe am nächsten Tag bei der Lokalzeitung angerufen, ob sie der Sache nicht nachgehen wollen", fuhr Tove fort. „Schließlich sei die Bevölkerung gefährdet. Sie haben sich tatsächlich darum gekümmert."

„Und?"

„Am späten Nachmittag haben sie zurückgerufen, ja tatsächlich. Und sie sagten mir, dass die Vogelspinne bereits drei Menschen getötet hätte …"

„Nein!", rief Munk.

Tove lachte. Sie hatte ihn hereingelegt, schon wieder. Munk lachte auch.

„Natürlich nicht", fuhr sie schließlich fort. „Die Reporter sagten mir, das Plakat wäre ein schlechter Scherz gewesen. Das Bild der Spinne sei einer Tierzeitschrift entnommen worden, in der es um Vogelspinnen in Costa Rica ging."

Munk lachte.

„Arme Ärztin Olsen", sagte er. „Und wie ist es mit Schlangen?"

„Nicht so schlimm."

„Heuschrecken?"

Tove Olsen überlegte.

„Die kleinen dürfen leben", sagte sie dann, „die großen … hmmmh …". Sie zögerte und fuhr dann mit Elan fort: „… müssten auch sterben, wenn ich Diktator wäre. Diktator der ganzen Welt, meine ich. Am schlimmsten sind ja die Dschungel, da ist das ganze Getier zu Hause. Ich würde Dschungel, Regenwälder und ähnliche Heimatregionen dieser grässlichen Insekten dem Erdboden gleichmachen und Pflastersteine drüberlegen. Fertig. Aus."

„Wollen wir nicht doch lieber über BIID-Kranke reden?", fragte Munk.

Tove Olsen lachte.

„Sie haben das hoffentlich nicht ernst genommen?", sagte sie dann.

„Ich denke, der Kern war ernst", erwiderte Munk.

„Richtig. Aber nun zu Ihnen. Bevor wir wieder über BIID-Kranke reden, möchte ich noch wissen, ob Sie immer noch Trompete spielen."

Sie hat sich das gemerkt, dachte Munk. Dass ich früher in einer Band Trompete gespielt habe.

Er lächelte. Dann sagte er: „Ich habe 20 Jahre lang nicht gespielt, aber ich fange gerade wieder damit an, das heißt: Ich werde mir einen Lehrer nehmen, der mich wieder auf ein gewisses Niveau bringen soll – ich bin doch sehr eingerostet."

Gewisses Niveau. Eingerostet. Wie rede ich denn, dachte Munk. Das kann ich nur mit Humor wieder geradebiegen.

„Ich werde den Unterricht bei Herrn Apostolidis nehmen", sagte er. „Herr Apostolidis gehörte in den 1960er-Jahren zur außerparlamentarischen Opposition und hieß kurz: Herr Apo. Später heiratete er Frau Theker und hieß Herr Apo-Theker. Dann ließ er sich scheiden und heiratete seine zweite Frau, die liebe, gute Frau Stolidis, also hieß er nun Apo-Stolidis – der Einfachheit halber hat er den Bindestrich getilgt und den Namen auf Apostolidis zusammengezogen. Weil er in den 1960er-Jahren niemals heiraten wollte – wer zweimal mit derselben pennt, gehört schon zum Establishment … – und damals eine Wette einging, dass er sich, obwohl er kein BIID hatte, den rechten

Arm abhacken würde, falls er doch heiraten würde, läuft er nun ohne rechten Arm herum und hat den rechten Ärmel seines Sakkos mit einer Sicherheitsnadel an der Schulter befestigt. … Jetzt kennen Sie Herrn Apostolidis, bei dem ich Trompeten-Unterricht nehmen werde."

Tove Olsen sah ihn eindringlich an. Auweia, dachte Munk, das war zu viel erfundener Schwachsinn. Sie wird mich in die geschlossene Abteilung ihrer Hypochonder-Klinik einliefern lassen.

„Das ist ganz falsch, was Sie da erzählen", sagte Tove Olsen. „Apostolidis ist ein Künstlername, wie jeder ahnt, der weiß, dass ein dis ein d mit Vorzeichen ist. In Wahrheit heißt er also Apostoli, und um klarzumachen, dass er Musiker ist und sich mit Kreuzen und Bs auskennt, hat er ein dis angehängt. So ähnlich wie Sting, der eigentlich Stin heißt und sich einfach mit einem g geschmückt hat. Es hätte bei Apostoli auch ein des sein können, aber das würde mehr auf Moll hinweisen, und Apostoli ist ein heiterer einarmiger Mann, der das Leben schätzt. Also Apostolidis. Das ist so einfach, da hätten Sie auch drauf kommen können."

Jetzt war es Munk, der verdattert schaute. Dann lachten beide.

Als sie wieder aufgehört hatten, sagte Tove Olsen: „Ich glaube, jetzt ist der richtige Zeitpunkt, um über Ihre Midlife-Crisis zu reden – Sie hatten doch in Bergen angedeutet, dass Sie eine hatten, sie aber überwunden haben. Ich will etwas lernen, ich bin nämlich mittendrin."

„Sie?", entfuhr es Munk.

„Warum nicht?"

„Erstens wirken Sie, als ob Sie immer alles im Griff hätten …"

„Sie wissen, dass das Blödsinn ist: Niemand hat immer alles im Griff."

„Gut", antwortete Munk. „Aber mein zweites Argument ist schlagend: Eine Midlife-Crisis hat man in der Mitte des Lebens – und Sie haben höchstens ein Drittel hinter sich."

Munk war stolz auf sich. Er würde mit dieser charmanten Bemerkung herausfinden, wie alt Tove Olsen war. Sie würde antworten müssen. Oder nicht?

„Danke", sagte sie. „Das war nett. Es hätte uncharmantere Wege gegeben, nach meinem Alter zu fragen. Wieso wollen eigentlich die Männer immer wissen, wie alt eine Frau ist?"

Munk schwieg. Darauf gab es viele Antworten. Männer schmückten sich zum Beispiel gerne mit jungen Frauen. Aber das wollte er nicht sagen. Er war ja kein Macho.

„Also, Kommissar Munk, ich sage Ihnen, wie alt ich bin – unter einer Bedingung."

„Ja?"

„Wir duzen uns ab jetzt."

„Einverstanden", sagte Munk und hob das Glas Rotwein, das die Bedienung gerade hingestellt hatte. „Casper."

„Tove", sagte Tove Olsen und hob ihr Glas Weißwein.

„Ich bin 44 Jahre alt", sagte sie dann. „Und du?"

„45."

„Du hast gewonnen", sagte sie.

„Und du siehst 15 Jahre jünger aus."

Tove Olsen ignorierte die Bemerkung.

„Also", sagte sie, „wie war das mit der Midlife-Crisis?"

„Ich vermisste die Zeit, als alles so … sorglos war", antwortete Munk. „Als ich Mitte 20 war, freute ich mich zum Beispiel die ganze Woche auf ein Geburtstagsfest von einem Freund. Man traf sich vorher, um etwas einzustudieren, einen Song, einen Sketch, irgendwas. Wir liehen uns Klamotten aus und schminkten uns, weil wir als Wikinger zu diesem Fest kommen wollten. Es gab nur dieses Fest und den Spaß, den man dort haben würde. Keiner von uns war frustriert vom Leben oder erdrückt von der Arbeit, und keiner dachte an den Tod. Wir waren jung und glaubten, es würde ewig so weitergehen. Wir waren begeisterungsfähig, frech und so bedingungslos auf der Suche nach Gerechtigkeit. Mir ist dieses Lebensgefühl etwas abhandengekommen – das mit allen Möglichkeiten, unendlicher Zukunft, Spaß ohne Reue, Sorglosigkeit, Vertrauen ins Gelingen, Studentenleben, Freunden, die immer Zeit für einen finden, Eltern, die man sanfter sieht. Ich habe einige Zeit darunter gelitten. Aber heute denke ich, dass es gut ist, dass dieses unreife und zum Teil auch unkritische Lebensgefühl nicht mehr da ist. Und es ist vor allem: normal. Man wird eben älter, und man hat ein anderes Lebensgefühl. Es geht nur ums Akzeptieren. Mit Pessimismus hat das nichts zu tun. Ich mag manchmal ängstlich sein, bisweilen auch desillusioniert, aber pessimistisch bin ich nicht. Jetzt haben wir die Ideale halt ein wenig verloren, und unsere Kraft ist weniger geworden. Und das Leben fühlt sich manchmal an wie ein Spiel, das man nicht gewinnen kann. So sehr man sich auch bemüht: Man verliert, denn am Ende steht der Tod.“

„Ja, die Unbeschwertheit ist vorbei“, erwiderte Tove Olsen. „Dafür sind wir eben reifer und auch gelassener. Und ein Vorzug der Reife ist: Wir können uns besser einfühlen in die Welt des anderen. Mir geht es jetzt nicht mehr ums Weltverbessern im Großen, das schaffen wir eh nicht, sondern ums Weltverbessern im Kleinen, in meinem Umfeld. Wobei Weltverbessern schrecklich klingt: Ich will, dass ich gut bin für meine Freunde, meine Familie. Und je älter ich werde, desto besser kann ich die Eigenheiten meiner Freunde verstehen, weil ich mich besser einfühlen kann."

Tove schwieg einen Moment.

„Hast du noch Träume?", fragte sie dann.

„Natürlich. Ganz viele."

„Du wirkst auch so."

„Ich bin noch voll von Träumen, von Größenwahn und Ehrgeiz, die zwar förderlich für meine Lebensfreude, aber auch mal hinderlich für meine Entspannung sind."

„Hast du alte Freunde, ich meine Freunde, die du schon lange kennst?"

Munk dachte an Luna, an Grip und auch an Pontus.

„Ja, nicht viele, aber die gibt es", sagte er.

„Je älter man wird, desto mehr braucht man seine Weißt-du-noch-Freunde", sagte Tove. „Und es ist gut, wenn man Menschen hat, die einen im Leben begleiten – ich weiß, das hört sich jetzt an wie aus einem Schnulzenroman. Aber ich finde dieses Begleiten wichtig: dass jemand über lange Zeit Anteil nimmt an deinem Leben; dass man voneinander lernt. Das ist schon spannend."

Munk schwieg. Er nahm einen Schluck aus seinem Glas. Als er es abgestellt hatte, brachte die Bedienung die Köttbullar für ihn und Tove Olsen.

„Genieß sie", sagte er.

„Du auch."

Tove Olsen nahm den ersten Bissen, kaute genüsslich und strahlte.

„Ich kenne zwar nicht alle Köttbullar-Restaurants in Stockholm, aber dieses hier wird kaum zu übertreffen sein", sagte sie. „Welche Hobbys hast du noch, Casper – außer Köttbullar-im-Kranich-essen?"

Munk überlegte. Sie waren also wieder zum klassischen Abfragespiel zurückgekehrt. Aber was hatte er da zu bieten?

„Ich liebe Blues", sagte er schließlich. „Muddy

Waters, Ron Cartel, Robert Johnson, Little Walter, Charlie Musselwhite. Blues ist die einzige Musik, die mich wirklich berührt. Andere Musik kann ich gut finden oder schlecht, aber Blues spüre ich."

„Von denen, die du genannt hast, kenne ich nur Muddy Waters, Little Walter und Robert Johnson", antwortete Tove. „Ich mag Blues auch, aber bei mir muss es dann ganz abgedreht sein, deshalb mag ich Howlin' Wolf und Blind Willie Johnson."

„Find ich auch ganz gut", sagte er. „Ist mir aber ein bisschen zu jaulig."

„Kann ich verstehen."

„Was hörst du sonst noch?", fragte Munk.

„Heavy Metal. Am liebsten Metallica. Das geht bei mir ins Blut."

„Früher dachte ich auch, das sei meine Musik", antwortete Munk, „bis ich den Blues entdeckte."

„Hast du was Schwermütiges, Casper Munk?"

„Ich mag es eigentlich nicht, wenn man jemandem, der Blues liebt, gleich Schwermut unterstellt", sagte er und war überrascht darüber, dass er so harsch reagierte.

„Entschuldige bitte", schob er nach.

„Das war okay", antwortete Tove Olsen. „Meine Frage war dumm, in diesem Zusammenhang jedenfalls. Ich entschuldige mich."

„Um deine Frage zu beantworten: Ja, ich habe auch eine schwermütige Seite. Aber sie ist nicht sehr stark. Nicht mehr."

Tove Olsen war offenbar bemüht, das Thema zu wechseln.

„Welche Hobbys hast du noch?", fragte sie.

„Fußball", antwortete Munk. „Ich bin Fan des FC Liverpool."

„Oh, da läuft es gerade gut. Gratuliere!"

„Danke. Interessierst du dich für Fußball?"

„Ein bisschen. Mein Sohn – du hattest ihn am Telefon – ist Fan von Manchester United. Manchmal fliegt er sogar mit seinen Kumpels zu den Spielen nach Manchester. Wusstest du, dass es in Norwegen den größten Manchester-United-Fanklub Nordeuropas gibt?"

„Nein."

„Er hat mehr als 45.000 Mitglieder und seinen Sitz in … rate mal."

„Bergen."

„Richtig. Der Fanclub organisiert Reisen nach Manchester und vermittelt 400 Karten pro Heimspiel. Vierhundert!"

„Ich kenne auch ein paar Schweden, die zu den Premier-League-Spielen nach Manchester fliegen", sagte Munk.

„Mein Sohn sagt, es sind wohl 1000 Skandinavier bei einem gewöhnlichen Premier-League-Heimspiel von ManU. Warst du schon mal beim FC Liverpool?"

„Ja. Einmal. Ich habe noch das Trikot zu Hause, das ich mir dort vor dem Spiel gekauft habe."

„Warum magst du Fußball?", fragte Tove.

„Wegen der Emotionen. Und weil Fußball eigentlich ein kompletter Unsinn ist – 22 erwachsene Männer kämpfen auf dem Rasen darum, einen Ball in einem Kasten unterzubringen und das Ergebnis macht tatsächlich viele Menschen glücklich oder unglücklich. Fußball hat für mich deshalb etwas Philosophisches, es ist wie das Leben: Wenn man ihn zu sehr hinterfragt, wenn man da zu rational ran geht, dann bleibt nicht viel übrig. Fußball ist eben Emotion, da ist vieles, was man nicht erklären kann und über das man sich aber wahnsinnig freut. Ich habe mich am vergangenen Samstag über Firminos Tor und Alissons

Paraden gefreut …"

„… die spielen bei Liverpool?", fragte Tove.

„Ja. Ich habe mich vorbehaltlos darüber gefreut und es war fast das Schönste an diesem Tag, ich gebe es zu. Wenn ich aber darüber nachdenken würde, sähe es zappenduster aus."

Tove Olsen lachte.

„Kennst du die Geschichte von dem schwedischen Reporter und dem Neger mit der Nummer 10?", fragte Munk.

„Nein, erzähl."

„Es war in den 1960er-Jahren", begann Munk. „Damals fing man in Schweden an, die Sprache politisch korrekter zu machen – unter anderem galt es nicht mehr als angemessen, zu dunkelhäutigen Menschen Neger zu sagen."

„Das kam in Norwegen etwas später."

„In Schweden war es damals auch noch nicht bei jedem angekommen", fuhr Munk fort. „Jedenfalls nicht bei dem schwedischen Reporter, der damals ein Spiel übertrug, ich glaube im Radio. Er hatte offenbar keine Aufstellungen zur Hand, jedenfalls sagte er stets Sachen wie: ‚Den Ball hat jetzt der Neger mit der Nummer 10' oder ‚fantastisches Dribbling vom Neger mit der Nummer 10'. In der Regie war man entsetzt und sagte ihm auf den Kopfhörer: ‚Nicht Neger sagen!' Aber er verstand das nicht und wiederholte es immerzu, zum Beispiel: ‚Der beste Spieler ist der Neger mit der Nummer 10'."

„Das ist ja grauenvoll", sagte Tove und lachte.

„Ja, und in der Regie verzweifelten sie langsam, einer unternahm dann einen letzten Versuch, dem Reporter klarzumachen, dass er etwas Falsches sagte, er sprach ihm ganz deutlich auf den Kopfhörer: ‚Nicht Neger sagen – NEGER: Nisse, Emil, Gunnar, Erik, Rickard'. Woraufhin der Reporter sagte: ‚Ich höre gerade aus der Regie, der Neger mit der Nummer 10 heißt Nisse Emil Gunnar Erik Rickard'."

„Das ist nicht wahr!", rief Tove und lachte.

„Doch", sagte Munk. Er lachte auch.

Nachdem sie sich wieder gefangen hatten, entstand ein kurzer Moment der Stille.

„Wie verstehst du dich mit deinen Eltern?", fragte Tove unvermittelt.

„Mit meiner Mutter ganz gut, mit meinem Vater gar nicht", sagte Munk. „Er ist ein Egoist und ein Egozentriker. Er hört mir nicht zu. Ich habe es anfangs sogar als Journalist versucht, weil er mir nicht zugehört hat."

„Warum das?"

„Ich dachte, wenn er mir schon nicht zuhört, vielleicht liest er das, was ich schreibe – ich wollte auf mich aufmerksam machen, ich wollte auf diese Art und Weise sozusagen gehört werden. Außerdem ist mein Vater ein Zyniker. Meiner Schwester, die zwei Söhne hat, schrieb er neulich eine Geburtstagskarte, auf der stand: Ich wünsche Dir alles Gute und Grüße an die beiden Ekelsöhne. Ich glaube nicht, dass er das n versehentlich vergessen hat."

Tove lachte.

„Vielleicht unterschätzt du ihn", sagte sie. „Als Witz ist das gut."

Munk überging den Einwand.

„Ich nehme ihm besonders übel, dass er seine Ängste auf seine Kinder übertragen hat", fuhr er fort, „vor allem seine Existenzängste. Dass er sie hatte und vielleicht noch hat, ist schade für ihn und ich will nicht verlangen, dass er viel Seelenarbeit aufwendet, um sie loszuwerden. Aber wenn er reflektieren würde, dann hätte er seine Kinder damit nicht belastet und ihnen das Leben schwer gemacht."

„Ihr habt seine Ängste übernommen?“

„Lass uns ein andermal über meinen Vater reden“, sagte Munk. „Wir verderben uns sonst den Abend.“

Sie redeten noch zwei Stunden – zum Beispiel über Tove Olsens Sohn, der 17 war und die meiste Zeit bei ihr lebte. Vom Vater war sie seit sieben Jahren getrennt. Tove Olsen sagte über ihren Ex-Mann bloß, er sei kompliziert gewesen; sie habe das am Anfang anziehend gefunden, am Ende aber nur noch anstrengend. Sie trennten sich, und so sei ihr Lebensplan gescheitert. Sie sagte das mit dem Lebensplan ironisch. „Wenn du Gott zum Lachen bringen willst, mach Zukunftspläne“, sagte sie.

Sie sprachen dann noch über Munks neuen Fall und über Munks gescheiterte Ehe. Munk sagte nur, dass seine Ex-Frau nicht kompliziert gewesen sei. Trotzdem hätten sie nicht zusammengepasst. Und dann ging es noch einmal um Philosophie, um Lebensglück. Munk sagte, dass die Menschen am glücklichsten seien, wenn sie spielen würden, egal ob es Eishockey sei oder Schach oder Kartenspiele. Auch Sex sei ein Spiel.

Sie hatten sich gegen Mitternacht voneinander verabschiedet und vereinbart, sich bald in Bergen zu treffen. Munk hatte gesagt, er würde Pontus bald wieder besuchen und da würde es doch passen ... Dann war er zu Fuß von Södermalm bis Kungsholmen nach Hause gegangen, er war fast eine Stunde unterwegs. Aber er brauchte das. Er musste runterkommen. Er hatte sich verliebt.

Als Munk am nächsten Morgen erwachte, war er gut gelaunt. Wann war das zum letzten Mal so gewesen? Es war lange her. Er ging ins Bad, betrachtete sich im Spiegel und sagte zu sich: Wirst du noch einmal glücklich werden, du alter Sack? In diesem Moment klingelte das Handy. Tove? Munk hetzte in den Flur. Das Handy musste in der Jackentasche sein. Er fischte es heraus und meldete sich mit vollem Namen.

Es war Halldor Selander.

„Das Ergebnis der Isotopenanalyse für die Leichenteile des Toten vom Årstaviken ist da, kannst du kommen?“, fragte der Hauptkommissar.

„Klar“, erwiderte Munk.

Auf dem Weg zum Polizeipräsidium dachte Munk an das, was Tove Olsen im Kranich über BIID-Kranke gesagt hatte: Manche verstümmeln sich selbst, um ein Körperteil loszuwerden, das ihnen fremd ist. Sie, die Polizisten der Mordkommission in Stockholm, hatten zuletzt zwei verstümmelte Leichen gefunden – Espen Järv fehlten die Brustwarzen, dem Toten vom Årstaviken der Kopf und alle Extremitäten. Munk griff in seine Jackentasche und holte das Handy hervor. Er wählte die Nummer von Tove Olsen. Sie meldete sich sofort und sagte, sie würde sich sehr freuen, ihn zu hören.

„Ich freue mich auch“, sagte Munk und lächelte. „Darf ich dir eine dienstliche Frage stellen?“

„Klar“, sagte Tove.

„In unserem Fall gibt es verstümmelte Leichen“, sagte Munk. „Ist diese BIID-Krankheit eine Obsession, die sich vielleicht auch auf andere Menschen erstreckt – mit anderen Worten: Könnte es sein, dass ein BIID-Kranker aus welchen Gründen auch immer andere Menschen verstümmelt, weil so etwas in ihm angelegt ist?“

Tove schwieg einen Moment. Sie schien nachzudenken.

„Casper, ich bin kein BIID-Experte", sagte sie dann. „Ich habe ein Seminar besucht und will mich darin auch weiterbilden, aber noch weiß ich nicht alles über diese Krankheit. Was ich sagen kann: BIID-Kranke sind meist intelligente, aber auf keinen Fall böse Menschen. Ihr Augenmerk ist auf ihre Problematik gerichtet, und ich habe noch nie gehört, dass sie andere verstümmelt hätten. Studien über BIID-Kranke besagen aber, dass sie Gewalt weniger abstoßend finden als wir. Ich will daraus jedoch nicht ableiten, dass sie anderen Gewalt antun würden, bestimmt nicht. Lange Rede, kurzer Sinn: Ich würde sagen, es ist wie bei allen anderen Menschen auch. Es gibt Ausreißer nach allen Seiten. Es gibt fürsorgliche, empathische, kluge BIID-Kranke – und es gibt grausame. Wenn diese Grausamen dann Gewalt anwenden, könnte es sein, dass sie zu Verstümmelungen neigen, weil sie es sozusagen kennen. Aber das ist ohne Gewähr."

„Danke, Tove", sagte Munk. Er sprach sie zum ersten Mal mit ihrem Vornamen an.

„Gern geschehen, Kommissar Munk", sagte sie. „Wir hören uns."

„Yes", sagte Munk.

Auf dem Flur des Polizeipräsidiums traf Munk auf Achatz Larsson. Larsson war offenbar auch gerade angerufen worden, er sah aus, als käme er direkt aus dem Bett. Sein altes Indianergesicht war unrasiert, was ihm gut stand, und er roch ein wenig streng, was nicht so gut war. Vermutlich hatte er keine Zeit mehr gehabt, sich zu duschen. Munk ertappte sich dabei, nach einem Alkoholgeruch zu suchen, aber er fand ihn nicht. Er hoffte, dass Achatz Larsson trocken war. Bislang hatte es keinen Grund gegeben, sich über ihn zu beschweren. Er hatte sich persönlich zurückgenommen, aber fleißig mitgearbeitet. Es war ihm kein Weg zu weit, keine Befragung zu heikel und keine Überstunde zu anstrengend gewesen. Und nie war er gegen Zeugen oder Verdächtige handgreiflich geworden. Er war nicht einmal verbal ausfallend geworden, sah man einmal von einer gewissen Schärfe Rock Stroblonis gegenüber ab. Vielleicht hatte er sich ja doch grundlegend geändert.

Leila Andersson, Jari Huskonen, Grip und Halldor Selander saßen bereits im Besprechungszimmer. Leila lächelte, als Munk den Raum betrat. Munk lächelte zurück.

„Setzt euch", sagte Selander zu den beiden Männern.

Vor Jari Huskonen lagen Leichenteile, luftdicht verpackt in durchsichtigen Hüllen. Man konnte alles sehen. Muss das sein, dachte Munk.

„Jari, bitte", sagte Selander.

„Also, das Institut für Rechtsmedizin ist zu folgendem Schluss gekommen", sagte Huskonen. „Der Tote, er dürfte etwa 70 Jahre alt gewesen sein, ist in Mittel- oder Osteuropa aufgewachsen und hat als junger Erwachsener dort gewohnt. Später hat er in den USA gelebt und seit bestimmt 20 Jahren in Schweden, möglicherweise in Stockholm."

„Mittel- und Osteuropa ist groß, kann man das konkretisieren?", fragte Munk.

„Ich habe mit den Rechtsmedizinern lange gesprochen", erwiderte Huskonen. „Die Untersuchung deutet darauf hin, dass der Mann dort aufgewachsen ist, wo Steinkohle abgebaut wurde – in der weiteren Umgebung jedenfalls. Steinkohle besteht ja zu großen Teilen aus Kohlenstoff und Kohlenstoff gehört zu den Elementen, die bei der Isotopenanalyse wichtig sind. Außerdem entsteht Schwefel beim Verbrennen von Kohle, und Schwefel gehört auch zu den Elementen – aber ich will euch nicht mit Details langweilen. Fest steht, dass der Mann seine Kindheit in einem Gebiet verbracht hat, in dem Steinkohle abgebaut wurde. Es gab viel Steinkohleabbau in Deutschland, aber auch in Osteuropa, zum Beispiel in Tschechien. Ich tippe mehr auf Tschechien oder die Tschechoslowakei, wie es damals noch hieß, weil der Tote sich anfangs sehr obstarm ernährt hat – und in Deutschland, zumindest im Westen, gab es mehr Obst als in der Tschechoslowakei."

„Legst du dich fest, Jari?", fragte Munk.

„Ich lege mich nicht fest, aber ich gebe einen Tipp ab, nachdem ich mich mit Steinkohle in der Tschechoslowakei beschäftigt habe: Dieser Mann ist vielleicht in der Nähe von Brünn oder in der Nähe von Ostrau in Mähren aufgewachsen – es gab Steinkohleabbauzentren nahe dieser beiden Städte, sie hießen … Moment …."

Huskonen kramte in den Papieren, die er vor sich auf dem Tisch liegen hatte.

„Also, entweder im Ostrauer Becken in Mährisch-Schlesien oder es ist die Zeche Důl Jindřich II bei Brünn."

„Jul Dindrich?", fragte Grip. Es amüsierte ihn, denn Jul hieß Weihnachten.

„Důl Jindřich", wiederholte Huskonen stoisch. „Aber noch einmal, Leute, das ist ein vager Tipp, keine seriöse Ermittlung. Ich glaube, es ist Tschechien, aber ich weiß es nicht. Vielleicht ist es auch die Slowakei oder Polen."

„Und dann ging er in die USA?", fragte Munk.

„Ja", sagte Huskonen. „Die Amerikaner haben einen anderen Isotopenwert des Kohlenstoffs. Und wenn jemand eine Zeit dort gelebt hat, kann man das nachweisen."

„Irre", sagte Grip. „Und was heißt das: einen anderen Isotopenwert des Kohlenstoffs?"

„Ein Beispiel: Unser Zucker ist aus Zuckerrüben, der

Zucker in den USA aus Zuckerrohr. Außerdem essen die US-Amerikaner viel Mais. Mais und Zuckerrohr haben einen hohen Kohlenstoff-Isotopenwert."

„Du findest also in den Knochen dieses Mannes Steinkohlereste und den Isotopenwert von Mais und Zuckerrohr und dann kannst du uns sagen, dass er erst in Osteuropa lebte und dann in den USA"?", fragte Grip.

„Das ist zwar sehr vereinfacht ausgedrückt, Grip, aber korrekt. Man muss natürlich auch noch andere Parameter berücksichtigen – ich hatte es euch ja schon erklärt, als wir die Leichenteile gefunden haben", erwiderte Huskonen.

„Okay", sagte Munk. „Was haben wir: einen ungefähr 70-jährigen Toten, der erst in Osteuropa lebte, dann in den USA, dann in Schweden. Bringt uns das weiter? Wir haben keinen US-Amerikaner in unserem Jackie- und Espen-Järv-Fall ..."

„... aber einen halben Slowaken", warf Leila Andersson ein.

„Einen halben Slowaken?", fragte Selander.

„Greger Linds Konkurrent, der Mann, der auch Olof Palme spielen wollte, ist halber Slowake."

„Sigurd Welz?", fragte Selander.

„Ja, Sigurd Welz ist nur sein Künstlername", sagte Leila. „Er heißt, wie ihr wisst, eigentlich Roman Straka. Und sein Vater stammt aus der Slowakei."

„Und seine Mutter?", wollte Munk wissen. „Ist sie Schwedin?"

„Ich habe es vergessen", sagte Leila. „Sorry, das passiert mir sonst nicht. Ich hole meine Unterlagen, ich hatte es mir notiert."

Leila verließ das Zimmer, holte einen Packen Papier aus ihrem Büro und kehrte in den Besprechungsraum zurück. Sie blätterte kurz in den Notizen, fischte ein Blatt heraus und sagte: „Die Mutter heißt Kim Straka, sie wurde in Connecticut, USA, geboren."

Die Polizisten blickten sich an. Slowakei, USA, Schweden.

Munk war der Erste, der die Fäden zusammenführte.

„Es könnte sein, dass der Tote der Vater von Sigurd Welz alias Roman Straka ist. Ein Mann, der in der Tschechoslowakei aufwächst, als junger Mann nach Amerika geht, dort seine Frau trifft und später, warum auch immer, nach Schweden auswandert. Und hier – oder noch in den USA – wird ihr Sohn Roman geboren. Aber was bedeutet das für unseren Fall?"

„Wir müssen mit Sigurd Welz reden und mit seiner Mutter", sagte Halldor Selander. „Falls der Tote Roman Strakas Vater ist, müssen sie ihn vermissen. Außerdem können wir bei Roman Straka eine DNS-Probe nehmen und sie mit der DNS unserer Leichenteile vergleichen."

Munk, Leila, Grip und Larsson fuhren zu Sigurd Welz alias Roman Straka. Munk hatte ihn angerufen und angekündigt, dass sie vorbeikommen würden. Anschließend wollten sie zu Strakas Mutter fahren.

Munk steuerte seinen Wagen Richtung Djursholm, sie mussten mitten durch die Stadt, vorbei am Reichstag und am Königsschloss. Stockholm ist doch schön, dachte Munk, als sie die Gebäude passierten. Er hoffte, dass auch Tove Olsen … da unterbrach Grip seine Gedanken. Grip saß auf dem Beifahrersitz neben ihm, Leila und Larsson hatten sich nach hinten gesetzt.

Grip berührte Munk am rechten Unterarm und sagte freundlich: „Ich habe noch einen Witz."

„Lass raten: einen frauenfeindlichen?", fragte Munk zurück, der sich manchmal sorgte, dass Leila Probleme haben könnte mit ihren testosterongeladenen Kollegen. Grip, der seit längerer Zeit Single war, hatte kürzlich gesagt, er sei schon erregt, wenn er von Weitem das Klappern von Stöckelschuhen höre.

„Eher einen männerfeindlichen", sagte Grip und lachte.

„Okay", erwiderte Munk.

„Also", begann Grip, „die Großmutter war beim Arzt, sie kommt nach Hause, strahlt und sagt: Der Arzt hat gesagt, ich hätte die Brüste einer 30-Jährigen. – Und was hat er zu deinem Arsch gesagt?, antwortet der Großvater. – Von dir war gar nicht die Rede, erwidert die Oma."

Alle vier lachten. Auch Leila.

„Wo er sie nur immer her hat", sagte Leila.

„Gestohlen", sagte Grip. „Den habe ich kürzlich gehört, als ich in einem kleinen Theater war."

„Du gehst ins Theater?", fragte Munk.

Sigurd Welz öffnete sofort die Tür, als Munk gegen die Klingel gedrückt hatte. Munk stellte seine Kollegen vor, und Welz bat die vier Polizisten in seine Wohnung. Larsson, Grip und Leila setzten sich auf eine Couch, Munk blieb stehen. Welz nahm auf einem Sessel Platz. Er schien sich nicht zu wundern, dass gleich vier Polizisten in seine Wohnung gekommen waren.

„Herr Welz, hatten Sie in den letzten Tagen Kontakt mit Ihrem Vater?", begann Munk.

Sigurd Welz schien überrascht zu sein. Es dauerte einen Moment, bis er sich gefangen hatte. Dann sagte er: „Wir haben uns zum letzten Mal vor einer Woche gesehen – bei der Beerdigung meiner Mutter."

„Das tut mir leid", sagte Munk, „das mit Ihrer Mutter."

„Meine Mutter hat unsere kleine Familie zusammengehalten", erwiderte Welz, „aber jetzt gibt es nichts mehr zusammenzuhalten."

„Warum nicht?"

Welz senkte den Kopf.

„Mein Vater hat mich immer unter Druck gesetzt", sagte er dann. „Aber warum wollen Sie das eigentlich wissen?"

Munk sah Leila, Grip und Larsson an, dann sagte er zu Sigurd Welz: „Wir haben am Årstaviken Leichenteile gefunden und mittels einer Isotopenanalyse herausgefunden, dass der Tote vermutlich in der Tschechoslowakei aufgewachsen, später in die USA und dann nach Schweden ausgewandert ist. Der Mann dürfte um die 70 gewesen sein. Das passt wohl alles auf Ihren Vater, aber es kann natürlich auch irgendjemand anderes sein."

„Jiri Netolicka."

„Bitte?"

„Jiri Netolicka ist Vaters bester Freund. Er ist auch in die USA gegangen und später nach Schweden. Es könnte mein Vater sein, es könnte Jiri Netolicka sein oder irgendein anderer Tscheche oder Slowake, der nach dem Prager Frühling geflohen ist."

Natürlich, dachte Munk. Das konnte zeitlich hinkommen. 1968, der Prager Frühling, der Einmarsch der Truppen des Warschauer Pakts, die Flucht der Menschen, die unter dem neuen kommunistischen Regime nicht leben konnten oder wollten. Sigurd Welz hatte recht: Es gab viele, die dafür infrage kamen – sein Vater, dieser Netolicka oder irgendein anderer.

„Könnten Sie bitte versuchen, Ihren Vater anzurufen?", bat Munk.

Sigurd Welz stand auf, ging in ein anderes Zimmer und kehrte mit einem Handy in der Hand zurück. Er wählte eine Nummer und wartete.

„Nichts“, sagte er dann. „Wollen wir zu ihm nach Hause fahren?“

Welz schien beunruhigt.

Munk beobachtete ihn genau. Wusste er etwas?

„Wo wohnt Ihr Vater?“, fragte Larsson vom Sofa her.

„Bergshamra“, erwiderte Welz, „Odlingsvägen.“

„Haben Sie ein Auto?“, fragte Munk.

„Nein.“

„Nehmt ihn mit“, sagte Grip und erhob sich von der Couch. „Ich gehe ein Stück und fahre dann mit der U-Bahn zurück ins Präsidium. Bei fünf Leuten wird es in Caspers Auto eng.“

War ohnehin Blödsinn, dass wir zu viert hier angerückt sind, dachte Munk. Grip verabschiedete sich. Munk, Larsson, Leila und Welz fuhren über den Sveavägen Richtung Bergshamra. Welz schwieg die ganze Fahrt. Was ging ihm durch den Kopf? Bangte er um seinen Vater? Oder hatte er ihn selbst umgebracht? So wie er Jackie und Espen Järv getötet hatte? Aber er hatte doch ein Alibi, was den Mord an Jackie anging.

„Es ist die Nummer 17“, sagte Sigurd Welz, als sie den Odlingsväg erreicht hatten. Vor einem schlichten fünfstöckigen Mietshaus hielt Munk den Wagen an.

„Er wohnt im dritten Stock“, sagte Welz.

Wortlos fuhren sie mit dem Aufzug nach oben. Es roch nach Waschpulver. Vermutlich hatte gerade jemand seine frisch gewaschene Kleidung vom Keller, in dem in diesen Mietshäusern oft die Waschmaschinen standen, im Lift nach oben transportiert.

Munk drückte die Klingel neben dem Schild „K. und K. Straka“.

„Meine Mutter hieß Kim“, sagte Welz. Er konnte nicht

wissen, dass die Polizisten das bereits herausgefunden hatten.

Hinter der Tür rührte sich nichts. Munk blickte durch den Türschlitz. Es lagen einige Briefe und Werbeprospekte am Boden.

„Ihr Vater scheint länger nicht mehr hier gewesen zu sein", sagte er zu Welz, der nun ebenfalls durch den Türschlitz schaute.

„Um die Tür zu öffnen, bräuchten wir eigentlich einen Durchsuchungsbeschluss ..."

„Machen Sie auf", sagte Welz. Er zitterte.

Achatz Larsson kam aus dem Hintergrund. Er hatte einen Polizei-Dietrich in der Hand. Wenige Sekunden später sprang die Tür auf. Welz ging hinein, bückte sich und nahm die Post mit ins Wohnzimmer. Munk sah sich um. Es war aufgeräumt, fast schon pedantisch sauber.

„Wie viele Zimmer hat die Wohnung?", fragte er.

„Drei", erwiderte Welz, der schon auf dem Weg ins Schlafzimmer war. Munk folgte ihm. Larsson und Leila gingen in das dritte Zimmer, es war ein Büro. Das Schlafzimmer war genauso aufgeräumt wie das Wohnzimmer. Nichts deutete auf einen Einbruch oder auf einen Kampf hin. Larsson und Leila kamen nun auch ins Schlafzimmer, sie schüttelten synchron den Kopf, was bedeutete: nichts Auffälliges im Büro.

„Können Sie sehen, ob irgendetwas in der Wohnung fehlt?", fragte Munk.

„Nicht auf den ersten Blick, aber ich kann mich weiter umsehen", erwiderte Welz.

„Wir würden gerne noch eine DNS-Probe von Ihnen mitnehmen", sagte Leila.

„Ich verstehe", sagte Welz. „Für den Abgleich mit dem Toten vom Årstaviken. Ich habe nichts dagegen – aber ich hoffe, dass es keine Übereinstimmung gibt."

Welz hatte Angst. Man sah es in seinen Augen. Er mag seinen Vater, dachte Munk, obwohl Karel Straka angeblich immer viel Druck auf ihn ausgeübt hat. Leila ging auf Welz zu und nahm eine Speichelprobe.

„Können wir Sie hier alleine lassen?", fragte Munk.

„Klar", antwortete Welz.

„Hier ist meine Karte, bitte rufen Sie mich an, wenn Ihnen in der Wohnung noch etwas auffällt, wenn etwas fehlt oder an einem anderen Platz ist als gewohnt."

Welz nickte.

„Eine Frage noch", sagte Munk im Hinausgehen. „Wissen Sie, wo wir diesen Jiri Netolicka finden können? Den Freund Ihres Vaters?"

„Er ist gerade in die Slowakei zurückgekehrt, er lebt jetzt in Bratislava – falls er nicht der Tote vom Årstaviken ist."

„Woher kannten sie sich – Ihr Vater und dieser Netolicka?"

„Vom Eishockey", antwortete Welz. „Beide waren Nationalspieler. Beide gingen zusammen in die USA, Vater als Trainer und Jiri als Spieler in der dortigen Profiliga. Und beide zogen später hierher nach Stockholm. Sie waren fast immer zusammen."

Und die Isotopenanalyse würde damit vermutlich auf beide zutreffen, dachte Munk. Aber nicht die DNS-Analyse.

„Warum ist Netolicka jetzt nach Bratislava zurückgekehrt?", fragte er.

„Ich weiß es nicht."

„Haben Sie eine Adresse oder Telefonnummer von Jiri Netolicka in Bratislava?"

Sigurd Welz ging wortlos in den Nebenraum, den Leila und Larsson vorhin durchsucht hatten. Die drei Polizisten folgten ihm. Welz öffnete die rechte obere Schublade eines schweren Schreibtisches, der vor dem Fenster stand. Er holte eine lederne Kladde heraus.

„Das Adressverzeichnis meines Vaters“, sagte Welz und schlug unter „N“ nach. Er fand nichts. Er blätterte ein paar Seiten nach vorne und fand eine Adresse und eine Telefonnummer unter „Jiri“. Sie war mit Bleistift eingetragen. Welz lächelte.

„Mein Vater hat die Nummern von Jiri immer mit dem Bleistift eingetragen, weil Jiri so oft umgezogen ist“, sagte er dann. „Hätte er sie mit Kugelschreiber oder Füller notiert, hätte die ganze Seite bald nicht mehr gereicht. So konnte er die Nummern, die nicht mehr galten, einfach wieder ausradieren.“

„Warum ist Netolicka so oft umgezogen?“, fragte Munk.

„Er war wohl ein unruhiger Geist – und unabhängig“, antwortete Welz. „Er war nie verheiratet.“

Munk ging zum Schreibtisch, deutete auf einen Notizblock und fragte: „Darf ich?“

Welz nickte.

Munk riss ein Blatt von diesem Block, schnappte sich einen Kugelschreiber und notierte Adresse und Telefonnummer von Jiri Netolicka in Bratislava.

„Wir gehen“, sagte er dann zu Leila und Larsson, „auf Wiedersehen, Herr Welz.“

Als sie im Polizeipräsidium ankamen, stand Grip am Empfang bei Emma Svensson. Die beiden lachten. Grip hat wieder einen Witz erzählt, dachte Munk, der Kerl ist unermüdlich.

„Hej Emma, hej Grip“, sagte Munk. „Grip, komm bitte mit, wir müssen mit dir und Halldor über Sigurd Welz

reden und über eine Reise nach Bratislava."
„Nach Bratislava?", fragte Grip erstaunt.
„Ich erklär es euch gleich – wo ist Halldor?"
„Er spricht mit dem Polizeipräsidenten", erwiderte Grip und nahm Haltung an.
Munk lachte.
„Emma, weißt du, wie lange es noch dauern wird?", fragte Munk.
Emma Svensson schaute auf ihre Armbanduhr.
„Sie wollten um 15 Uhr fertig sein – also noch eine Viertelstunde."
„Komm, Leila, wir gucken mal, was wir über diesen Jiri Netolicka im Netz finden können", sagte Munk.
„Moooment", sagte Grip und hielt Munk, der in sein Büro gehen wollte, die Hand wie eine Schranke vor die Brust.
Munk wusste, was kommen würde.
„Ein kurzer?", fragte er.
„Lass Dich überraschen", antwortete Grip. „Halldor ist doch auch noch nicht fertig, und dieser Nettoliter läuft uns sicher auch nicht weg."
„Netolicka", verbesserte Munk. Er stützte sich mit dem Ellenbogen auf die Theke am Empfang und sagte: „Also?"
„Ich erzähle den Witz aber nur, wenn Leila ihn nicht der Gleichstellungsbeauftragten meldet", sagte Grip und grinste.
„Ich hole jetzt gleich den Stell-dich-nicht-so-an-Beauftragten", antwortete Leila, „fang endlich an mit deinem Witz."
Munk und Larsson lachten.
„Ich habe doch noch gar nicht angefangen", sagte Grip.
„Leila ist witziger als du", sagte Larsson.
„Okay, dann eben nicht", sagte Grip.
„Zicke", sagte Munk.

„Mädchen“, sagte Emma.
„Also gut.“
„Endlich!“, riefen alle.
„Also“, begann Grip. „Ein Mann bittet eine Blondine, sich hinter sein Auto zu stellen, um ihm zu sagen, ob sein Blinker funktioniert. Die Blondine geht hinters Auto und ruft: Ja, nein, ja, nein, ja, nein, ja, nein, ja, nein …“
Emma lachte. Leila, Larsson und Munk schüttelten den Kopf, und dann lachten sie auch – weniger über den Witz, sondern über Grip, diesen Kindskopf.

„Es scheint ja mächtig Spaß zu machen, bei der Mordkommission zu arbeiten.“

Die Polizisten blickten den Gang entlang. Vor dem Büro von Halldor Selander stand Lasse Bosse Ström, der Polizeipräsident. Er wirkte ernst.

„Wäre es nicht besser, Sie würden den Fall lösen?“, fuhr Ström fort. „Wir haben drei Tote.“

Wäre es nicht besser, Sie würden den Fall lösen, äffte Munk den Polizeipräsidenten in Gedanken nach.

„Wir sind dabei“, sagte Munk.

„Ich habe mich gerade bei Halldor Selander über den aktuellen Stand informiert“, erwiderte Ström. „Er sagte, Sie hätten gerade einen Verdächtigen vernommen – zu viert.“

„Zu dritt“, sagte Munk. „Grip war nur ganz am Anfang dabei.“

„War der Verdächtige so gefährlich, dass gleich die ganze Mordkommission anrücken musste?“

„Nein“, erwiderte Munk, „beim nächsten Mal lösen wir das anders.“

„Was hat die Vernehmung denn ergeben?“

Lasse Bosse Ströms Ton war nun etwas versöhnlicher und Munk fühlte sich nicht länger wie ein Schulbub, der beim Schwänzen erwischt worden war. Er berichtete Ström und Selander, der nun ebenfalls vor die Tür getreten war, von dem Besuch bei Sigurd Welz und von der Fahrt in Karel Strakas Wohnung. Ein paar Mal fragte Ström nach, was denn dieser Welz mit Straka zu tun habe, und Munk antwortete stets geduldig, dass Welz Karel Strakas Sohn sei und eigentlich auch Straka heiße, Roman Straka; dass er aber Schauspieler sei und einen Künstlernamen angenommen habe. Als Ström zum vierten Mal die gleiche Frage nach der Verbindung zwischen Welz und Karel Straka gestellt hatte, sagte Munk, Sigurd Welz und Roman Straka seien als schwules Paar verheiratet, aber beide hätten ihren Namen behalten wollen. Lasse Bosse Ström nickte nur. Selander wurde bleich im Gesicht, die anderen mussten ein Lachen unterdrücken.

Als sich Ström mit einem „Weitermachen" verabschiedet hatte, stieß Selander Munk mit der Faust in die Rippen.

„Bist du wahnsinnig?", sagte er.

„Der hat doch gar nicht zugehört", verteidigte sich Munk. „Er hätte auch nicht reagiert, wenn ich gesagt hätte, ein gelb-grün karierter Osterhase habe Jackie erdrückt."

Leila, Larsson und Grip lachten, hörten aber damit auf, als sie den strengen Blick von Selander sahen. Der Hauptkommissar fand das nicht witzig.

„Casper und Leila, ihr fliegt morgen früh nach Bratislava zu diesem Netolicka – ohne Grip und Larsson", sagte er. Dann ging er in sein Büro und warf die Tür hinter sich zu.

„Der Alte ist ganz schön sauer", sagte Grip.

„Mir doch egal", erwiderte Munk.

„Manchmal wäre ich gerne Casper Munk", sagte Grip.

Am nächsten Vormittag saßen Leila Andersson und Casper Munk im Flugzeug nach Bratislava. Sie mussten über Wien fliegen und nahmen von dort den Zug in die slowakische Hauptstadt.

„Was weißt du eigentlich über den Prager Frühling und seine Auswirkungen auf den Sport?", fragte Leila.

Munk, der gerade aus dem Fenster blickte und sich fragte, ob die Felder, der Wald und die Bäche anders aussahen, als die Slowakei noch kommunistisch war, wandte sich Leila zu.

„Über Fußball weiß ich generell mehr als über Eishockey", antwortete Munk. „Aber ich weiß nichts über den Fußball in der Tschechoslowakei in diesen Jahren. Ich kann dir nur sagen, dass einige westliche Vereine gegen den Einmarsch der Truppen des Warschauer Paktes protestiert haben – soweit ich weiß, weigerte sich Celtic Glasgow, im Europapokal der Landesmeister gegen Ferencváros Budapest zu spielen."

„Warum Budapest?"

„Ungarn hat den Einmarsch der Sowjets unterstützt – ich glaube auch mit Truppen."

Leila holte ihr Smartphone aus der Tasche. Sie tippte darauf herum.

„Du hast recht, Casper, die Ungarn waren dabei", sagte sie. „Hier steht: In der Nacht zum 21. August 1968 marschierten etwa eine halbe Million Soldaten der Sowjetunion, Polens, Ungarns und Bulgariens in die Tschechoslowakei ein und besetzten innerhalb von wenigen Stunden alle strategisch wichtigen Positionen des Landes. Es handelte sich hierbei um die größte Militäroperation in Europa seit 1945."

„Eine bulgarische Mannschaft wurde auch boykottiert", sagte Munk, „von einem Mailänder Team, ich glaube vom

AC." Er dachte kurz nach: „Daraufhin hat die UEFA die Auslosung wiederholt – und ausgeschlossen, dass Westvereine auf Ostklubs treffen. Dagegen protestierten einige Ostklubs und zogen ihre Meldung zum Europapokal zurück. Was aber lustig ist: Slovan Bratislava aus der Tschechoslowakei war einer der wenigen Ostvereine, die im Europapokal mitspielten – und Slovan gewann den Wettbewerb der Pokalsieger. Im Finale gegen Barcelona."

„Bratislava gewinnt gegen Barcelona – was es alles gibt."

„Slovan Bratislava war der erste Verein aus Osteuropa, der einen Europapokal gewann."

„Du bist ein wandelndes Lexikon", sagte Leila.

„Leider nur, was den Fußball betrifft. Oder wenn es um lustige Sachen im Sport geht. Kennst du die Geschichte mit den Tauben bei den Olympischen Spielen 1936 in Berlin?"

„Nein", erwiderte Leila. „Ich weiß nur, dass es Hitlers Propagandaspiele waren."

„Ja, die Nazis wollten sich als friedliebend darstellen und gleichzeitig ihre Stärke präsentieren – und dementsprechend pompös wurde alles gestaltet. Aber es ging auch etwas schief …"

„Ich höre."

Munk drehte sich zu Leila, die am Gang saß.

„Bei der Eröffnungsfeier wurden 25.000 Tauben in den Himmel geschickt", sagte er. „Wenig später haben die Nazis Kanonensalven abgeschossen. Sie hätten besser etwas länger damit gewartet."

„Haben sie die Tauben abgeschossen?", fragte Leila.

„Das nicht. Aber sie haben damit die Tauben erschreckt, und diese haben aus Angst Kot fallen lassen. Vulgo: Sie schissen hinab – auf die Zuschauer im Stadion!"

Munk grinste.

„Für die Männer war es nicht so schlimm", fuhr er

fort, „weil sie Hüte trugen, aber bei den Frauen ging es in die Haare."

„Und bei Hitler? In den Schnurrbart?"

„Zu klein! Trifft man nicht so leicht."

Beide lachten. Dann wurde Leila wieder ernst.

„Zurück zum Fall", sagte sie förmlich. „Was weißt du über die Eishockeyszene von 1968 oder 1969? Über die Zeit, in der Karel Straka spielte?"

„Wenig", antwortete Munk. „Ich weiß nur, dass mein Vater in den 1970er-Jahren immer die WM-Spiele zwischen der ČSSR und der Sowjetunion angeschaut hat. Er war für die ČSSR, damals wusste ich allerdings nicht, warum. Und ich kannte die Namen der beiden Torhüter: Holicek bei der ČSSR und Tretjak bei den Sowjets. Mein Vater mochte Holicek, ich war für Tretjak – mit gefiel der Name besser. Später habe ich erfahren, dass Tretjak ein strammer Kommunist gewesen sein soll. Aber er war ein guter Torhüter mit einem schönen Namen."

Munk lachte.

„Die Namen Karel Straka und Jiri Netolicka hast du nie gehört, oder?"

„Nein, mir fällt nur noch einer ein: Dzurilla hieß er. Er war auch Torwart. Bei der ČSSR. Ich habe mir den Namen nur gemerkt, weil er so originell klang, wie … na, du weißt schon. Ach ja, und ich kann mich noch an die Anfeuerungsrufe der ČSSR-Fans erinnern, es klang immer wie Dottero, Dottero."

Leila wischte auf ihrem Smartphone herum. Wenig später sagte sie: „Der Sieg der ČSSR-Mannschaft gegen die Sowjetunion bei der Eishockey-WM 1969 in Schweden hat einen Volksaufstand in Prag und Bratislava ausgelöst. Es gab viele Tote. Und der Reformer Dubček musste gehen."

„Irre", sagte Munk, „steht da was von Straka

oder Netolicka?"

„Ich suche gerade nach einer Mannschaftsaufstellung …"

„Wir sind da", unterbrach sie Munk.

Leila steckte ihr Smartphone in die Tasche und die beiden verließen den Zug. Mit dem Taxi fuhren sie zu Netolickas Wohnung. Munk hatte ihn von Stockholm aus angerufen und tatsächlich erreicht, er schied damit als Opfer vom Årstaviken aus. Straka nicht. Netolicka hatte gesagt, er versuche seit Tagen, seinen Freund zu erreichen. Er sei beunruhigt. Und er war bereit, die beiden Polizisten zu treffen.

Jiri Netolicka wohnte im dritten Stock eines Hauses mit Blick auf die Donau; es war auf einem Hügel erbaut. Netolicka öffnete die Tür wenige Sekunden, nachdem Munk geklingelt hatte. Er schien auf die Polizisten gewartet zu haben. Netolicka hatte dunkle Haare, er war groß und breitschultrig, und als er sich umdrehte und vor Munk und Leila ins Wohnzimmer ging, fiel Munk die etwas gebückte Haltung des Mannes auf. Und er zog sein rechtes Bein hinter sich her.

„Bitte setzen Sie sich", sagte Netolicka freundlich.

„Wie lange wohnen Sie schon wieder in Bratislava?", fragte Munk.

„Seit einem Monat", antwortete Netolicka. „Ich hatte Heimweh. Es hat wohl etwas mit meinem Alter zu tun. Ich wollte nach Hause."

Vor einem Monat war auch Kim Straka gestorben. Munk fand es eigenartig, dass Netolicka ausgerechnet dann nach Bratislava gezogen war; dass er seinen Freund Karel alleine gelassen hatte. Aber er wollte Netolicka nicht damit konfrontieren und vielleicht verärgern, er wollte erst einige Dinge von ihm erfahren.

„Herr Netolicka, ich hatte es ja schon am Telefon gesagt“, begann Munk. „Wir haben einen etwa 70-jährigen Toten am Årstaviken gefunden, aufgrund einer Isotopenanalyse deutet vieles darauf hin, dass es ein Tscheche oder Slowake ist, der später in den USA und in Schweden gelebt hat. Wir befürchten, dass es Karel Straka sein könnte. Außerdem ermitteln wir in einem anderen Mordfall, in den sein Sohn Roman verwickelt sein könnte, und wir fragen uns natürlich, ob das eine mit dem anderen etwas zu tun haben könnte.“

„Es geht um diesen Greger Lind und die Prostituierte, oder?“

„Ja.“

„Ich habe davon gelesen – ich informiere mich noch, was in Schweden passiert. Und ich dachte mir, Karel hätte sich sicher darüber gefreut.“

„Gefreut?“, fragte Munk.

„Ja, sicher hoffte er, Roman würde die Palme-Rolle jetzt doch noch bekommen. Es war sehr wichtig für ihn, dass Roman diese Rolle bekam.“

„Warum?“

Jiri Netolicka holte eine Packung Zigaretten aus der Brusttasche seines Hemdes. Er zündete sich eine Zigarette an und nahm einen tiefen Zug.

„Na, wegen Pan Tau und wegen des Prager Frühlings.“

Munk und Leila sahen sich an.

„Wer ist Pan Tau?“, fragte Leila.

Munk wusste es.

„Pan Tau ist die Hauptfigur eines tschechoslowakischen Kinderfilms aus den sechziger oder siebziger Jahren“, sagte er.

„Es war eine Serie“, verbesserte Netolicka.

„Ich habe Pan Tau als Kind oft gesehen“, fuhr Munk

fort. „Er war ein Mann mit Anzug und Melone, er war stumm und er konnte sich klein machen."

„Wie: klein machen?", fragte Leila.

„Er konnte sich so klein machen wie eine Puppe", erwiderte Munk. „Wie Nils Holgersson. Nur dass Pan Tau sich freiwillig geschrumpft hat."

„Aber was hat das mit Karel Straka zu tun?", fragte Leila.

„Sehr viel", sagte Jiri Netolicka, „Karel Straka wollte diesen Pan Tau spielen."

„Ihn spielen – was heißt das?", fragte Munk.

Jiri Netolicka drückte seine Zigarette im Aschenbecher aus. Er sah Munk direkt in die Augen.

„Ich erkläre es Ihnen gleich", antwortete er dann. „Aber erst will ich Ihnen sagen, dass ich sehr lange der beste Freund von Karel Straka gewesen bin – weil er ein mutiger Mann war, weil er Ideale hatte und weil wir auch viel zusammen durchgemacht haben. Aber er hatte auch eine andere Seite: Er war jähzornig, er konnte nicht verlieren, und deshalb war es nicht immer leicht mit ihm. Ich glaube, dass er tot ist, ich glaube, dass der Mann am Årstaviken Karel ist, mein Gefühl sagt mir das, auch wenn ich keine Ahnung habe, wer ihn getötet haben könnte. Und ich denke, dass ich ehrlich zu Ihnen sein sollte, damit nicht sein Sohn für etwas büßt, was vielleicht sein Vater getan hat."

„Jackie?"

„Ja, ich kann mir vorstellen, dass Karel Straka diese Prostituierte getötet hat", sagte Jiri Netolicka.

„Weil …"

„Weil Karel glaubte, er könnte den Mord Greger Lind in die Schuhe schieben und Roman würde dann die Palme-Rolle bekommen. Und jetzt sind wir wieder bei Pan Tau."

Jiri Netolicka machte eine Pause. Leila und Munk sagten nichts. Sie warteten auf eine Erklärung.

„Karel war 19 oder 20, als er in Bratislava auf eine Pantomime-Schule ging. Dort unterrichtete der vielleicht beste Pantomime-Lehrer dieser Zeit, Milan Sládek. Dieser Sládek hatte um 1960 das erste Pantomimen-Ensemble der Tschechoslowakei gegründet, er hat damit am Nationaltheater in Bratislava gespielt und internationale Aufmerksamkeit erregt. Später hat er sogar ein Pantomime-Theater in Bratislava eröffnet. Dieses Theater wurde geschlossen, als die Sowjets 1968 einmarschierten. Milan Sládek ging erst nach Schweden, dann nach Deutschland."

„Ich habe noch nie von ihm gehört", sagte Munk.

Netolicka fuhr fort, ohne darauf zu achten, was der Kommissar gesagt hatte.

„Wir waren in den 1960er-Jahren schon befreundet, Karel und ich, und wir spielten beide als ganz junge Kerle für Slovan Bratislava Eishockey. Aber Karel hatte noch eine zweite Leidenschaft: den Film. Genauer gesagt: den Stummfilm. Buster Keaton, Fatty Arbuckle, das waren seine Helden."

„Fatty Arbuckle", rief Munk. „Der Mord im Grand Hôtel – er war nachgestellt. Auch Fatty Arbuckle soll eine Prostituierte erdrückt haben."

„Ich weiß", sagte Netolicka. „Und deshalb glaube ich ja auch, dass Karel den Mord begangen hat. Er kannte die Geschichte mit Fatty Arbuckle und er wusste, dass man mit so einer Geschichte die Karriere eines Schauspielers, in diesem Fall die von Greger Lind, zerstören kann. Und damit wäre vielleicht Roman als Palme-Darsteller zum Zug gekommen."

„Verrückt."

„Er hat es – wenn er es war – aber nicht nur für Roman

getan, wenn man das überhaupt so sagen kann. Er hat es auch für sich gemacht. Er war, wie gesagt, als junger Mann ein leidenschaftlicher Stummfilm-Fan. Aber zu dieser Zeit, in den 1960ern, war der Stummfilm längst nicht mehr angesagt. Karel überlegte also, was dem Stummfilm am nächsten käme – er landete bei der Pantomime. Und ich glaube, Karel war wie geschaffen für die Pantomime, denn er war ein ausdrucksstarker, geschmeidiger Mensch – auch als Eishockeyspieler war er elegant, und mit seiner ungewöhnlichen Körperbeherrschung hat er viele Gegenspieler genarrt. Es mag für Sie eigenartig klingen, wenn sich jemand für Pantomime und Eishockey gleichzeitig interessiert – das eine ist eine eher filigrane, fast feminine Kunst, das andere ein rauer Männersport. Aber Karel war so: Ihn konnte man in keine Schublade stecken, er liebte die Gegensätze, und er machte, was er wollte."

„Und wie war das mit Pan Tau?", wollte Leila wissen.

„Karel ging also auf diese Pantomime-Schule von Milan Sládek", fuhr Netolicka fort. „Er muss sehr gut gewesen sein, und als sie beim Fernsehen einen Darsteller für die Rolle des stummen Pan Tau suchten, bewarb er sich – und der stolze, selbstbewusste Karel Straka hatte keine Zweifel, dass er die Rolle bekommen würde. Aber er bekam sie nicht. Otto Šimánek spielte den Pan Tau. Es hieß, Karel sei zu jung. Er war am Boden zerstört und warf die Pantomime-Sache wieder hin, von einem Tag auf den anderen. So war Karel. Impulsiv. Er ging zurück nach Bratislava und spielte wieder Eishockey, als wäre nichts gewesen, aber ich weiß, dass man ihm damals eine Wunde geschlagen hatte, die nur schwer verheilen würde. Und nun ging es seinem Sohn ähnlich – ein anderer wurde vorgezogen."

„Und deshalb wird man zum Mörder?", fragte Leila.

„Für die Karriere des Sohnes? Und weil man selbst noch eine Wunde hat von … von 1960?"

Jiri Netolicka sah Leila von oben herab an.

„Junge Frau", sagte er streng. „Das ist natürlich nicht alles. Karel hat den Prager Frühling und den Einmarsch der Sowjettruppen erlebt, er hat dabei sein Leben riskiert und wurde gefoltert – er hat viele Niederlagen erlebt. Und Sie dürfen nicht vergessen, dass seine Frau gestorben ist. Er war in einem emotionalen Ausnahmezustand. Sollte er diese Jackie tatsächlich getötet haben, dann würde ich das natürlich nicht gutheißen, und ich würde es auch nicht wirklich verstehen, aber ich könnte es nachvollziehen, nach all dem, was er erlebt hat. Das ist vielleicht für Sie nicht nachzuvollziehen, junge Frau, Sie sind im Bullerbü-Schweden aufgewachsen."

Munk schluckte. Er wusste, dass Leila auch einiges mitgemacht hatte. Die Mutter war Alkoholikerin gewesen, der Vater hatte Depressionen gehabt. Leila war bei ihrer Großmutter aufgewachsen.

Leila Andersson reagierte cool.

„Ich möchte mehr wissen über Karel Straka", sagte sie ruhig, „was passierte während des Prager Frühlings?"

„Karel und ich waren Eishockey-Nationalspieler. Und unsere Mannschaft war in dieser Zeit ein Symbol für den Widerstand gegen die Sowjetunion. Wir haben die Sowjets bei den Olympischen Spielen 1968 in Grenoble geschlagen, obwohl die UdSSR eine Weltmacht im Eishockey gewesen ist. Aber wir wollten sie unbedingt besiegen, weil wir den Reformer Dubček unterstützen wollten. Dubček wollte mehr wirtschaftliche und politische Freiheiten, er wollte Reisefreiheit für seine Bürger; aber er war nicht radikal. Er war Kommunist, kein Kapitalist, er wollte sein Land gar nicht an den Westen binden. Er hat 1968 mit dem sowjetischen

Präsidenten Breschnew verhandelt, und es ging dabei gar nicht um einen Austritt aus der sowjetischen Einflusssphäre, sondern nur um Reformen, um die Privatisierung von kleinen Unternehmen, um eine Lockerung der Pressezensur, solche Sachen. Aber Breschnew war das natürlich zu viel. Im August kamen die Truppen des Warschauer Pakts – in meiner Heimatstadt Bratislava haben 20 Panzer das Innenministerium umstellt. Sie haben das Telefonnetz gekappt, damit die Slowaken nicht mehr miteinander kommunizieren konnten. Und sie haben den Widerstand niedergewalzt – fast 100 Menschen sind in den ersten Tagen des Einmarsches gestorben."

„Waren auch Eishockey-Nationalspieler unter den Toten?", fragte Munk.

„Nein, obwohl wir Eishockeyspieler für den Trend waren, den Dubček angezeigt hatte: Wir waren junge Leute, wir wollten reisen, wir hatten Angebote aus der amerikanischen Profiliga NHL – aber wir bekamen nicht die Genehmigung, diese Angebote anzunehmen."

„Aber spielten nicht einige Tschechen und Slowaken in der NHL?", fragte Munk.

„Nicht die jungen", erwiderte Netolicka. „Man musste mindestens 33 Jahre alt sein und 140 Länderspiele haben, dann durfte man ins Ausland gehen. Die Frauen und Kinder dieser Spieler mussten in der ČSSR bleiben, damit die Jungs nicht ganz stiften gingen. Und man musste 69 Prozent des Gehalts an den Staat abgeben. Natürlich gab es Mittel und Wege, diese Regelung zu umgehen – etwa indem man zwei Verträge machte, einen inoffiziellen und einen offiziellen für den tschechoslowakischen Staat."

„Was war mit Ihnen und Karel Straka – nach dem Einmarsch?", fragte Leila, die das Gespräch offenbar wieder in eine persönlichere Richtung lenken wollte.

„Karel war ein Star in Bratislava, mehr noch als ich. Die Sowjets wussten, dass er auf Dubčeks Seite stand, sie haben ihn nach dem Einmarsch geschlagen und gefoltert, aber sie haben ihn nicht getötet. Das haben sie sich nicht getraut – den Volkshelden Karel Straka zu töten. Karel wollte sich das alles trotzdem nicht gefallen lassen, er suchte nach einer Möglichkeit, es den Sowjets heimzuzahlen. Und es ging ihm nicht nur um persönliche Rache, er wollte sein Land wieder befreien."

„Karel Straka gegen die Sowjetunion", sagte Munk.

„Kleiner ging es bei ihm nicht, er war ein stolzer, manchmal auch größenwahnsinniger Mann, aber mit viel Gerechtigkeitssinn."

„Und – hat er zurückgeschlagen?", fragte Leila.

„Ja, er wusste, dass er ein Großereignis brauchte, eine Plattform für seine Idee – und das war die Weltmeisterschaft 1969 in Schweden."

„Ich wusste bis vor Kurzem gar nicht, dass die WM 1969 in Schweden war", warf Munk ein.

„Zunächst war geplant, dass sie in der ČSSR stattfindet", fuhr Netolicka fort. „Aber die Sowjets haben so lange Druck gemacht, bis der Weltverband sie nach Schweden verlegte. Die Sowjets wollten nicht, dass die Bürger in der ČSSR ein Großereignis im eigenen Land für anti-sowjetische Propaganda nutzen konnten. Sie hatten Angst vor einer Revolte, wenn sich viele Leute in einem Eishockeystadion versammeln konnten. Karel ärgerte sich über die Verlegung. Er wollte die Sowjets auch bei dieser WM schlagen, aber die Vorzeichen waren nun schlechter: Es fehlte das heimische Publikum als Hilfe, und außerdem hatten wir unsere Vorbereitung ganz auf ein Turnier in Prag ausgerichtet, hatten dort ein Hotel bezogen und uns systematisch auf eine Heim-WM vorbereitet. Karel hat uns dann auf einen symbolischen Protest gegen die Sowjets eingeschworen – wir beschlossen, dass wir den sowjetischen Spielern bei der WM nicht die Hand geben wollten. Nur unser Kapitän sollte dem sowjetischen Kapitän und dem Schiedsrichter die Hand geben. Wir wollten damit zeigen, dass wir hinter Dubček standen."

„Hatten Sie nicht Angst vor einer Bestrafung?", fragte Leila.

„Strafe vom Eishockey-Weltverband? Eine Geldstrafe vielleicht? Wir hatten doch kein Geld."

„Wie haben die sowjetischen Spieler darauf reagiert, dass Sie ihnen nicht die Hand gaben?", fragte Munk.

„Einige waren sauer, andere sagten: Wir können doch nichts dafür, dass Breschnew in euer Land einmarschiert ist."

„Sie sagten, mit den Zuschauern bei einer Heim-WM im Rücken hätten Sie mehr erreicht – waren denn die schwedischen Zuschauer nicht auf Ihrer Seite?", fragte Munk.

„Nein, waren sie nicht. Wir wurden überhaupt nicht gut behandelt in Schweden. Im Hotel haben sie uns an den ersten drei Tagen nur schlechtes Essen serviert, und jede Limo, die wir mehr hatten, mussten wir bezahlen. Erst als wir protestiert haben, wurde es besser. Und unfreundlich waren sie auch."

„Warum?"

„Ich weiß es nicht", antwortete Netolicka. „Vielleicht hatten die Schweden Angst vor der Sowjetunion. Sie wissen doch auch, dass es während des Kalten Krieges geheime Militärabsprachen zwischen den Sowjets und den Schweden gab – obwohl die Schweden angeblich neutral waren. Sie hatten Angst. Falls die Sowjets Finnland mit Gewalt in den Ostblock integriert hätten – und das war gar nicht so unwahrscheinlich –, dann hätte Schweden eine Grenze zum Ostblock gehabt. Auch die schwedischen Spieler und die schwedischen Funktionäre haben sich lieber mit den sowjetischen Spielern und den sowjetischen Funktionären zusammengetan als mit uns. Und nicht zuletzt waren auch die Schiedsrichter nicht auf unserer Seite. Da gab es zum Beispiel Kompalla, einen Exil-Polen, der in Deutschland lebte. Er hat einen Treffer meines Mitspielers Golonka aberkannt, obwohl es ein astreines Tor gewesen ist. Im Fernsehen konnte man sehen, dass es eine Fehlentscheidung war."

Jiri Netolicka hörte auf zu reden. Seine Augen blickten in die Ferne. Dann füllten sie sich mit Tränen.

„Und dann kam das Spiel gegen die Sowjets. Unser Motto war: Lieber sterben als gegen die Sowjets verlieren. Wir spielten tatsächlich, als ginge es um unser Leben. Es war wie im Rausch. Ich war so glücklich, dass wir sie schlagen konnten, aber ich war auch voller Angst, weil ich wusste, was Karel tun würde."

Netolicka blickte wieder in die Ferne. Munk und Leila waren gespannt, aber sie sagten nichts.

„Als das Spiel zu Ende war", sagte Netolicka schließlich, „fuhr Karel auf die Trainerbank der Sowjets zu. Er nahm seinen Schläger hoch und drückte ihn gegen die Kehle des sowjetischen Cheftrainers – das war das Zeichen für unsere Freunde in Prag und Bratislava, loszuschlagen. Sie drangen in die Ministerien ein, besetzten die Bahnhöfe und strömten auf die öffentlichen Plätze – fast 200.000 Menschen waren auf den Beinen, um ihr Land den Sowjets wieder zu entreißen. Aber heute weiß ich, dass es Wahnsinn war, gegen die hochgerüsteten Sowjets und ihre Verbündeten zu rebellieren. Wir hatten keine Chance: Sie schlugen gnadenlos zurück, töteten viele unserer Leute und vertrieben Dubček. Der Prager Frühling war endgültig tot."

„Was passierte mit Ihnen in Schweden?“, fragte Munk, „und was passierte mit Straka?“

„Ich wurde nach Bratislava gebracht, zwei Tage von der sowjetischen Geheimpolizei verhört und dann wieder freigelassen. Ich dachte, sie würden Karel töten, ich war mir eigentlich sicher. Aber sie haben ihn nicht getötet. Sie haben ihn gefoltert und ganz übel zugerichtet – und nach zwei Wochen in die USA abgeschoben. Ich bin ihm gefolgt. Karel konnte wegen seiner Folter-Verletzungen nie wieder Eishockey spielen, er wurde sofort Trainer. Ich habe noch ein paar Jahre in der amerikanischen Profiliga gespielt. Nach dem Ende meiner Karriere sind wir zusammen nach Schweden gezogen.“

„Warum?“, fragte Munk.

„Karel sagte, sie hätten nach der WM in Schweden zwar seinen Körper zerstört, aber das, was er dort getan hatte, habe ihn stolz gemacht. Er habe dem Feind eine Waffe gegen die Kehle gedrückt – ein Mann müsse so etwas tun, egal, welche Folgen es für ihn habe. Ich glaube, er ging nach Schweden, weil er wieder der Alte sein wollte, der stolze Karel Straka, nicht der Krüppel, der er nach der Folter gewesen ist.“

„Wenn wir annehmen, dass Karel Straka Jackie getötet hat, um Lind zu schaden, hat er dann auch Espen Järv getötet – und wenn ja, warum?“, fragte Munk. „Und wer hat ihn, Karel Straka, getötet?“

„Ich weiß es nicht“, sagte Jiri Netolicka, der offenbar auch gelesen hatte, dass Linds Agent Espen Järv getötet worden war. Jedenfalls war er nicht überrascht, den Namen zu hören.

Munk sah Leila an. Sie nickte. Dann stand Munk auf und streckte Jiri Netolicka die Hand hin.

„Ich danke Ihnen“, sagte Munk. „Auf Wiedersehen,

Herr Netolicka."

Netolicka war etwas überrascht, dass die beiden Polizisten sich verabschiedeten. Aber er sagte nichts. Er nahm die Hand und drückte sie fest. Dann sagte er: „Ich glaube nicht, dass Roman etwas mit den Morden zu tun hat."

Munk und Leila verließen die Wohnung und fuhren mit dem Taxi zum Bahnhof. Zunächst schwiegen beide, aber dann redeten sie wild durcheinander. Stimmte das alles, was Netolicka erzählt hatte? Vor allem die Sache mit dem Schläger an der Kehle? Sie würden es nachlesen, und sie hätten es längst tun sollen, sagte Munk. Leila versuchte Straka zu verstehen, den jungen Straka, nicht den alten, der mutmaßlich Jackie auf dem Gewissen hatte. Sie hatte Achtung vor dem, was er getan hatte. Munk wandte ein, dass es dumm gewesen sei, das eigene Volk gegen die Sowjetunion aufzuhetzen, aber ja, auch er habe ein Faible für Helden, die alles auf eine Karte setzten und lieber untergingen, als einzuknicken. Straka hatte einen hohen Preis bezahlt. Er musste verbittert gewesen sein. Sie hätten vielleicht noch länger mit Netolicka sprechen müssen, meinte Munk, sie hätten mit ihm über den alten Karel Straka sprechen müssen. Man würde es nachholen, sagte Leila, es sei genug gewesen, für sie beide und für den älteren Herrn. Sie würden jetzt schnell nach Stockholm zurückkehren und am besten noch schneller die Fälle aufklären. Wer hatte Straka getötet? Wer Espen Järv? Und war es wirklich Straka, der Jackie umgebracht hatte?

Munk holte sein Handy aus der Tasche und wählte die Nummer von Luna. Sie ging sofort ran.

„Hej Luna", sagte Munk, „ich bin im Taxi zum Bahnhof in Bratislava und habe nur eine Frage: Hatte Pan Tau einen Spazierstock? ... Nein? Aber er hatte doch so einen Stock ... ach, das war ein Regenschirm? Danke, Luna, ich melde mich."

Leila blickte Munk von der Seite an. Der schaute starr nach vorne. Er schien nachzudenken.

„Pan Tau hatte einen Regenschirm", sagte sie. „Aber in Jackie steckte ein Spazierstock. Du denkst, das hat irgendeine Bedeutung?"

„Dieser Spazierstock muss doch eine Bedeutung haben", erwiderte Munk. „Wenn Karel Straka der Mörder ist und Straka die Geschichte mit Fatty Arbuckle nachstellen wollte, hätte er eine Colaflasche nehmen müssen. Warum nahm er einen Spazierstock?"

„Karel Straka war nach den Folterungen behindert – er konnte nicht mehr richtig laufen", sagte Leila. „Vielleicht musste er mit einem Stock gehen."

Munk wählte noch eine Nummer – die von Roman Straka alias Sigurd Welz.

„Ging Ihr Vater mit einem Spazierstock?", fragte Munk ohne Umschweife. „Ja? ... Könnten Sie bitte ins Polizeipräsidium gehen, sich bei Jari Huskonen melden und einen Spazierstock identifizieren?"

Munk beendete das Gespräch.

„Macht er es?", fragte Leila.

„Ja", antwortete Munk. „Aber was ist, wenn es Karel Strakas Spazierstock ist? Er hätte sich doch damit selbst schwer belastet. Und warum ist er jetzt tot?"

Munk fühlte eine Unruhe in sich aufsteigen. Er wollte schnell zurück nach Stockholm. Er wollte Klarheit. War der Tote vom Årstaviken wirklich Karel Straka? Sie gingen davon aus, Netolicka tat es auch. Aber noch war das Ergebnis des DNS-Abgleichs mit Strakas Sohn Roman nicht da. Und war es wirklich Karel Strakas Spazierstock?

Hektisch verließ Munk das Taxi. Er eilte in den Bahnhof, Leila hinterher. Munk blickte auf die digitale Anzeigetafel für die Abfahrt vom Bahnhof Bratislava. Der Zug nach Wien würde um 15.43 Uhr gehen, aber es war keine Bahnsteignummer angezeigt, obwohl es schon 15.36 Uhr war. Munk achtete auf eine Durchsage. Der Zug nach Wien könne nicht fahren, hieß es da. Die Strecke zwischen Bratislava Hauptbahnhof und einem Vorort von Bratislava sei gesperrt. Es wurde aber weder ein Grund dafür genannt noch eine Alternative: ein Shuttle-Bus oder der Hinweis auf den nächsten Zug zum Beispiel. Munk fluchte. Dann sah er sich um. Sein Blick blieb an einem Schild hängen. „We speak English here", hieß es da an einem Infoschalter.

Munk ging auf den Schalter zu. Er klopfte gegen die Scheibe. Eine Dame, die sich die Nägel feilte, öffnete mit einem Gesichtsausdruck, der mürrischer war als derjenige der weltberühmten Katze „grumpy cat".

„Was muss ich tun, wenn ich nach Wien fahren will?", fragte Munk auf Englisch.

Die Frau sagte etwas auf Slowakisch, Munk verstand „vlak lamak" oder so ähnlich.

„Könnten Sie es bitte auf Englisch sagen?", bat Munk.

„Vlak lamak", antwortete die Frau.

„Ich verstehe Sie nicht."

„Vlak lamak."

Munk blieb ruhig. Er deutete auf das Schild: „Hier steht doch, dass Sie englisch sprechen."

Die Frau wurde ungehalten, warf ihre Feile hin und brüllte: „Vlak lamak." Dann schloss sie das Schalterfenster.

Leila musste lachen.

„Du hättest Grund gehabt, sauer zu werden, nicht sie", sagte sie dann.

Munk lächelte die Frau an und sagte freundlich: „You

are stupid." Die Frau lächelte zurück.

„Komm, wir gehen zum nächsten Schalter", sagte er dann.

„Sprechen Sie englisch?", fragte er eine Frau, die nett aussah.

„Ein bisschen", kam die Antwort.

„Es geht doch jede Stunde ein Zug nach Wien", begann Munk auf Englisch. „Der Zug um 15.43 fährt nicht, ich wollte fragen, ob der nächste Zug wie geplant um 16.43 fahren wird."

Die Frau guckte, als habe Munk sie gefragt, ob sie unter ihrer Bahnuniform einen BH trage oder nicht.

Munk wiederholte die Frage ganz langsam: „F-ä-h-r-t d-e-r Z-u-g u-m 16.43-U-h-r n-a-c-h W-i-e-n o-d-e-r i-s-t d-i-e S-t-r-e-c-k-e z-w-i-s-c-h-e-n B-r-a-t-i-s-l-a-v-a u-n-d d-e-m V-o-r-o-r-t w-e-i-t-e-r g-e-s-p-e-r-r-t?"

Die Frau nickte, nahm einen Zettel, kritzelte „16.43" drauf und sagte: „Train, yes!"

„Danke", sagte Munk.

Munk und Leila setzten sich auf den Bahnsteig, von dem gewöhnlich die Züge nach Wien fuhren. Nach einer halben Stunde wurde Munk unruhig, er sagte zu Leila: „Ich gehe noch einmal ins Bahnhofsgebäude und schaue auf der Tafel, ob ein Bahnsteig angegeben ist. Zur Sicherheit."

Es war wieder keiner angegeben. Munk fluchte. Dann ging er zu einem dritten Schalter.

„Geht der Zug um 16.43 Uhr nach Wien oder ist die Strecke immer noch gesperrt?"

„Nein, er fährt nicht, sie müssen nach Bratislava Lamac fahren – mit dem Bus", sagte die Frau in fließendem Englisch. „Und in Lamac können Sie in den Zug nach Wien einsteigen."

„Von wo aus fährt der Bus nach Lamac?", fragte Munk.

„Er fährt vor dem Bahnhofsgebäude."
„Welche Nummer hat er?"
„Die 63."
„Danke."

Munk sah sich die Schilder an diesem Schalter an. Er fand keines, auf dem stand: „We speak English here."

Dann eilte er zu Leila. Gemeinsam liefen sie vor das Bahnhofsgebäude, dorthin, wo die Busse standen. Wo war die 63? Munk hetzte von Schild zu Schild, es fuhren die Busse 32, 60, 61, 123, 768. Aber keiner mit der Nummer 63. Munk rannte zu einem Bus und fragte den Fahrer, einen schnauzbärtigen Mann: „Sprechen Sie englisch?"

Der Mann schüttelte den Kopf und lächelte.

„Lamac", versuchte es Munk, „Bus nach Lamac."

„Lamac?", fragte der Mann.

Munk nickte heftig.

„Bus 61", sagte der Mann.

Munk atmete auf. Den 61er gab es hier. Er eilte zurück zu dem Schild, auf dem die Nummer 61 angegeben war, und las die Stationen, die er anfahren würde: kein Lamac! Wie sollten sie nur das Flugzeug in Wien erwischen!

„Wir nehmen ein Taxi", rief er Leila zu.

Doch Leila stand gerade vor einer untersetzten Dame und unterhielt sich angeregt mit ihr.

„Es ist doch der 63er", sagte sie zu Munk, „aber der 63er geht nicht von hier ab, sondern von weiter unten."

Sie deutete Richtung Innenstadt.

„Wenn wir uns beeilen, kriegen wir den Bus noch und den Zug, der um 16.49 Uhr von Bratislava Lamac nach Wien fährt. Und dann kriegen wir auch den Flieger in Wien."

Sie eilten den Berg vor dem Bahnhof hinunter, sprangen in den Bus mit der Nummer 63, der gerade angekommen war, und verließen mit ihm die Innenstadt von Bratislava. Munk war durchgeschwitzt. Er sah alle paar Sekunden auf die Uhr. Hoffentlich war dieses Lamac nicht allzu weit draußen. Sie hatten nur noch sieben Minuten bis 16.49 Uhr. Bis der Zug nach Wien in Lamac Halt machte.

Um 16.49 stoppte der Bus vor dem Bahnhof in Lamac. Munk und Leila sprangen hinaus, liefen um das Gebäude herum zu den Gleisen – und sahen, wie der Zug nach Wien den Bahnhof verließ. Munk schlug mit der flachen Hand gegen einen Pfosten vor den Gleisen und fluchte: „Fuck!" Leila blickte zur Anzeigetafel: Wien Hauptbahnhof, 17.49 Uhr.

„Wir müssen eine Stunde warten – das war es dann mit unserem Flieger", sagte sie.

Munk nahm sein Handy aus der linken Seitentasche seiner schwarzen Lederjacke. Er hatte die Nummer vom Flughafen Schwechat in Wien noch eingespeichert. Leila hörte, wie er den Flug nach Stockholm umbuchen konnte. Sie würden allerdings erst um kurz vor Mitternacht in Stockholm sein.

„Ich muss aufs Klo", sagte Munk, als er das Handy wieder eingesteckt hatte, und zeigte auf das kleine Bahnhofsgebäude von Bratislava Lamac. Leila folgte ihm. Es begann zu regnen. Als Munk das Bahnhofsgebäude betrat, sah er wenige Meter vor sich ein Schild mit zwei Menschen darauf: die Toilette. Er steuerte direkt darauf zu, doch die Tür war verschlossen. Munk fluchte. Er musste dringend. Eine Frau kam herein und sagte auf Englisch, dass man sich den Schlüssel bei einem Bahnbediensteten holen müsse. Er wohne gleich ums Eck, keine 20 Minuten von hier. Man müsse bei František Obraniak läuten.

Munk war fassungslos.

„Das ist ein Witz, oder?", fragte Leila.

„Ja", sagte die Frau und lachte. „Sie bekommen den Schlüssel hier am Schalter."

Munk atmete auf. Er lächelte die Frau, die den Witz gemacht hatte, an und ging zum Schalter. Ob sie englisch spreche, fragte er die Frau am Schalter. Die Frau schüttelte den Kopf. Wenn sie jetzt „Vlak lamak" sagt, drehe ich ihr den Hals um, dachte Munk.

„Ich helfe Ihnen", sagte die Frau, die den Witz gemacht hatte. Sie bat die Frau am Schalter, den Schlüssel für die Toilette herauszugeben. Munk nahm ihn hastig, bedankte sich bei beiden Frauen und hetzte zur Toilette. Als er sie betreten hatte, klingelte das Handy. Nicht jetzt, dachte Munk. Er holte es aus der Lederjacke und schaute aufs Display: Es war Halldor Selander. Munk nahm das Gespräch an. Selander hatte zwei Neuigkeiten: Die DNS von Roman Straka und dem Toten vom Årstaviken stimme überein, sagte er, es müsse also Karel Straka sein; außerdem habe Roman Straka bestätigt, dass der Spazierstock, der in Jackies Unterleib gesteckt hatte, seinem Vater gehört habe.

„Wir verpassen den Flug und kommen erst gegen Mitternacht nach Stockholm", sagte Munk. „Wir könnten ja morgen früh …"

Weiter kam er nicht. Morgen sei Samstag, sagte Selander, man mache eine Pause. Die Mordkommission treffe sich dann am Sonntag um 9 Uhr im Präsidium. Munk wollte protestieren, man müsse doch gleich weitermachen, man habe doch neue Erkenntnisse und müsse sie bewerten. Aber dann ließ er es. Er wollte nicht mehr so ehrgeizig sein. Außerdem musste er jetzt ganz dringend. Er beendete das Gespräch.

Um 20.45 Uhr hob das Flugzeug mit der Nummer CR 1703 vom Flughafen Wien Schwechat nach Stockholm Arlanda ab. Munk und Leila ließen sich erschöpft auf ihre

Sitze fallen. Munk schloss die Augen. Er bekam den Fall nicht aus dem Kopf, aber er kam nicht weiter. Falls Karel Straka Jackie getötet haben sollte, warum hatte er dann seinen Spazierstock zurückgelassen? Wollte er erwischt werden? Aber wenn er erwischt worden wäre, dann hätte auch sein Sohn Roman darunter leiden müssen – Roman hätte niemals die Palme-Rolle bekommen, wenn herausgekommen wäre, dass sein eigener Vater einen Mord begangen hatte, um den Konkurrenten Greger Lind zu belasten. Irgendetwas war da faul. War es doch nicht Karel Straka, der Jackie ermordet hatte? War es ein anderer, der den Verdacht auf Straka lenken wollte und der später auch Straka umgebracht hatte? Aber wer? Lind? Södergren? Und wer hatte Järv getötet? Und warum? Munks Kopf schwirrte. Er beschloss, am nächsten Morgen Rose Blad aufzusuchen. Er wollte noch ein paar Details von den Vorkommnissen im Grand Hôtel wissen. Außerdem entschied er, am nächsten Tag nach Bergen zu fliegen. Er wollte Pontus besuchen – und Tove, falls sie Zeit hatte.

Sie landeten um kurz vor Mitternacht in Stockholm. Munk und Leila fuhren mit dem Arlanda-Express in die Stadt und trennten sich am Hauptbahnhof T-Centralen.

„Ich wollte dir noch die Geschichte von Dominique Strauss-Kahn und dem Bordell in Belgien erzählen“, hatte Leila gesagt, bevor sie auseinandergingen. Munk hatte gelacht und abgewunken: Er sei zu müde. Ein andermal gerne. Leila hatte auch gelacht. Strauss-Kahn und Belgien und die nicht-erzählte Geschichte davon wurden zum Running Gag. Als Munk in seiner Wohnung angekommen war, legte er sich angezogen auf sein Bett und fiel sofort in einen tiefen Schlaf.

Am nächsten Morgen erwachte Munk mit Kopfschmerzen. Er hatte wirres Zeug geträumt: Karel Straka und Rose Blad waren ein Paar gewesen. Sie lebten aber nicht in Stockholm und im Jahr 2015, sondern im Berlin der 1920er-Jahre. Rose Blad war Tänzerin in einem Varieté und Straka ihr Mäzen. Er war ein „Mann in den besten Jahren", wie man so schön sagte, er flanierte mit Zylinder, Dreiteiler, Monokel und Spazierstock den Berliner Kurfürstendamm entlang, grüßte hier, grüßte dort und strich sich selbstverliebt über seinen Schnurrbart. Dann stritten sich Rose Blad und Karel Straka und irgendwann fand man Rose auf der Bühne ihres Varieté-Theaters mit einem Spazierstock im Unterleib. Das hatte Munk geträumt und er fragte sich, ob er damit etwas anfangen könnte; ob er etwas geträumt hatte, das ihm weiterhelfen würde in diesem verzwickten Fall mit den Toten Jackie, Espen Järv und Karel Straka. Vermutlich nicht, dachte er, ging ins Bad, duschte, verzichtete auf ein Frühstück und fuhr nach Gärdet, einem Stockholmer Stadtteil im Osten der Stadt. Rose Blad lebte in Gärdet.

Munk fand unmittelbar vor dem unscheinbaren Mietshaus, in dem Rose wohnte, einen Parkplatz. Er ging über einen gepflasterten Weg, der durch einen Vorgarten führte, auf das Haus zu und klingelte bei „Blad". Nichts rührte sich. Munk wartete einige Minuten, dann öffnete sich die Haustür und ein Mann im mittleren Alter, der einen Trainingsanzug trug, verließ das Mietshaus. Munk nutzte die Gelegenheit, um ins Treppenhaus zu gelangen. Er blieb vor den Briefkästen stehen, suchte nach dem von Rose Blad und fand ihn schnell. Sie hatte auf ihren Briefkasten ein Post-it geklebt, auf dem stand: „Bitte keine Werbung einwerfen – außer für Schuhe."

Munk lachte laut. Dann ging er die Treppen hoch, Rose Blad wohnte im zweiten Stock. Munk klopfte gegen die Tür. Keine Reaktion. Er klopfte wieder. Nichts. Manchmal, wenn er vor geschlossenen Türen stand, hatte er das Gefühl, er müsse sie aufbrechen, weil dahinter eine Leiche lag. Diesmal hatte er dieses Gefühl nicht. Er ging die Treppe wieder hinunter, nahm sein Handy aus der Lederjacke und rief bei Tove Olsen an. Er hatte Glück. Tove hatte Zeit und sie schien sich zu freuen, dass er an diesem Tag nach Bergen kommen wollte. Um 11.45 Uhr hob sein Flieger von Stockholm Arlanda ab. Er wollte zunächst Pontus Mattsson in der Hypochonder-Klinik besuchen und am späten Nachmittag Tove Olsen in ihrer Wohnung in der Innenstadt abholen.

Mattsson freute sich sehr, dass Munk ihn spontan besuchte. Es ging ihm wieder etwas besser, die Gespräche mit seinem Arzt brachten ihn weiter – nicht nur im Hinblick auf seine Psyche, sondern offenbar auch in Bezug auf seine anatomischen Kenntnisse des menschlichen Körpers.

„Casper, wusstest du, dass man vom Onanieren Rückenschmerzen bekommen kann?“, fragte er.

„Nein.“

„Na ja, nehmen wir an, ein Rechtshänder onaniert. Aufgrund der Beanspruchung des rechten Handgelenks gerät dein gesamtes System aus der Balance und das Ganze führt zu einer Blockade des rechten Handgelenks. Wenn aber dein rechtes Handgelenk blockiert ist, dann werden Sehnen und Nerven von der Hand bis hoch zu den Schultern und bis zum mittleren Rücken in Mitleidenschaft gezogen. Das führt zu Rückenschmerzen.“

„Und das passiert nur, wenn man onaniert?“, fragte Munk.

„Unsinn, natürlich auch dann, wenn du das rechte Handgelenk mit etwas anderem sehr belastest, Tischtennis-Spielen zum Beispiel. Aber eben auch beim Onanieren.“

„So so“, sagte Munk.

Sie redeten noch eine gute Viertelstunde über Späße aus der gemeinsamen Vergangenheit, dann verabschiedete er sich. Mattsson schien enttäuscht zu sein.

„Ist es wegen meiner Geschichte mit dem Onanieren?“, fragte er.

Munk lachte.

„Nein“, sagte er dann, „ich habe noch eine Verabredung in der Stadt.“

„Privat oder dienstlich?“

Munk zögerte. Sollte er Pontus verraten, dass er sich mit Tove treffen würde? Er mochte das eigentlich nicht: einem Dritten vorher zu sagen, dass er sich mit einer Frau treffen würde. Das schürte Erwartungen. Nur Luna sagte er immer Bescheid. Aber Luna war eben Luna.

Und Pontus? Was war Pontus für ihn? Würde er wieder sein Freund werden? Vielleicht. Aber noch war er es nicht.

„Es ist dienstlich“, sagte Munk.

„Trotzdem viel Spaß“, antwortete Mattsson, „und schön, dass du vorbeigekommen bist.“

Munk verließ die Hypochonder-Klinik. Er dachte über Einsamkeit nach. Pontus ging es besser, aber er hatte eine Art Einsamkeitsaura um sich herum. Munk spürte plötzlich selbst das Gefühl der Einsamkeit, obwohl er weniger Grund dazu hatte als Pontus Mattsson. Luna hatte einmal gesagt, dass jeder für sich lebe, jeder sei gefangen in seinem ganz eigenen Bewusstsein. Um dem anderen nahezukommen, sprechen wir miteinander, lachen wir miteinander, arbeiten wir miteinander – auch deshalb, um dem Gefängnis des individualisierten Bewusstseins und der Einsamkeit zu entfliehen. Wir wollen diesem entfliehen, weil wir uns danach sehnen, Teil eines großen Ganzen zu sein und das auch zu spüren. Munk lächelte. Luna konnte artikulieren, was er dachte und fühlte. Nun freute er sich noch mehr auf Tove.

Munk fuhr mit dem Taxi in die Innenstadt. Tove Olsen wohnte in einem schönen Jugendstilhaus im dritten Stock. Als sie Munk die Tür öffnete, lächelte sie. Das Schönste, was man einem Menschen schenken kann, ist ein Lächeln, dachte Munk. Und dann dachte er: Herrje, ich werde kitschig, bloß weil ich in diese schöne Frau verliebt bin.

„Hej", sagte er und lächelte auch.

„Ich habe zwei Plätze in einem Restaurant reserviert, es ist gleich hier um die Ecke", sagte Tove Olsen. „Aber vorher will ich dir noch kurz im Zoo mein Lieblingstier zeigen."

„Dein Lieblingstier?", sagte Munk, der gerne eine originelle Antwort gegeben hätte. Aber es fiel ihm keine ein. „Gehen wir."

„Wie geht's Pontus?", fragte Tove auf dem Weg zum Zoo.

„Gut, ich glaube, er schafft es", erwiderte Munk.

„Ich behandle ihn nicht", sagte Tove. „Ich weiß also nichts – und du musst mir auch nichts erzählen, wenn du nicht willst. Falls du über ihn reden willst, ist das privat."

Munk überlegte einen Moment, dann sagte er: „Pontus redet selbst sehr offen darüber, ich glaube nicht, dass ich aus Loyalität zu ihm nicht über ihn sprechen darf. Ich selbst wusste nicht, dass er richtig krank ist oder gewesen ist. Ich hatte den Kontakt mit ihm abgebrochen, weil ich ihn nicht mehr ertragen konnte: Er nörgelte und jammerte die ganze Zeit und ich hielt ihn auch für feige, ein wenig dumm und wenigstens leicht gestört."

Tove Olsen lachte.

„Keine gute Basis für eine Freundschaft", sagte sie.

„Nein", sagte Munk. „Er hatte keinen Mumm und

hielt sich immer für einen unverschuldet in Not geratenen Pechvogel. Immer da, wo Pontus Mattsson ging, war eine Regenwolke – wie in dem Comic mit Charlie Brown, der auch immer unter einer Regenwolke läuft. Die Sonne, die scheint drum herum. Alles war bei ihm früher bereits da, hat sich aber ziemlich zugespitzt. Ich glaube, er war auch neidisch: Ich hatte immer mal wieder Tiefen, mein Leben dann irgendwann in den Griff gekriegt, er aber gar nicht. Er war sehr unglücklich und er konnte bei mir als Leidensgenossen nicht mehr andocken."

„Über deine Tiefen müssen wir noch reden", sagte Tove, als sie den Zoo erreicht hatten. Sie holte zwei Tickets und bestand darauf, Munk einzuladen. Dann sagte sie ihm, er solle die Augen schließen, sie würde ihn jetzt zu ihrem Lieblingstier bringen. Tove nahm Munk an der Hand und ging los. Hoffentlich ist das Lieblingstier am anderen Ende des Zoos, dachte Munk, dann kann ich ganz lange ihre Hand halten. Aber der Spaziergang, bei dem beide schwiegen, war nach wenigen Minuten beendet. Tove ließ seine Hand los und sagte: „Augen auf!"

Casper Munk blickte in orangegelbe Augen mit großen Pupillen. Die Augen starrten ihn an. Munk starrte zurück. Ein Uhu zwinkert nicht, dachte er. Und ein Uhu lacht nicht. Ich will das Blickduell mit diesem Uhu spielen, dachte Munk; das Spiel, bei dem man sich gegenseitig in die Augen sieht und derjenige verliert, der zuerst lacht. Er würde dieses Blickduell verlieren, natürlich. Munk musste lachen, über sich, weil er das aussichtslose Spiel mit dem Uhu wagen wollte. Und über den Uhu. Er hatte sich sofort in diesen dicken Uhu-Kopf mit den Federohren verliebt.

„Ich verstehe dich", sagte er zu Tove. „Dass es dein Lieblingstier ist."

„Das ist ein Weibchen", sagte Tove Olsen. Tove blickte

auf ihr Smartphone. „Ausgewachsene Uhus sind bis zu 70 Zentimeter groß“, las sie vor. „Ihre Spannweite beträgt bis zu 1,70 Metern – wobei die Weibchen deutlich größer werden als die Männchen.“ Dieser Uhu sei sehr groß, sagte Tove, und deshalb sei es ein Weibchen.

„Wie nennt man einen weiblichen Uhu?“, fragte Munk.

Tove las auf ihrem Smartphone: „Weibliche Uhus heißen Uhuras – benannt nach Lieutenant Uhura von Raumschiff Enterprise und Star Trek.“

Casper Munk sah Tove mit großen braunen Augen an. „Das ist nicht wahr“, sagte er.

„Nein“, sagte Tove und lachte, „aber fast hättest du es geglaubt.“

Sie blickte wieder auf ihr Smartphone.

„Hier steht kein weiblicher Name für Uhus“, sagte sie. „Aber hier steht, dass ein Uhu seinen Kopf um fast 360 Grad drehen kann.“

„Das probieren wir aus“, sagte Munk und lief los, um das Gehege herum. Die orangegelben Augen des Vogels fixierten den Kommissar. Munk ging und ging und ging, und der Uhu drehte seinen Kopf immer weiter. Schließlich war Munk im Rücken des Vogels angekommen. Tove lachte.

„Die Brust des Uhus zeigt nach vorne, aber der Kopf nach hinten“, sagte sie.

„Ich geh noch ein Stück weiter“, sagte Munk, „mal sehen, ob er – oder sie – den Kopf noch weiter drehen kann.“

„Hör auf!“, rief Tove. „Verarsch ihn nicht.“

Munk zögerte. Tove Olsen hatte offenbar ein sehr weiches Herz. Aber es war doch eigentlich harmlos, noch einen Schritt weiterzugehen. Er beschloss, es dennoch nicht zu tun.

„Komm, wir gehen ins Restaurant“, sagte Tove.

Es war eine urige Gaststätte, die mit viel Geschmack eingerichtet war. Ohne Schnickschnack. Schlicht und nicht überladen. Die beiden setzten sich, ein Kellner brachte die Karte. Munk bestellte Rotwein und ein Steak, Tove Weißwein und Fisch.

„Und nun zu deinen Tiefen“, sagte Tove Olsen.

„Wollen wir nicht lieber über meine Höhen reden? Wenn man über die Tiefen redet, muss man aufpassen, dass man die Grenze zum Jammerlappen nicht überschreitet. Und ich möchte nicht, dass du mich bei unserem dritten Treffen für einen Jammerlappen hältst.“

„Das tue ich nicht. Es ist immer eine Frage der Haltung und wie man über Probleme redet. Du bist zu stolz, um ein Jammerlappen zu sein. Du bist kein Opfer. Du jammerst nicht. Du analysierst.“

Luna sei Dank, dachte Munk. Sie hat mir das Jammern ausgetrieben.

„Also“, sagte Tove.

„Ach, es sind keine Tiefen, es macht mir nur zu schaffen, dass es immer hektischer wird in unserer Gesellschaft, immer technisierter, immer unübersichtlicher. Ich wünschte mir manchmal, im Schweden der 1950er- oder 1970er-Jahre zu leben, als alles überschaubar war und es keine Computer gab und keine Smartphones und keine EU-Krisen. Und als ein Mikrokosmos, ein Dorf, einem Halt gab. So war es in meiner Kindheit.“

„Das ist auch eine Sehnsucht nach Geborgenheit.“

„Kann sein“, meinte Munk. „Aber ich habe auch diesen Geschwindigkeitswahn satt, dieses Immer-mehr, Immer-besser. Alles ist wichtig, alles ist laut. Alles ist aufdringlich. Im Markt ruft der Verkäufer: Kaufen Sie einen LG 3-D-Fernseher! Aus dem Fernseher brüllt mich dann die Werbung an: Universal Mobile Telecommunication

System ist out, up to date ist jetzt Long-Term-Evolution! Alles ist aufdringlich. Sogar Donald Duck ist aufdringlich. Wenn ich heute in einen Donald-Duck-Comic hineinschaue, dann tippen Tick, Trick und Track ihren Weihnachts-Wunschzettel hektisch in einen Laptop, und wenn sie zu einem Abenteuer aufbrechen, dann fliegen sie mit Raketen in den Weltraum. Früher suchten Donald und seine Neffen einen Schatz auf einer Insel, der böse Wolf und die drei kleinen Schweinchen waren im Wald unterwegs, man sah Schmetterlinge, grüne Wiesen, einen blauen Himmel, eine Kirche, einen Kirchturm, eine Glocke."

Tove lachte.

„Oder Streiche", fuhr Munk fort. „Gibt es heute noch Kinder, die Streiche machen? Kennen sie das Worte Streich überhaupt noch?"

„Ich glaube, mein Sohn kennt es nicht", antwortete Tove.

„Er ist 17, oder?"

„Ja. Und ihm ist fast alles egal. Sagt er jedenfalls. Am meisten ist ihm die Schule egal."

„Oje, großes Problem?", fragte Munk.

„Ja, großes Problem. Und ich komme nicht an ihn ran. Er verweigert sich. Ich glaube, er redet auch nicht mit seinem Vater. Aber das ist vielleicht ganz gut so. Der ist ja selber nicht erwachsen."

Munk schwieg. Tove nahm einen Schluck aus ihrem Glas. Dann lächelte sie.

„Lass uns wieder über andere Dinge reden", sagte sie. „Über die Vergangenheit, darüber, wie sich die Gesellschaft verändert, und darüber, wie wir damit zurechtkommen. Über philosophische Dinge. Über Fußball. Ich habe das nicht so oft, wie du vielleicht denkst. Ich habe meine Arbeit, meinen Sohn – und manchmal, ganz selten, gehe ich aus oder treffe meine beste Freundin. Dabei regt es mich immer auf, wenn andere Leute sagen, sie hätten keine Zeit, irgendetwas zu tun, über ihr Leben nachzudenken, etwas zu verändern oder irgendetwas Neues anzufangen. Oder sie hätten erst dann Zeit, wenn sie in Rente sind. Aber dann, sagen sie, würden sie sich endlich, endlich, endlich um ihre wahnsinnig wichtige Teebeutelsammlung kümmern."

Munk lachte.

„Was ist?", fragte Tove.

„Ich lache über die Teebeutelsammlung und denke an zwei Dinge, die mit Zeit zu tun haben."

„Erstens?"

„Warum kommt es uns so vor, als verginge die Zeit schneller, je älter wir werden?"

„Ich weiß es", sagte Tove.

„Ich nicht. Erklär es mir."

„Es ist wissenschaftlich erwiesen, dass die Zeit gefühlt langsamer vergeht, wenn das Leben aufregend ist, wenn man neugierig ist", sagte sie.

„Aber man denkt doch immer, die Zeit verginge langsamer, wenn es langweilig ist."

„Nein, es ist eben umgekehrt", antwortete Tove. „Und damit sind wir bei dem Phänomen, weshalb die Zeit in höherem Alter offenbar immer schneller vergeht: In der Kindheit, in der Pubertät und im jungen Erwachsenenalter passiert sehr viel und die meisten Erfahrungen macht man zum ersten Mal – erster Schultag, erste Liebe, erster Urlaub ohne Eltern, erste Wohnung, erster Job. Diese Premieren gibt es später nicht mehr so gehäuft. Wir können dagegen nur etwas tun, indem wir auch später abwechslungsreich leben. Routine beschleunigt die Zeit, Abwechslung bremst sie."

So etwas Ähnliches hatte Luna auch zu ihm gesagt, nur

in einem anderen Zusammenhang. Bei Luna ging es nicht um die vergehende Zeit, sondern um neue Reizpunkte, weil man im mittleren Alter das Problem hat, dass nicht mehr alle Erfahrungen neu sind. Munk musste lächeln. Waren sich Luna und Tove ähnlich? „Heimat ist da, wo ich verstehe und wo ich verstanden werde“, dachte Munk. Er hatte den Spruch mal irgendwo gelesen.

„Das ist alles?“, sagte er, um darauf einzugehen, was Tove gerade gesagt hatte.

„Alles, was ich dazu weiß“, sagte Tove und lachte. „Und was ist mit der zweiten Zeit-Sache, an die du gedacht hast?“

„Ach, das war nur ein Spaß. Keine große Erkenntnis.“

„Erzähl schon“, sagte Tove.

„Ich war mal bei einem Vortrag von einem Zukunftsforscher, ich glaube, er bezeichnete sich als Schüler von C. G. Jung. Ein affektierter Klugscheißer, der mir schnell auf den Zeiger ging. Ich sagte dann zu meinem Freund Janne, der mit mir bei dem Vortrag war, er würde 500 Kronen von mir bekommen, wenn er diesen Zukunftsforscher fragen würde, wie das Derby Hammarby gegen AIK am nächsten Samstag ausgehen würde – er müsse es doch wissen, schließlich sei er Zukunftsforscher.“

„Und?“

„Janne hob die Hand und fragte ihn – vor 200 Leuten.“

„Du lügst“, rief Tove.

Munk lachte.

„Ein bisschen“, sagte er. „Janne hob zwar den Arm, aber seine Freundin zog ihn wieder nach unten – er solle sich nicht lächerlich machen, sagte sie. Sie wollte offenbar nicht, dass er sie blamierte vor ihren ach so intellektuellen Freunden.“

„Sind die beiden heute noch ein Paar?“

„Nein, und das hätte ich locker voraussagen können,

ohne Zukunftsforscher zu sein“, sagte Munk.

Tove lachte.

Der Kellner brachte den Fisch und das Steak an den Tisch. Tove legte die Serviette auf ihre Oberschenkel, erhob das Glas und sagte: „Skål. Ich sage dir voraus, dass das Steak hervorragend schmecken wird.“

Beim Essen redeten sie noch einmal über Toves Sohn, über ihr Faible für Gedichte und über ihre Arbeit in der Hypochonder-Klinik. Munk verpasste den Rückflug nach Stockholm und übernachtete im dritten Stock eines Jugendstilhauses im Zentrum von Bergen.

Casper Munk nahm am nächsten Morgen den ersten Flieger nach Stockholm, aber er kam trotzdem eine Stunde zu spät zum Treffen im Polizeipräsidium.

Er beschloss, die halbe Wahrheit zu sagen. Er sei in einer Klinik in Bergen gewesen, um einen kranken Freund zu besuchen, sagte er, und er habe am Samstagabend das letzte Flugzeug nach Stockholm verpasst. Halldor Selander hasste einerseits Unpünktlichkeit, andererseits schätzte er es, wenn sich Menschen um ihre kranken Freunde kümmerten. Er zweifelte nicht daran, dass Munks Geschichte stimmte. Neben Selander saßen Larsson und Grip im Konferenzraum. Leila fehlte.

„Wie siehst du denn aus, Casper?“, fragte Grip, der bemerkt hatte, dass Munk wohl wenig geschlafen hatte.

„Das sind keine Augenringe, Grip“, erwiderte Munk, „das sind Schatten großer Taten.“

Er hatte den Spruch auf irgendeinem T-Shirt gelesen.

Grip lachte.

„Setz dich bitte, Casper“, sagte Selander. „Leila hat mich gestern angerufen und mir von Eurem Gespräch mit Netolicka erzählt, offenbar ging es ihr nicht aus dem Kopf. Allerdings fehlt sie heute unentschuldigt. Vielleicht kommt sie ja noch. Wir fangen ohne sie an. Für uns stellt sich die Lage jetzt so dar: Wenn wir annehmen, dass Karel Straka Jackie und vielleicht Espen Järv getötet hat, dann gibt es einen zweiten Mörder, weil auch Straka tot ist. Aber wer hat Straka getötet? Greger Lind kann Jackie und Straka getötet haben, aber er kann Järv nicht getötet haben, weil er zu diesem Zeitpunkt in Untersuchungshaft war. Agustin Södergren kann alle drei getötet haben. Sigurd Welz kann auch alle drei getötet haben, aber er hat für den Zeitpunkt des ersten Mordes ein starkes Alibi, und warum sollte er seinen Vater umbringen?“

„So ungewöhnlich ist das nicht“, sagte Munk, „aber Welz ist für mich kein Mörder.“

„Wie dem auch sei“, erwiderte Selander, „wir haben zunächst einmal beschlossen, Greger Lind noch einmal zu befragen.“ Dann fuhr er fort: „Er sprach doch davon, dass an dem Tag, an dem Jackie starb, ein älterer Mann in seinem Zimmer im Grand Hotel aufgetaucht sei. Leila hat mir gestern ein Bild von Karel Straka per E-Mail geschickt.“

„Woher hatte sie das?“, fragte Munk.

„Keine Ahnung“, erwiderte Selander. „Hier ist es. Casper, fahr du bitte mit Grip zu Lind und zeigt ihm das Bild. Vermutlich war Straka im Grand Hotel.“

Grip und Munk fuhren hinunter nach Hammarby Sjöstad, Greger Lind wohnte dort in einem Mietshaus im vierten Stock. Als sie vor der Tür standen, klingelte Munks Handy. Es war Halldor Selander. Munk ging ran. Grip sah, wie er einige Minuten zuhörte, ein paar Mal nickte und das Gespräch schließlich beendete.

„Was ist?“, fragte Grip.

„Greger Linds Frau hat bei Selander angerufen“, sagte Munk. „Sie meinte, Lind habe eine Psychose, die er mit Tabletten unter Kontrolle halte …“

„Was für eine Psychose?“

„Er hat Ängste, Wahnvorstellungen, Halluzinationen, Panikattacken, solche Sachen. Lind hatte eine schwere Kindheit, die Mutter ließ ihn zurück, er wuchs im Waisenhaus auf. Er hat panische Angst, zurückgewiesen oder verlassen zu werden.“

„Jackie?“, fragte Grip. „Hat er sie doch getötet?“

„Vielleicht. Linds Frau sagte, er habe die Tabletten abgesetzt. Das kann eine verheerende Wirkung haben. Wir sollten vorsichtig sein, wenn wir ihn jetzt vernehmen.“

„Wohnt Linds Frau nicht bei ihm?“, fragte Grip.

„Sie ist zu ihrer Mutter gezogen – die Sache mit den Morden und den Huren war wohl doch zu viel für sie."

Sie nahmen den Aufzug. Munk klingelte, als sie vor der Tür von Greger Lind standen.

Lind öffnete die Tür. Er trug ein blau-weiß geringeltes T-Shirt, einen Vollbart und eine Kapitänsmütze. In der Hand hatte er einen Säbel.

„Da seid ihr ja", sagte er und stellte den Säbel neben der Tür in seiner Diele ab.

Grip sah Munk an. Munk bemerkte, dass sein Kollege sich am Riemen reißen musste, um nicht zu lachen.

„Kommt endlich rein!", sagte Lind, nun einen Ton schärfer.

Die Polizisten folgten ihm in die Wohnung. Dort sah es nach Aufbruch aus – auf dem Boden stand ein großer Koffer, auf dem Sofa und auf den Stühlen rings um den Wohnzimmertisch lagen Kleidungsstücke.

„Wollen Sie verreisen?", fragte Munk.

Lind sah ihn erstaunt an.

„Wir stechen in See", sagte er leicht genervt. „Wo ist euer Gepäck?"

Die beiden Polizisten sahen sich an.

„Wo soll es denn hingehen?", fragte Grip, der offenbar beschlossen hatte, auf das Spiel einzugehen.

„Wo soll es denn hingehen?", äffte ihn Lind nach. „Seid ihr so bescheuert oder tut ihr nur so?"

„Wir haben es tatsächlich vergessen", sagte Grip.

„Es geht heim", sagte Lind, „ich habe hier nichts mehr verloren."

„Heim?", fragte Munk, „aber …"

„Keine Widerrede!", befahl Lind. „In einer Stunde sticht die Hoppetosse in See!"

Grip konnte sich nicht mehr halten. Er musste lachen.

Die Hoppetosse war Kapitän Langstrumpfs Schiff.

„Und heimfahren heißt dann: nach Takatukaland fahren, oder?", fragte er.

„Was sonst?", sagte Lind, der nun begann, einige T-Shirts in den Koffer zu werfen.

„Kapitän Langstrumpf trug aber kein Ringelhemd, sondern ein einfarbiges grünes", meinte Grip.

Lind ignorierte den Einwand.

„Herr Lind", sagte Munk ruhig. „Sie sind nicht Kapitän Langstrumpf. Wir sind hier in Stockholm und Sie sind in Ihrer Wohnung."

„Natürlich bin ich nicht Kapitän Langstrumpf", sagte Lind, ohne Munk anzusehen. Er warf nun Hosen in den Koffer.

Munk sah zu Grip hinüber. Die beiden schienen erleichtert zu sein.

„Ich bin der Schauspieler Beppe Wolgers, der Darsteller von Kapitän Efraim Langstrumpf", sagte Lind. „Wir müssen zu den Dreharbeiten nach Takatukaland aufbrechen, in einer Stunde geht das Schiff. Und ihr kommt mit."

„Wieso sollen wir mitkommen?", fragte Grip.

Lind hörte auf, seinen Koffer mit Kleidungsstücken zu füllen.

„Weil ihr die Seeräuber seid", sagte Lind. „Du bist Blutsvente" – er deutete auf Munk –, „und du", er deutete auf Grip, „bist Messerjocke."

Grip lachte.

„Schluss jetzt", sagte Munk scharf. „Sie sind nicht Beppe Wolgers, Sie sind Greger Lind."

Lind achtete nicht darauf, was Munk sagte, er packte wieder seinen Koffer.

„Hallo", sagte Munk deutlich ruhiger, „sprechen Sie

bitte mit mir."

Lind drehte sich zu Munk und sagte: „Mein Name ist Beppe Wolgers, Schauspieler, Komponist, Regisseur, Schriftsteller, geboren am 10. November 1928 in Stockholm ..."

„Das kann nicht sein", sagte Munk, „wenn Sie 1928 geboren wären, wären Sie ja schon über 90 Jahre alt."

Munks Bemerkung brachte Lind aus dem Konzept. Er schwieg einen Moment und schien nachzudenken. Munk nutzte das.

„Herr Lind", sagte er, „wir haben ein Foto mitgebracht – es geht um den Mann, der nach Ihren Aussagen ins Grand Hotel gekommen war, kurz bevor Jackie starb."

Munk hielt Lind das Foto unter die Nase. Der Schauspieler achtete nicht darauf, er schaute auf die Tischplatte und begann schnell zu sprechen.

„Pippi hat das nicht mitgekriegt", fing er an. „Sie lag bewusstlos auf meinem Bett. Der Mann hatte eine Pistole in der Hand. Ich dachte, er würde mich töten. Aber er erzählte mir die Geschichte von diesem ... Fatty Carbuckle."

„Arbuckle", korrigierte Munk. Er verzichtete aber darauf, „Pippi" in „Jackie" zu korrigieren. Lind brachte wohl gerade zwei Welten durcheinander, die Pippi-Langstrumpf-Welt, in der er Beppe Wolgers alias Efraim Langstrumpf war, und die reale Welt.

„Und weiter ...?", ermunterte er Lind.

Doch Greger Lind war wieder voll und ganz in die Langstrumpf-Welt abgetaucht.

„Wir müssen abreisen", rief er und begann wieder damit, Kleidungsstücke in den Koffer zu stopfen.

„Ist das der Mann?", fragte Munk und hielt Lind das Foto noch näher hin.

Der Schauspieler achtete nicht darauf. Er begann

plötzlich zu summen. „Du gamla, du fria …" Die schwedische Nationalhymne.

Munk sah Grip an. Der zuckte mit den Schultern.

Dann stand Greger Lind plötzlich auf und ging zur Wohnungstür. Dort brach er zusammen.

„Ruf den Notarzt!", rief Munk Grip zu, dann stürzte er zu dem Schauspieler. Er fühlte den Puls.

„Er ist bewusstlos, aber er atmet noch", sagte er. „Der Puls ist schwach."

Als der Notarzt Lind abgeholt hatte, fuhren Munk und Grip zurück ins Polizeipräsidium. Selander, Larsson und die Polizeipsychologin Rea Tjark empfingen sie im Besprechungsraum. Munk erzählte ihnen, was in Linds Wohnung vorgefallen war.

„Er flüchtet in andere Welten, das ist ein Schutz, wenn er die Realität nicht mehr aushält", erläuterte Tjark. „Seine Realität ist im Moment hart, er wird immerhin verdächtigt, eine Frau getötet zu haben. Seine Frau ist ausgezogen. Seine Karriere ist vielleicht am Ende."

„Aber warum Beppe Wolgers und Kapitän Langstrumpf?", fragte Grip.

„Er, Lind, ist Schauspieler wie Wolgers – und er ist dick, wie Wolgers und Langstrumpf", sagte Tjark. „Vielleicht sind das die Gründe, ich weiß es aber nicht."

Rea Tjark machte eine kurze Pause.

„Linds Frau sagt außerdem, ihr Mann sei ein Borderline-Typ", fuhr sie fort. „Und deswegen ist er auch so dick. Und weil er so dick ist, macht sein Körper das mit dem Medikamenten-Nehmen oder Medikamenten-Absetzen nicht mehr mit. Das wäre auch für einen schlanken Menschen eine ungeheure Belastung."

Grip und Munk sahen fragend zu Tjark hinüber.

„Borderliner entwickeln als Folge ihres ungesteuerten

Essverhaltens häufig eine Adipositas", sagte die Psychologin. „Oft haben sie starke Gewichtszunahmen und Gewichtsschwankungen."

„Was es alles gibt", sagte Grip. „Ich dachte, der Typ isst einfach gerne."

„Hat er euch wenigstens noch bestätigt, dass der Mann auf dem Foto Karel Straka ist?", fragte Selander.

Munk und Grip schüttelten den Kopf. Munk setzte gerade an zu erklären, dass Lind das Foto gar nicht angesehen hatte, weil er so indisponiert war, da klingelte sein Handy. Eine Frau war dran. Das Einzige, was sie sagte, war, dass sie Leila Andersson entführt hatte.

Sie saß im Bus und schaute auf die Landschaft. Rote Holzhäuser, Wald, Felsgestein. Schweden halt, dachte sie. Gerade war sie mit dem Touristenbus in Sigtuna gewesen, der ältesten Stadt in Schweden. Sie hatten das Rathaus angeschaut, waren durch die kleinen Gassen geschlendert, hatten auf den Mälarsee hinausgesehen und waren schließlich bei Tant Bruyn eingekehrt. Tant Bruyn war ein kleines, uriges Café. Das Haus, in dem es untergebracht war, war bestimmt mehrere Hundert Jahre alt. Die Männer, zumindest die großen, mussten sich bücken, wenn sie das Café betraten, so niedrig war die Tür. Es gefiel ihr bei Tant Bruyn, was im Deutschen „Tante Braun" hieß, aber sie hatte heute keinen Sinn für Schönes. Sie war genervt. Die Touristen gingen ihr auf den Geist. Sie schaute weiter auf die Landschaft und dachte: Nein, es sind nicht die Touristen, die mir auf die Nerven gehen, ich selbst bin es. Die Touristen sind nur eine Projektion. Ich gehe mir selbst auf die Nerven, weil ich zum 154. Mal mit einem Touristenbus in und um Stockholm unterwegs bin, obwohl ich in Stockholm wohne. Das war keine Übertreibung. Es war zum 154. Mal.

Sie führte Buch darüber. Es war ein Tick von ihr: Sie fuhr mit einem Bus voller Touristen durch ihre Heimat. Warum? Musste sie sich immer und immer wieder versichern, dass sie hier zu Hause war, dass ihr diese Gegend Sicherheit gab? Sie war schon lange nicht mehr in den Urlaub gefahren, es machte ihr Angst, ihre Scholle zu verlassen. Anfangs hatte es Spaß gemacht, mit dem Touristenbus durch Stockholm zu fahren, Sigtuna und Mariefred zu besichtigen und alles aufzusaugen, was der Busfahrer, der zugleich ihr Führer war, zu all dem sagte, was in Stockholm und Umgebung als Sehenswürdigkeit galt: das Schloss, der Reichstag, die alte deutsche Kirche, Astrid Lindgrens Grab, Greta Garbos Grab, Kurt Tucholskys Grab. Greta Garbos Grab. Was für eine schöne Aneinanderreihung: Greta. Garbos. Grab. Greta Garbos Grab. Sie lächelte. Dann verfinsterte sich ihre Miene. Würde es bald ein neues Grab geben? Leila Anderssons Grab? Nur sie konnte Leila Andersson retten. Denn sie hatte Leila entführt.

Als es gegen 22.30 Uhr an Casper Munks Wohnungstür klingelte, war er in einer schlechten Verfassung. Er dachte unablässig an Leila Andersson. Wo war sie? Lebte sie noch? Wer hatte sie entführt? Als Munk die Tür öffnete und die Person sah, die vor der Tür stand, riss er sich schlagartig zusammen. Es war Signe Andersson, Leilas Großmutter. Die kleine, alte Frau hatte in der einen Hand einen Regenschirm und in der anderen einen Koffer.

„Verzeihen Sie, Kommissar Munk“, sagte sie. „Es ist sonst nicht meine Art, fremde Leute in der Nacht zu überfallen, aber es ist, wie Sie wissen, ein Notfall, und ich habe kein Hotel mehr in der Stadt bekommen – es ist Messe. Ich komme deshalb ohne Umschweife zu dem, was ich will: Kann ich heute Nacht auf Ihrem Sofa schlafen?“

„Woher …?“, sagte Munk, hielt aber sofort inne. „Bitte kommen Sie herein, Frau Andersson.“

Signe Andersson ging in den Flur und stellte ihren Koffer auf den Boden. Munk nahm ihr erst den Regenschirm und dann die Jacke ab.

„Ich habe seit Tagen versucht, Leila zu erreichen“, sagte sie noch im Flur. „Es ist ungewöhnlich, dass ich so lange nichts von ihr gehört habe.“

Munk war unsicher. Wusste sie es? Sicher, sie wusste es. Aber warum hatte Leila seit Tagen nicht zurückgerufen? Sie war doch erst seit heute verschwunden. Höchstens seit gestern. Am Freitag waren sie ja noch zusammen in Bratislava gewesen. Vermutlich hatte Oma Andersson gar nicht tagelang versucht, sie zu erreichen, sondern nur zwei- oder dreimal am Wochenende – und hatte dann eine Ahnung gehabt, ein Gefühl, dass Leila etwas zugestoßen sein könnte. Vermutlich telefonierten Enkelin und Oma täglich. Und wenn Leila nicht zu erreichen war, war für Signe Andersson klar: Jemand hinderte Leila am Telefonieren.

„Wir haben einen sehr arbeitsintensiven Fall“, sagte er ausweichend, bereute seine Worte aber gleich. Er wollte sie nicht anlügen. Bevor er sich korrigieren konnte, sagte Signe Andersson: „Ich habe bei Hauptkommissar Selander so lange insistiert, bis er mir sagte, dass Leila entführt worden ist.“

„Ja, so ist es“, sagte Munk und senkte den Blick. „Es tut mir leid, dass ich es Ihnen nicht gleich gesagt habe.“

„Akzeptiert. Und es geht jetzt auch gar nicht darum, beleidigt zu sein. Es geht darum, Leila zu finden.“

Oma Andersson rieb sich die Hände – gerade so, als wolle sie sofort mit der Suche beginnen. Vermutlich war es eine Übersprungshandlung. Auch Signe Andersson hatte Angst.

„Wir suchen sie bereits“, sagte Munk.

„Ich möchte gerne wissen, was der Stand der Dinge ist“, sagte Signe Andersson, die immer noch im Flur stand.

„Selbstverständlich“, sagte Munk, „wollen wir uns nicht ins Wohnzimmer setzen? Aber was wollen Sie …“

Oma Andersson fiel ihm ins Wort.

„Ich will mithelfen, sie zu finden“, sagte sie bestimmt.

Munk hatte das befürchtet.

„Ich verstehe das“, sagte er, als sie sich im Wohnzimmer hingesetzt hatten, „aber es ist Aufgabe der Polizei …“

Oma Andersson sah ihn durchdringend an.

„Ich werde sie suchen“, sagte sie, „zusammen mit Ihnen oder ohne Sie.“

Munk sah der alten Frau in die Augen. Oh ja, er mochte diese Signe Andersson. Munk hatte sie vom ersten Moment an gemocht, als er Leila in ihrer Heimat Gotland besucht hatte – und dabei auch Oma Andersson kennengelernt hatte, diese kluge und warmherzige Frau, die so souverän und einfallsreich damit umging, dass ihr Mann Alzheimer hatte. Munk wusste, dass sie sich nicht aufhalten lassen würde, wenn ihre Enkelin in Gefahr war.

„Wir machen es gemeinsam“, sagte Munk und lächelte. „Sie bekommen von mir inoffiziell die Informationen, die ich habe – es sind noch nicht viele. Wie Sie in die offizielle Polizeiarbeit eingebunden werden, muss Halldor Selander entscheiden. Ich befürchte, dass da nicht viel zu machen ist.“

„Das werden wir ja sehen“, erwiderte Signe Andersson. „Sagen Sie mir erst mal, was Sie wissen.“

Munk blickte auf den Tisch, als er anfing zu reden. Er fühlte sich schuldig, dass seine Kollegin entführt worden war. Es war ein unsinniges Gefühl, denn er konnte sie doch nicht Tag und Nacht beschützen. Aber Munk hatte wohl immer noch ein schlechtes Gewissen, dass er Leila, die Gefühle sehr ernst nahm, vielleicht falsche Hoffnungen gemacht hatte. Vielleicht fühlte er sich auf eine komplizierte Art und Weise für Leila mehr verantwortlich als für andere Kollegen.

„Wir wissen, wie gesagt, nicht viel“, sagte er leise.

„Sie müssen etwas lauter sprechen, Kommissar Munk“, sagte Oma Andersson, „ich bin 84.“

„Wir wissen nicht viel“, sagte Munk etwas lauter. „Leila war heute Morgen nicht zum Dienst erschienen, was – wie Sie wissen – für Ihre pflichtbewusste Enkelin ungewöhnlich ist. Wir haben mehrmals versucht, sie telefonisch zu erreichen – nichts. Dann erreichte mich ein Anruf im Polizeipräsidium. Die Stimme war verzerrt, aber wir sind sicher, dass es eine Frau …“

„Eine Frau!“

„Ja, es war wohl eine Frau“, erwiderte Munk. „Sie sagte nur, dass sie Leila entführt hätte und dass sie sich wieder melden würde, um die Forderungen zu formulieren. Seither haben wir nichts mehr von ihr gehört. Wir konnten auch nicht feststellen, woher der Anruf kam. Wir ahnen nur, dass es eine Frau ist, aber wir haben keine Ahnung, weshalb sie Leila entführt haben könnte, wie sie sie entführt hat und wo Leila sich jetzt befindet. Natürlich haben wir Nachbarn von Leila befragt, aber keiner hat etwas bemerkt. Sie wissen ja, in einer Großstadt …“

„Ich weiß“, sagte Signe Andersson. „Haben Sie auch Freunde von ihr befragt?“

Munk zögerte etwas.

„Ich kenne keine“, sagte er dann.

„Ich auch nicht“, antwortete Signe Andersson. „Wir wissen ja beide, dass Leila sehr zurückhaltend ist. Verstehen Sie mich nicht falsch, Kommissar Munk, aber von Ihnen hat sie sehr positiv gesprochen."

Munk dachte nach. Waren er und Leila befreundet? Sie mochten sich, sie hatten anregende Gespräche, aber sie waren keine Freunde. Noch nicht.

„Ja", sagte Munk zu Signe Andersson, „Leila und ich sind Freunde."

„Ich mache Ihnen einen Vorschlag, Kommissar Munk", sagte Oma Andersson. „Es ist spät, zumindest für meine Verhältnisse. Ich gehe jetzt ins Bett und morgen Vormittag machen wir eine Lagebesprechung. Ich möchte alles über die Fälle wissen, an denen Sie momentan arbeiten, denn ich bin mir sicher, dass Leilas Entführung etwas mit den Fällen zu tun hat. Warum sollte sie sonst verschleppt worden sein?"

Signe Andersson sah sich im Wohnzimmer um.

„Kann ich auf dieser Couch schlafen?", fragte sie und deutete auf das Sofa, das unter dem Fenster stand.

„Sie schlafen selbstverständlich in meinem Bett", sagte Munk. „Ich beziehe es nur neu. Ich schlafe auf dem Sofa."

„Aber …"

„Das Bett ist bequem, wirklich", sagte Munk und ging zum Schrank im Schlafzimmer. „Wollen Sie in der Bettwäsche des FC Liverpool schlafen – sie ist rot –, oder in der blau-gelben, die ganz dezent in unseren Landesfarben gehalten ist?"

„Ich bevorzuge die Fußball-Version", sagte Signe Andersson trocken.

„Es war ein Witz – ich habe beide nicht."

„Ich hätte es Ihnen zugetraut."

Am nächsten Morgen saßen Casper Munk, Oma Andersson und Luna Nordin am Frühstückstisch in Munks Küche. Er hatte die halbe Nacht nicht schlafen können. Wo war

Leila? Wer hatte sie entführt? Lebte sie noch? Ja, sie lebte noch! Munk war sich sicher. Aber trotzdem hatte er Angst. Um Leila. Und um Oma Andersson. Er mochte diese Frau sehr. Vielleicht mehr als Leila. Gegen vier Uhr hatte er Luna angerufen. Luna konnte er um diese Zeit anrufen. Nach zweimal Klingeln war sie am Apparat. Sie war nicht im Bett gewesen. Munk schilderte ihr, was passiert war, und bat sie, am nächsten Morgen zu ihm zu kommen. Er hatte gedacht, das sei eine wunderbare Kombination: Luna, Oma Andersson und er. Und wenn er schon einen Fremden einweihen musste, Oma Andersson, könnte er auch noch einen zweiten Nicht-Polizisten, nämlich Luna, mit dazunehmen. Selander würde toben. Andererseits: Hatte nicht er, Selander, Oma Andersson gesagt, dass Leila entführt worden war? Das passte gar nicht zu Halldor Selander. Der Hauptkommissar hielt Regeln fast immer ein. Oder hatte er Oma Andersson gar nichts gesagt? Hatte sie das nur behauptet, damit er, Munk, in größter Selbstverständlichkeit weiter davon erzählen würde?

„Was hat Halldor Selander eigentlich zu Ihnen gesagt, Frau Andersson?“, fragte Munk am Frühstückstisch. „Ich meine bezüglich der Entführung von Leila.“

Signe Andersson setzte sich gerade hin und sagte: „Er hat mir gar nichts gesagt. Ich hatte ihn angerufen, er war freundlich, aber er wollte mir nichts sagen. Er hat mich sozusagen höflich abgewimmelt. Aber ich wusste, dass Leila etwas zugestoßen sein musste, und ich wusste, dass ich etwas unternehmen musste, und deshalb bin ich zu Ihnen gegangen. Ich war mir nicht ganz sicher, dass Sie mir sofort sagen würden, was geschehen ist, deshalb habe ich so getan, als hätte Halldor Selander …“

Luna lachte. Auch die beiden Frauen hatten sich sofort gut verstanden. Munk hatte nichts anderes erwartet.

„Ich bin nicht böse", sagte er, „aber dass Selander abgeblockt hat, macht es uns schwerer, Sie, Frau Andersson, sozusagen etwas offizieller in die Sache einzubinden."

„Das kriegen wir schon hin", sagte Signe Andersson.

„Davon bin ich überzeugt", sagte Munk und lächelte.

„Casper, kannst du uns bitte die Fälle schildern, an denen ihr momentan arbeitet", bat Luna. „Frau Andersson ist, vermutlich völlig zu recht, der Ansicht, dass die Entführung etwas mit eurer Arbeit zu tun hat."

Munk brach alle Regeln der Verschwiegenheit und berichtete, was geschehen war. Er erzählte von den Mordopfern Jackie, Espen Järv und Karel Straka, er sagte den beiden Frauen, dass Jackie und Järv möglicherweise von Straka getötet worden waren, es aber auch sein könnte, dass es einen gemeinsamen Mörder für alle drei Toten geben könnte; vielleicht war es Södergren. Außerdem erzählte Munk den beiden von Linds Frau, von Strakas Sohn, vom Zuhälter Rock Stroblonis und von der Prostituierten Lady Blue. Hatte er noch jemanden vergessen? Ach ja: Rose Blad, Jackies Kollegin, die zum Zeitpunkt des mutmaßlichen Mordes an Jackie im Grand Hotel gewesen war.

„Wenn wir davon ausgehen, dass eine Frau Leila entführt hat, dann bleiben aus diesem Kreis Linds Frau, Lady Blue und Rose Blad", sagte Luna, nachdem Munk seinen Vortrag beendet hatte.

„Lady Blue schließe ich aus", sagte Munk. „Ich kann mir beim besten Willen nicht vorstellen, weshalb sie Leila entführt haben sollte. Linds Frau? Keine Ahnung. Vielleicht. Aber warum? Weil die Polizei ihren Mann eingesperrt hat? Und Rose Blad? Ich glaube nicht, dass sie uns etwas verheimlicht hat …"

In diesem Moment klingelte Munks Handy, das er auf dem Boden neben dem Sofa, auf dem er geschlafen hatte, abgelegt hatte. Munk hob es auf und schaute aufs Display: Nummer unterdrückt. Er nahm das Gespräch an. Luna und Oma Andersson schauten ihm bei diesem Telefongespräch zu, denn hören konnten sie nichts. Es sprach ausschließlich Munks Gesprächspartner, Munk hörte angestrengt zu und schluckte einmal, sagte zwischendrin „ich möchte mit ihr reden“ und am Ende nur: „In Ordnung.“

„Wer war das?“, fragte Oma Andersson. Es war eine rhetorische Frage.

„Die Entführerin“, antwortete Munk ernst.

„Sie konnten nicht mit Leila sprechen?“

„Das hat die Frau abgelehnt.“

Signe Andersson hieb mit der rechten Faust auf die Tischplatte. Aber sie sagte nichts.

„Was wollte sie?“, fragte Luna.

Munk schüttelte leicht den Kopf. Dann verzog er den Mund, es sah aus, als lächle er verächtlich.

„Sie will, dass der Staat die Prostitution komplett verbietet, also nicht nur das Verhalten der Freier bestraft, wie es bisher der Fall ist. Auch die Prostituierten sollen bestraft werden. Es soll hohe Haftstrafen für alle geben: für Freier, für Zuhälter, für Prostituierte. Nur so könne man damit Schluss machen, sagte sie. Sie gibt uns bis Mittwochmittag Zeit. Bis dahin muss die Regierung sagen, dass sie ein entsprechendes Gesetz plant. Ansonsten soll Leila sterben.“

„Ist sie verrückt?“, rief Signe Andersson. „Sie glaubt, die Regierung würde darauf eingehen, weil sie eine Polizistin als Geisel hat?“

„Sie klang sehr jung, obwohl die Stimme wieder etwas verzerrt war“, sagte Munk. „Vielleicht bringt sie da etwas durcheinander. Vielleicht glaubt sie, die Polizei könne so etwas: die Regierung dazu bringen, ein Gesetz zu ändern.“

„Was hat sie noch gesagt?“, fragte Luna.

„Sie hat gesagt, Frauen sollten in Schweden züchtiger gekleidet sein …“

„Züchtiger?“, warf Luna ein. „Das klingt sehr altmodisch für eine junge Frau.“

„Ja, sie sagte züchtiger. Und sie fand, dass Frauen mehr zu Hause bleiben sollten, und wenn sie in die Öffentlichkeit gingen, sollten sie sich züchtiger anziehen.“

„Ist sie beim IS?“, fragte Luna.

„Man kann so etwas nicht ausschließen“, sagte Munk. „Es klang aber mehr nach erzkonservativen westlichen Werten als nach islamischem Fundamentalismus.“

„Woran hast du das gemerkt?“

„Ihre Sprache. Dieses züchtig. Außerdem hat sie ja auch nicht vom Verhüllen der Frauen gesprochen. Und sie hat nicht ein Mal über Religion geredet.“

„Aber warum hat sie ausgerechnet Leila entführt?“, fragte Signe Andersson.

„Sie wollte mich nicht mit ihr reden lassen und sie hat auch nicht gesagt, warum Leila entführt worden ist. Vielleicht war ihr Leila auf den Fersen, vielleicht hatte Leila etwas herausgefunden, was wir noch nicht wussten. Aber vielleicht wurde Leila auch entführt, weil sie eine moderne Frau ist, die Karriere bei der Polizei macht, die nicht zu Hause ist bei Mann, Kindern und dem eigenen Herd. Moment, einmal ist sie richtig emotional geworden, als sie sagte, Leila hätte diese verdammte Uniform an.“

Luna und Oma Andersson sahen sich an.

„Leila hat manchmal unsere Polizeiuniform an, ist doch nichts dabei. Ich finde, die Mütze steht ihr“, sagte Munk.

„Aber warum ist es eine verdammte Uniform?“, fragte Signe Andersson, eher an sich selbst als die beiden anderen gewandt. Sie blickte auf den Tisch und schien nachzudenken.

„Was haben wir?“, sagte Munk, der es gewohnt war, die Dinge zusammenzufassen. „Die Entführerin ist eine junge, offenbar sehr konservative Frau. Sie hasst Prostitution. Und sie hasst offenbar Leilas Polizeiuniform.“

„Wie alt sind die Frauen, die du vorhin genannt hast?“, fragte Luna. „Linds Frau, Lady Blue und Rose Blad?“

„Lady Blue fällt weg“, sagte Munk, „sie ist um die 60 und sie hat eine so rauchige Stimme, dass man damit kleine Kinder erschrecken könnte. Rose Blad ist in den Zwanzigern, Linds Frau dürfte Anfang 40 sein. Rose Blad könnte blöd genug sein, mit einer entführten Polizistin Forderungen an die Regierung zu stellen, aber warum sollte sie? Greger Linds Frau habe ich bisher noch nicht kennengelernt. Halldor hatte sie vernommen.“

„Wir müssen uns auf die beiden konzentrieren“, sagte Luna, „oder hat von euch jemand eine andere Idee?“

Munk und Oma Andersson schüttelten mit dem Kopf.

„Also los“, sagte Luna, „wir suchen erst Rose Blad auf und dann Linds Frau.“

Oma Andersson stand rasch auf, Munk blieb sitzen und starrte auf die Tischplatte.

„Was ist?“, fragte Luna.

„Ich muss euch noch etwas sagen“, sagte Munk. Er wandte sich an Oma Andersson. „Ich will Ihnen das nicht vorenthalten.“

„Was ist?“, fragte Signe Andersson. Sie wirkte nicht ängstlich, sondern eher zu allem entschlossen.

„Wenn wir die Entführerin nicht vorher finden, und wenn wir sie nicht dazu bringen, das Versteck zu verraten, wird Leila Mittwochmittag von einem Blitz getroffen.“

Sie stehen da wie vom Donner gerührt, dachte Munk, als er Luna und Oma Andersson sah, nachdem er das mit dem Blitz gesagt hatte. Er hasste sich für diesen Gedanken – nicht einmal, wenn es um das Leben seiner Kollegin ging, ließ sein Gehirn es sein, in Assoziationen und Wortspielen zu denken. Blitz und Donner.

„Was soll das bedeuten?", fragte Oma Andersson.

„Die junge Dame hat eine Vorrichtung gebaut, die am Mittwochmittag einen tödlichen Blitz auf Leila abfeuern wird."

„Genauer!", mahnte Oma Andersson.

„Wenn ich es richtig verstanden habe, ist es so: Leila ist gefesselt. Links und rechts von ihrem Kopf sind Kugel-Kondensatoren aufgebaut. Zwei Dynamos, die von Wassermühlen betrieben werden, laden diese Kugel-Kondensatoren langsam auf – in einem sammelt sich eine negative Ladung, in der anderen eine positive. Nach den Berechnungen der Entführerin werden die beiden Kondensatoren am Mittwoch um 12 Uhr so stark aufgeladen sein, dass sich die Spannung entlädt und die Blitze Leilas Kopf treffen werden. Und diese Blitze werden tödlich sein."

Luna blickte betroffen zu Boden.

„Gehen wir", sagte Signe Andersson entschlossen.

Luna und Munk folgten ihr. Auf der Treppe sagte Luna zu Munk: „Müssten wir nicht Selander Bescheid sagen?"

Munk schüttelte den Kopf.

Casper Munk kannte den Weg zu Rose Blad. Er war schon mal in Gärdet gewesen, hatte sie aber nicht angetroffen. Diesmal hatten sie Glück. Rose Blad öffnete die Tür, sie sah noch etwas verschlafen aus. Sie trug einen Morgenmantel, die Haare standen in alle Richtungen, und sie hatte noch keine Schminke aufgelegt. Ohne Schminke sah sie blass aus. Und klein. Und dünn.

„Wir hätten noch ein paar Fragen", sagte Munk, ohne

Luna und Oma Andersson vorzustellen. Rose Blad schien nicht verwundert, dass Munk offenbar mit zwei neuen Kolleginnen gekommen war. Wäre sie etwas weniger verschlafen gewesen, hätte ihr allerdings auffallen müssen, dass die eine Kollegin schon sehr alt war.

Rose Blad führte Munk, Luna und Oma Andersson in ein kleines, unaufgeräumtes Appartement. Sie nahm einige Zeitschriften und Kleidung von einem Sofa und bedeutete den Besuchern, dort Platz zu nehmen. Munk blieb stehen, als er merkte, dass das kleine Sofa mit Luna und Oma Andersson bereits sehr gut ausgelastet war. Er hätte sich an die Seite quetschen müssen. Rose Blad setzte sich auf den einzigen Stuhl, der sich im Zimmer befand.

„Schießen Sie los", sagte Rose Blad, die mit einer Hand den Löffel in ihrer Kaffeetasse rührte und mit der anderen ihren Morgenmantel so drapierte, dass er ihre Brüste bedeckte. Sie legte den Löffel hin, steckte sich eine Zigarette an und blies den Rauch in den Raum. Es hatte etwas Arrogantes. Hier paarte sich mangelndes Selbstwertgefühl mit Überheblichkeit, dachte Munk.

„Lassen Sie uns über Espen Järv reden", begann Munk. „Was können Sie uns über ihn sagen?"

„Er war der Agent von Lind und ein Kumpel von ihm, das wissen Sie ja", antwortete Rose Blad. „Er hielt sich Jackie als Edelnutte und hatte viele andere Pferdchen am Laufen."

Munk beobachtete Oma Andersson. Er hätte erwartet, dass ihr die Sprache von Rose Blad missfiel. Aber Signe Andersson saß nur da und hörte zu. Sie urteilte offenbar nicht, sie wollte nur Informationen haben, um ihre Enkelin zu finden.

„Er hatte also auch noch andere Frauen – waren darunter auch sehr junge?", fragte Munk.

„Sehr junge? Nein, diese Perversion hatte er meines Wissens nicht. Es reichten die anderen, die er hatte."

„Der Brustwarzensex?"

„Der auch", erwiderte Rose. „Ich habe nie mit ihm geschlafen, aber Jackie hat mir einiges über die Vorlieben von Espen erzählt. Sie hat vieles nicht mitgemacht – zum Beispiel die ganzen ekelhaften Erniedrigungssachen. Jackie hat nur das gemacht, was sie auch wollte. Oder worüber sie lachen konnte."

„Worüber sie lachen konnte?", frage Munk.

„Ja."

Rose Blad musste jetzt auch lachen. „Zum Beispiel diese Schaffnerinnensache. Espen ging einer ab, wenn er Sex mit einer Frau hatte, die die Uniform der schwedischen Reichsbahn trug."

Munk, Luna und Oma Andersson sahen sich an. Luna grinste. Oma Andersson wartete darauf, dass Rose Blad fortfuhr.

„Warum ausgerechnet eine Uniform der schwedischen Reichsbahn?", fragte Munk, der nicht nur im Kopf hatte, dass die Entführerin über Leilas Uniform geschimpft hatte. Er erinnerte sich auch daran, dass Espen Järv in der Uniform der schwedischen Reichsbahn tot aufgefunden worden war.

„Järv war eigentlich eine arme Sau", sagte Rose Blad. „Er hat Jackie mal erzählt, dass er eiskalte Eltern hatte. Ich glaube, der Vater hat ihn geschlagen und die Mutter hat ihn komplett ignoriert. Oder war es umgekehrt? Jedenfalls gab es nie ein nettes Wort, nur Schläge. Geschwister hatte er nicht. Manchmal haben ihn die Eltern in den Keller gesperrt, und dort stand eine Modelleisenbahn …"

„Das gibt's jetzt nicht", entfuhr es Luna.

Rose Blad reagierte nicht darauf.

„Als Kind hat Espen mit der Modelleisenbahn gespielt, wenn sie ihn in den Keller gesperrt haben“, fuhr sie fort. „Als Jugendlicher hat er nicht nur gespielt, sondern im Keller auch masturbiert – er sagte, er habe damit auch Druck abbauen können.“

„Funktioniert das wirklich so?“, fragte Luna. „Hätte er später Sex mit Stewardessen haben wollen, wenn Modellflieger im Keller gewesen wären? Oder Sex mit Frauen in Hühnerkostümen, wenn er in den Hühnerstall gesperrt worden wäre?“

„Luna!“, rief Munk dazwischen.

„Keine Ahnung, bin ich ein Psychologe?“, erwiderte Rose Blad leicht gereizt. „Ich weiß nur, dass er einen Orgasmus bekam, wenn Jackie eine Trillerpfeife in den Mund nahm und hineinblies. Der Zug durfte dann sozusagen abfahren.“

Luna, Oma Andersson und Munk sahen sich entgeistert an.

„Ich glaube, es reicht, was die Details angeht“, sagte Munk, „für uns könnte das mit der Uniform wichtig sein.“

„Weshalb?“, fragte Rose Blad und sah Munk an.

Eigentlich durfte er Rose Blad nichts über die Entführung von Leila sagen. Er tat es doch, weil er ihre Reaktion darauf sehen wollte. Es würde ihm nicht entgehen, wenn Rose Blad eine Reaktion zeigte, die sie verdächtig machte.

„Eine Kollegin wurde entführt“, sagte Munk, „und die Entführerin sagte, die Kollegin wurde auch wegen ihrer Uniform entführt.“

„Noch eine Verrückte“, sagte Rose Blad ungerührt und drückte ihre Zigarette im Aschenbecher aus.

Sie ist es nicht, dachte Munk, definitiv nicht.

„War’s das?“, fragte sie.

„Eine Bitte hätte ich noch“, erwiderte Munk. „Wie

heißen die Frauen, mit denen Järv noch Sex hatte?"

„Rock Stroblonis hat eine Liste", sagte Rose Blad. „Er hat Espen Järv in der Regel mit Frauen versorgt. Jackie war eine Ausnahme."

Luna, Oma Andersson und Munk fuhren von Gärdet in die Innenstadt, zu Rock Stroblonis. Als sie an seinem Club angekommen waren, ging Munk alleine hinein; die beiden Frauen blieben im Wagen sitzen. Stroblonis machte seine üblichen Witze und spottete über die angebliche Scheinmoral der Schweden, die seiner Ansicht nach notgeil waren, aber an einem „politisch korrekten Coitus interruptus" litten; sogar Munk musste über dieses deutliche Bild lachen. Dann sagte er kumpelhaft, ihm sei ja Priapismus lieber als Coitus interruptus.

„Pria … was?", fragte Stroblonis.

„Eine Dauererektion", sagte Munk.

Rock Stroblonis blickte Munk in die Augen.

„Seid ihr das gewesen?", fragte er.

„Was?", fragte Munk zurück. Er konnte nicht erkennen, ob Stroblonis sauer war. Vermutlich war er sauer. Er musste sauer sein. Munk bereute es, Stroblonis darauf angesprochen zu haben. Schließlich wollte er die Liste von ihm.

„Ich musste zum Arzt, und der Doc sagte, jemand hätte mir etwas in den Drink gemischt, was dann zu dieser Dauererektion führte", sagte Stroblonis und lachte. „Tat ganz schön weh."

Er rieb sich im Schritt.

„Aber toller Gag", rief er dann und schlug Munk auf die Schulter.

„Ist sicher dein Kumpel gewesen, oder? Der Doc hat meinen Schwellkörper gespült, und dann durfte sich mein bestes Stück wieder ausruhen. Aber nicht zu lange."

Er lachte wieder sein kehliges Lachen. Munk war froh, dass Stroblonis so reagierte. Wie blöd war er gewesen, ihn darauf anzusprechen? Dann stolzierte Stroblonis mit seinen Cowboy-Stiefeln in sein Büro und holte die Liste mit den Frauen, die er Espen Järv zugeführt hatte. Kostenlos, wie er sagte. Schließlich sei er kein Zuhälter.

„Ich habe jetzt übrigens eine neue Geschäftsidee", sagte er. „Ich habe sie mir bei einem Restaurant in Tokio abgeschaut – das hier wird ein Nackt-Restaurant."

„Interessant", sagte Munk, aber es bedeutete: Ich muss jetzt gehen.

Rock Stroblonis war das nicht entgangen und er reagierte sofort.

„Hören Sie, Kommissar Munk, ich habe mich nicht darüber aufgeregt, dass Sie mir einen Dauerständer verpasst haben, und ich habe Ihnen die Liste mit Järvs Huren gegeben – jetzt müssten Sie doch eine Minute übrig haben, um sich anzuhören, was ich hier plane. Bin doch auch nur ein Mensch, der verstanden werden will. Und der ein bisschen Aufmerksamkeit braucht."

Stroblonis lachte kehlig.

„Ich höre", sagte Munk.

„Also, in Tokio gibt es ein Nackt-Restaurant, das aber ganz strikte Einlassregeln hat – wer mehr als 15 Kilo über dem Normalgewicht liegt, muss wieder gehen. Die Leute werden vor dem Eingang gewogen."

„Das stimmt nicht", sagte Munk.

„Tatsache!", erwiderte Stroblonis, „aber bei mir darf man als Gast Übergewicht haben."

„Das ist nett", sagte Munk. „Und wer ist nackt? Die Gäste oder das Personal?"

„Alle", sagte Stroblonis, „das heißt: Ich natürlich nicht,

und meine muskulösen Kellner werden einen Tanga tragen. Naja, vielleicht begrüße ich die Gäste auch im Tanga."

Munk lachte.

„Viel Erfolg", sagte Munk und ging hinaus.

Draußen warf er einen kurzen Blick auf die lange Liste. Er schätzte, dass gut 100 Namen auf diesem Papier standen, freundlicherweise waren auch die dazugehörigen Telefonnummern vermerkt. Sollten sie alle diese Frauen aufsuchen? Sie hatten nur bis Mittwoch Zeit. Dann sollte Leila sterben. Würde die offenbar verwirrte junge Frau wirklich Ernst machen? Munk fröstelte. Zum ersten Mal wurde ihm wirklich bewusst, dass Leilas Leben auf dem Spiel stand. Er konnte den Gedanken kaum ertragen.

„Hier ist die Liste", sagte er, als er die Autotür öffnete. Er ließ sich auf den Fahrersitz fallen und gab die Papiere an Oma Andersson weiter, die auf dem Beifahrersitz saß. Als sie die Liste sah, verdunkelten sich ihre Augen. Sah sie, dass es aussichtslos war?

Munk saß hinter dem Steuer seines Autos und war einen Moment unentschlossen. Wie sollten sie weiter vorgehen? Er blickte hinüber auf die Aushänge eines Zeitschriften-Ladens. Die erste Seite von Expressen hing dort, darauf der Zusammenbruch von Lind als Aufmacher. „Lind tablettenabhängig", schrieben sie. Und darunter stand: „Sigurd Welz übernimmt die Palme-Rolle." Munk freute sich für Welz. Aber er freute sich nicht lange: Daneben hing die erste Seite von Aftonbladet und darauf stand: „Aufsichtsrat kauft Sex von Paulin, 14 Jahre alt". Munk ballte die Faust vor Wut. Er stieg aus und kaufte die Zeitung. Schließlich ging es um Prostitution – wie in ihrem Fall. Außerdem hatte er eine Ahnung, irgendetwas trieb ihn dazu, die Zeitung zu kaufen.

„Wir fahren zu Greger Linds Frau", sagte er, als er

wieder im Wagen saß. Dann gab er Luna die Zeitung und bat sie, den Artikel über den Aufsichtsrat und die 14-Jährige vorzulesen.

Die Reporter von Aftonbladet schilderten darin, dass sie sich auf Internetseiten registriert hatten, auf denen offenbar Männer Sex mit Kindern und Jugendlichen suchten. Sie gaben sich als Paulin, 14 Jahre alt, aus – und bekamen bald Post, unter anderem von einem Mann, der sich unter dem Namen Sveninho eingeloggt hatte. Er bot dem Mädchen 200 Kronen für Oralsex und 500 Kronen für Sex. Und er wollte sie gleich mehrmals treffen. „Paulin" ging auf das Angebot ein, man vereinbarte einen Treffpunkt. Aber an diesem Treffpunkt warteten die Reporter. Der Mann, es war ein fast 50-jähriger Aufsichtsrat eines Unternehmens, stritt natürlich ab, sich jemals mit einer Paulin verabredet zu haben. „Ich bin es nicht", sagte er, „ich weiß nicht, wovon Sie sprechen." Dann verschwand er.

„Widerlich", sagte Munk. „Steht da noch mehr?"

„Der Markt für den Kauf von sexuellen Diensten von Kindern und Jugendlichen ist laut der Polizei in den letzten Jahren stark angestiegen", las Luna vor. Außerdem zitierte sie eine Psychologin, die sagte, dass den Männern das Risiko, erwischt zu werden, durchaus bewusst sei. Aber für viele spiele die Strafe keine Rolle, sie seien „so fixiert auf die Mädchen, dass sie es trotzdem machen."

Alle drei schwiegen.

Munk hatte sehr viele Gedanken gleichzeitig im Kopf. Prostitution. Zuhälter. Freier. Frauen, die sich freiwillig prostituierten. Mädchen, die gezwungen wurden.

„Was ist, wenn die Tochter von Agustin und Annebritt Södergren von Espen Järv sexuell missbraucht worden ist?", fragte Munk plötzlich. Es war ein unfertiger Gedanke. Er war ihm aus dem Mund gerutscht.

„Agustin Södergren hat eine Tochter?“, fragte Luna.

„Ja, er hatte es erwähnt, als wir ihn vernommen haben …“

In diesem Moment klingelte Munks Handy.

„Casper Munk“, sagte er und signalisierte mit seinen Augen, dass die Entführerin dran war. Oma Andersson saß regungslos neben ihm, nur einmal schaute sie auf. Munk hatte Leila am Handy, aber er hatte keine Gelegenheit, mehr als „Leila“ zu sagen. Die Entführerin hatte aufgelegt.

„Leila war dran, aber sie hat nur ‚Casper, es geht mir gut‘ gesagt – mehr hat die Entführerin nicht zugelassen“, wiederholte Munk.

„Sonst noch was – irgendwelche Forderungen, irgendwas Auffälliges?“, fragte Luna.

„Ein Hund hat gebellt“, sagte Munk.

„Ein Hund?“, fragten Oma Andersson und Luna fast zeitgleich.

Munk antwortete nicht. Er dachte nach. Ein Hund. War ihm bei diesem Fall ein Hund begegnet? Hatte Sigurd Welz einen Hund? Rose Blad? Nein, verdammt.

„Casper“, sagte Luna.

„Warte, Luna, ich glaube, ich weiß, wo ich schon mal diesen Hund bellen gehört habe. Gib mir bitte dein Smartphone, da kann man sicher alle Hunderassen mit ihrem Gebell eingeben und abhören.“

„Ich habe kein Smartphone, Casper, du weißt doch …“

Luna dachte genauso wie Munk: Kein technischer Schnickschnack, ein Handy, mit dem man telefonieren und SMS schicken konnte, reichte völlig. Wir sind Idioten, dachte Munk, jetzt müssen wir zu mir nach Hause fahren, den Computer einschalten und …

„Nehmen Sie mein Smartphone, Kommissar Munk“, sagte Oma Andersson, die in ihrer Tasche gekramt hatte, als sich Luna und Munk unterhielten, und ein beachtliches Gerät hervorgeholt hatte. Munk und Luna lächelten. Munk gab „irischer Wolfshund“ und „Gebell“ ein und hörte genau hin, als er die Laute aus dem Smartphone hörte. Er hörte es sich mehrmals an, dann sagte er: „Er ist es.“

„Er?“, sagte Luna.

„Der Hund. Der Hund von Södergrens. Ich habe ihn dort gesehen – und gehört.“

„Aber Agustin Södergren ist ein Mann, wir suchen eine Entführerin“, wandte Oma Andersson ein.

„Seine Tochter“, sagte Munk, startete den Wagen und steuerte ihn Richtung Lidingö.

Als sie am großen, weißen Haus der Södergrens angekommen waren, öffnete Agustin Södergren selbst die Tür. Hatte er dem Personal freigegeben?

„Wir würden gerne Ihre Tochter sprechen“, sagte Munk ohne Umschweife.

„Meine Tochter? Warum?“

„Ist sie da?“, fragte Munk.

„Sie ist oben in ihrem Zimmer, ich hole sie.“

Wenige Minuten später kamen Vater und Tochter die große Treppe im lichten Vorraum des Hauses herunter; neben dem großen, dominanten Vater wirkte das Mädchen klein und unscheinbar. Dabei war sie nicht klein, Munk schätzte sie auf 1,70 Meter, aber sie war sehr schlank. Zwar trug sie ein Sweatshirt und eine Jeans, aber Munk konnte deutlich erkennen, dass die Tochter Södergrens fast unnatürlich schlank war.

„Mein Name ist Casper Munk, ich bin von der Mordkommission in Stockholm“, sagte Munk und streckte dem Mädchen die Hand hin.

„Mona Lisa Södergren“, sagte das Mädchen und ergriff

fast ruckartig Munks ausgestreckte Hand.

„Könnten wir alleine mit Ihrer Tochter reden, Herr Södergren?“, sagte Munk.

„Wenn Molly damit einverstanden ist“, erwiderte Södergren.

Molly? Munk hatte den Namen schon einmal gehört. Von Agustin Södergren, der später geleugnet hatte, den Namen je gehört zu haben. Aber jetzt war er ihm herausgerutscht. Mona Lisa war Molly.

Mona Lisa Södergren durchbrach seine Gedanken, indem sie sagte: „Gern. Wir können in die Bibliothek gehen.“

Luna, Oma Andersson und Munk folgten ihr in die Bibliothek. Agustin Södergren blieb in der Halle zurück.

„Möchten Sie etwas trinken?“, fragte Mona Lisa Södergren, als sich die drei Besucher an einen schweren Eichentisch in der Bibliothek gesetzt hatten. Alle drei schüttelten den Kopf.

„Wir haben leider nicht viel Zeit“, sagte Munk.

Wir haben wirklich nicht viel Zeit, dachte er. Es hilft also nichts, wenn wir hier sinnloses, nervenzehrendes Frage-und-Antwort-Pingpong machen. Ich brauche einen Bluff.

„Wir wissen, dass Sie Espen Järv getötet haben, weil er Sie missbraucht hat. Und jetzt haben Sie Leila Andersson entführt. Wo ist sie?“, fragte Munk.

Oma Andersson und Luna schauten Munk von der Seite an. Sie sahen, gelinde gesagt, verwundert aus. Sie schienen an Munks Taktik zu zweifeln.

„Wer?“, fragte Mona Lisa Södergren.

„Meine Kollegin Leila Andersson.“

Mona Lisa Södergren blickte auf die Tischplatte. Sie sagte nicht „Sind Sie verrückt“ oder „Ich weiß nicht, wovon

Sie sprechen", sondern sie schwieg.

„Sie leugnen es also nicht", sagte er und ärgerte sich im gleichen Moment, diesen Satz gesagt zu haben. Er verriet nämlich, dass er, Munk, nicht ganz sicher war, dass Mona Lisa Södergren die Entführerin war.

Aber es war ohne Bedeutung, was Munk gesagt hatte. Mona Lisa Södergren schwieg.

„Hallo, wir sprechen mit Ihnen.", rief Munk. „Wo ist Leila?"

Mona Lisa Södergren starrte auf die Tischplatte. Munk sah Luna und Oma Andersson an. Für die alte Dame musste die Situation unerträglich sein. Aber sie sah nur das Mädchen an und sagte nichts. Das Mädchen sagte auch nichts.

„Wir nehmen sie mit", sagte Munk und stand auf. Oma Andersson und Luna erhoben sich ebenfalls, nur das Mädchen blieb sitzen.

„Bitte kommen Sie", sagte Munk, „ich muss Sie vorläufig festnehmen."

Das Mädchen rührte sich nicht. Munk sah, wie Tränen auf die Tischplatte tropften.

„Ich rufe unseren psychologischen Notdienst an, sie sollen sie ins Präsidium bringen", flüsterte Munk Luna und Oma Andersson zu. „Und ich rufe Halldor Selander an, wir müssen versuchen, sie auf dem Präsidium zu verhören. Ich bin mir sicher, dass sie es ist – die junge Stimme, das Hundegebell, ihre Reaktion jetzt."

Der psychologische Notdienst war 20 Minuten später da – und es gelang den Psychologen, Mona Lisa Södergren mitzunehmen. Wenige Minuten später kamen zehn Polizisten zur Tür herein. Selander hatte sie auf Munks Bitte hin geschickt. Munk wollte das Haus durchsuchen lassen – vielleicht hielt Mona Lisa Södergren Leila hier drinnen gefangen. Die Polizisten, Munk, Oma Andersson und Luna suchten jeden Winkel des Hauses ab, auch das Dachgeschoss und den Keller: nichts. Das Gartenhäuschen: nichts: Die Garage: nichts. Das ausgebaute Dach der Garage: nichts. Auch der Hund war nicht da. Fluchend brach Munk die Suche ab.

„Wir fahren ins Präsidium und versuchen es aus ihr herauszubekommen“, sagte er. „Wenn sie die Entführerin ist.“

„Sie ist es“, sagte Oma Andersson ruhig. „Ihre Mutter war eine Hure, und sie konnte das nicht verarbeiten. Vielleicht hat sie nicht nur Leila entführt, sondern auch Espen Järv getötet – vielleicht nachdem er sie missbraucht hat.“

Als Munk, Luna und Oma Andersson im Polizeipräsidium ankamen, saß Mona Lisa Södergren im Zimmer der Polizeipsychologin Rea Tjark. Die beiden unterhielten sich. Als Munk durch die Türe schaute, sagte die Psychologin: „Mona Lisa möchte keine Aussage machen.“

Munk hatte den Impuls, mit der Faust gegen den Türrahmen zu schlagen. Er unterdrückte ihn.

„Wir versuchen es morgen Vormittag noch mal“, sagte Selander. „Jetzt machen wir erst mal Schluss.“

„Aber wir müssen Leila suchen …“, sagte Munk.

„Morgen Vormittag geht es weiter“, sagte der Hauptkommissar.

Munk sah Selander tonlos an und stürmte aus dem Raum.

„Jawohl, Chef!“, rief Munk, als er mit Luna und Oma Andersson im Auto saß. „Morgen Vormittag! Wir haben ja Zeit! Der feine Herr Selander will den Abend wohl lieber im trauten Heim mit Frau und Hauskatze verbringen. Morgen

Vormittag! Wir müssen uns jetzt überlegen, wie wir Leila finden können."

In diesem Moment klingelte sein Handy. Grip war dran. Er wolle Leila sofort suchen, sagte Grip, und er wolle sich Munk, Luna und Oma Andersson anschließen.

„Komm zu mir nach Hause", sagte Munk. „Wir beraten dort, was wir tun können."

Grip traf fast zeitgleich mit den anderen in Munks Wohnung ein. Es war Montag, 21.15 Uhr. Sie hatten nur noch knapp 39 Stunden Zeit, Leila zu finden – falls das, was die Entführerin gesagt hatte, stimmte. Leila würde am Mittwochmittag vom Blitz getroffen werden. Sie setzten sich in Munks Wohnzimmer, bestellten vier Pizzas, von denen zwei übrig blieben, weil Munk und Oma Andersson der Appetit vergangen war. Munk wirkte hektisch, was unüblich für ihn war, aber der Ärger wegen Selander und die Angst um Leila hatten dazu geführt, dass er keine Ruhe fand. Und wenn er keine Ruhe fand, litten seine Analysekraft und sein Gespür. Er trug nichts wirklich Konstruktives zur Diskussion bei.

„Ich muss kurz an die frische Luft", sagte er zu den anderen. „Ich bin gleich wieder zurück."

Munk achtete nicht darauf, wie die anderen reagierten, er packte seine Lederjacke, warf sie über und stürzte fast hinaus ins Treppenhaus. Er musste diese Unruhe in den Griff bekommen, sonst würde er die anderen nur belasten. Er ging hinunter zum Wasser und setzte sich am Norr Mälarstrand auf eine Bank am Ufer. Es nieselte. Munk hatte das gar nicht wahrgenommen, bevor er sich auf die Bank gesetzt hatte. Er blickte aufs Wasser und hob dann den Blick etwas – dort drüben war Mariaberget, das schöne Mariaberget. Pontus liebte diesen Stadtteil von Stockholm, er hatte dort mal gewohnt. Wie ging es ihm? Er würde bei ihm anrufen, wenn die Sache mit Leila ausgestanden war. Nein, er wollte jetzt nicht an Leila denken. Er musste erst mal zur Ruhe kommen. Sein Blick wanderte nach rechts und blieb an den Baumwipfeln des Rålambshovsparken hängen. Er dachte an die Open-Air-Konzerte, die er dort miterlebt hatte. Lange her. Ich sollte mal wieder auf ein Konzert gehen, dachte er. Ich sollte Sachen machen, die mir früher Spaß gemacht haben. Ob Tove wohl gerne auf Konzerte geht? Ach, wie gerne würde er selbst bei Konzerten mitspielen! Ich krieg das hin, mit ein wenig Trompeten-Unterricht kriege ich das hin, sagte er sich. Und dann suche ich mir eine Band. Oder sollte er solo auftreten? Einen Bart wachsen lassen und beim Eurovision Song Contest als „Curry Wurst" auftreten. Conchita Wurst hatte doch auch gewonnen. Munk lachte leise.

Dann drehte er sich um und blickte zur St. Eriksgatan hinauf. Für einen kurzen Moment hatte er nichts im Kopf. Gar nichts. Was für ein herrlicher Zustand, dachte er. Dann hörte er rechts neben sich Schritte. Es war kein Spaziergänger, jemand lief den Norr Mälarstrand entlang. Ein Jogger? Munk blickte nach rechts, eine junge Frau näherte sich ihm. Sie kam ihm bekannt vor. Munk kramte in seinem Gedächtnis: Wer war sie? Kannte er sie aus dem Fernsehen? Eine Fußballerin? Eine Schauspielerin? Die Joggerin passierte ihn. Sie hatte Stöpsel in den Ohren und hörte wohl Musik. Munk wusste immer noch nicht, wer sie war. Oder doch? Wanja? Das war Wanja Dresin, die Fußballerin! Munk interessierte sich nicht für Frauenfußball, aber Wanja Dresin war mehr als eine Fußballerin in Schweden. Sie war eine öffentliche Person. Was am Stellenwert des Frauenfußballs in Schweden lag. Und an Wanja Dresin. Sie äußerte sich oft zu gesellschaftlichen Fragen. Zuletzt hatte sie gefordert, der König müsse endlich abtreten, denn er sei alt, langweilig und positionslos; Prinzessin Victoria müsse Königin werden. Das muss man sich in Schweden erst mal trauen. Außerdem hatte Dresin noch gesagt, es sei unerträglich, dass der König zu Prostituierten ginge.

Das war das Stichwort für Munk. Er dachte wieder an seine Arbeit, an Jackie, Lind, Järv, Straka – und an Leila. Er stand auf und schaute auf die Uhr. Seit er die anderen verlassen hatte, waren 15 Minuten vergangen. Es war Zeit, in die Wohnung zurückzukehren. Sie mussten Leila finden.

„Was haben wir?“, fragte er, als er wieder in der Wohnung war. Er stellte diese Frage oft, um das Ganze für sich und die anderen noch einmal zusammenzufassen. Es war eine Art Reflex, denn so arbeitete er für gewöhnlich: eine Kurzanalyse am Anfang einer Diskussion. Diesmal fiel die Kurzanalyse sehr kurz aus: Leila war entführt worden und würde nicht mehr lange leben, wenn sie nicht gefunden würde; die mutmaßliche Entführerin Mona Lisa Södergren saß im Gefängnis und schwieg. Wo konnte Leila sein? Sie wussten es nicht und sie wussten nicht, wo sie suchen sollten. Wer konnte ihnen helfen? Der Vater, Agustin Södergren?

Die vier brachen nach Lidingö auf, doch Agustin Södergren wollte oder konnte ihnen nicht helfen. Seine Tochter sei unschuldig und habe ein ganz normales, vielleicht etwas zurückgezogenes Teenagerleben geführt. Gut, räumte er ein, sie sei sehr zurückgezogen gewesen. Eigentlich habe sie sich nur in der Schule und zu Hause aufgehalten, sagte er. Andererseits: Er selbst sei selten zu Hause gewesen; „der Job“, sagte er und hob entschuldigend die Hände. Eigentlich wisse er gar nicht, was seine Tochter so gemacht habe. Als ihm die Polizisten sagten, dass seine Tochter vermutlich Espen Järv getötet habe, sagte er nur:

„Das ist Unsinn. Aber wenn sie angeklagt wird, werden wir die besten Anwälte Schwedens in diesen Prozess schicken." Auf Munks Frage, ob er dazu nicht mehr zu sagen habe, antwortete Agustin Södergren lediglich: „Annebritt ist an allem schuld."

Grip versuchte noch mehr aus Södergren herauszubekommen, während Munk ins Zimmer der Tochter stürmte. Den kurzen Protest des Vaters überhörte er. Das Zimmer des Mädchens war ungewöhnlich sauber aufgeräumt. Nichts lag herum, alles war an seinem Platz. Die Wände waren pink, die Bettwäsche hatte Blümchen. Hier wohnte ein pedantisches Mädchen, dachte Munk.

Auf dem Schreibtisch stand ein gerahmtes Bild von Annebritt Södergren.

Munk durchwühlte den Schreibtisch nach handschriftlichen Notizen. Er fand nichts, schaute im Schrank, sah unter dem Bett nach und durchsuchte die Taschen der Jacken, die im Schrank hingen.

„Wir sollten es mal im Computer versuchen", sagte Luna, die Munk mit Oma Andersson gefolgt war.

Munk machte den Computer an.

„Wir brauchen ihr Passwort", sagte er. Er sprang auf und rannte hinunter in die Halle, in der Grip immer noch versuchte, Agustin Södergren zum Reden zu bewegen.

„Wie ist das Passwort von Mona Lisas Computer?", fragte er.

„Keine Ahnung", sagte Södergren.

Munk glaubte ihm. Er drehte um und lief die Treppe wieder hoch, blieb aber abrupt stehen.

„Wie heißt Ihr Hund?", fragte er Södergren über die Schulter hinweg.

„Westerman", sagte Södergren.

„Westerman?"

„Ja, wie der alte, böse Mann in Astrid Lindgrens Ferien auf Saltkrokan", antwortete Södergren.

Mona Lisa Södergren hatte doch Humor, dachte Munk.

„Wo ist er überhaupt?", fragte er.

„Wer?", erwiderte Södergren.

„Westerman!"

„Keine Ahnung", antwortete Södergren.

Was wusste der Mann überhaupt? Munk rannte zurück in Mona Lisas Zimmer.

„Gib Westerman ein", sagte er zu Luna, die vor dem Computer saß.

Luna tippte das Wort ein. „Zugang verweigert" erschien auf dem Bildschirm.

„Scheiße!", fluchte Munk.

Er überlegte kurz, dann rannte er noch einmal hinunter zu Agustin Södergren.

„Gibt es noch ein Haustier?", fragte er.

„Wir hatten einen Hasen, aber der hat sich das Genick gebrochen", erwiderte Södergren.

„Das Genick gebrochen?"

„Molly hat gesagt, der Hase wollte mehrmals in den Spiegel springen und er hat sich dabei das Genick gebrochen."

Munk sah Södergren direkt in die Augen. Hatte der Mann den Verstand verloren?

„Wie hieß der Hase?", fragte er.

„Osterman", antwortete Södergren.

Munk lief zurück zu Luna und sagt: „Gib Osterman ein!"

Luna schaute Munk an. Dann lachte sie.

„Gib ihn ein", sagte Munk ungeduldig.

Wieder erschien „Zugang verweigert" auf dem Bildschirm.

„Norderman hatten wir noch nicht", sagte Luna.

Munk schwieg. Er verzog keine Miene. Es war ihm nicht nach Scherzen zumute.

„Wie heißt die Mutter mit Vornamen?", fragte Oma Andersson.

„Annebritt", antwortete Munk. „Aber welcher Teenager verwendet schon den Vornamen der Mutter als Passwort?"

„Ich glaube, sie hatten ein besonderes Verhältnis", sagte Oma Andersson ruhig.

Luna tippte „Annebritt" ein – und war drin.

Munk sah Oma Andersson verblüfft an. Diese konzentrierte sich schon auf den Computer. Luna öffnete ein paar Dateien, auf denen der Hund der Familie und ein paar Urlaubsbilder zu sehen waren. War das alles? Oder hatte Mona Lisa andere Dateien gelöscht? Luna schaute nach, was das Mädchen zuletzt im Internet gesucht hatte und fand einige Links zu Rüschenblusen.

Dann versuchte sie, den E-Mail-Zugang herzustellen. Sie scheiterte aber an den Passwörtern. Sie versuchte alle möglichen Kombinationen mit Westerman und Södergren, mit Annebritt und Agustin, selbst die Markennamen von Rüschenblusen gab sie ein – nichts.

„Das ist verdammt mager", sagte Munk und ließ sich aufs Bett fallen. „Der Vater weiß oder sagt nichts, es gibt auch sonst keinen Hinweis darauf, wo sie Leila versteckt haben könnte. Und sie hat offenbar keine Freunde, bei denen wir nachfragen könnten."

Munk schlug mit der Faust auf die Matratze.

„Die Schule! Wir nehmen uns die Lehrer und die Schüler vor."

Luna sah auf die Uhr.

„Es ist kurz vor Mitternacht", sagte sie.

„Morgen“, erwiderte Munk, „gleich am Morgen.“

Er sprang auf und rannte die Treppe hinunter, packte Grip am Ärmel und verließ grußlos das Haus. Luna und Oma Andersson folgten ihm. Beide schwiegen. Beide dachten nach, was man noch tun könnte. Nicht morgen. Jetzt. Luna fiel nichts ein.

Als sie im Auto saßen, klingelte Munks Handy. Tove Olsen war dran.

„Entschuldige, dass ich dich so spät störe, aber mir ist noch etwas zu den BIID-Kranken eingefallen – vielleicht hilft es dir bei deinem Fall“, sagte sie.

„Schieß los“, sagte Munk. „Und schön, dich zu hören.“

Es ging ihm plötzlich besser.

„BIID-Kranke sind meistens sehr intelligente und durchsetzungsstarke Persönlichkeiten – man findet sie oft in Führungspositionen. Das hängt mit ihrer Krankheit zusammen, ich kann dir das beim nächsten Mal näher erklären.“

„Würde Anwalt passen?“, fragte Munk.

„Das würde perfekt passen“, sagte Tove.

„Danke“, sagte Munk. „Ich melde mich wieder, wir sind gerade unterwegs.“

„Mach's gut.“

„Agustin Södergren“, murmelte Munk.

„Was ist mit ihm?“, fragte Grip. „Und wer war das überhaupt am Handy?“

„Ich muss noch darüber nachdenken und sage es dir morgen, Grip.“

„Gibt es jetzt wieder den berühmten Casper-Munk-Alleingang?“, erwiderte Grip. „Wäre doch gut, wenn wir alle auf dem gleichen Stand wären.“

„Du hast recht, aber es ist noch sehr unausgegoren“, antwortete Munk. „Ich frage mich nur, ob Agustin

Södergren seiner Tochter bei den Morden geholfen haben könnte – oder ob er sie selbst begangen hat."

„Warum?"

„Unter anderem deshalb, weil Mona Lisa einen Mann wie Espen Järv nicht alleine auf das Dach am Mosebacke Torg schleppen konnte."

„Sollen wir umkehren und ihn noch einmal in die Mangel nehmen?", fragte Grip.

„Ich glaube nicht, dass er sprechen wird, und ich glaube auch nicht, dass er weiß, wo Leila ist. Leila ist jetzt am wichtigsten, und das mit Leila ist Mona Lisa Södergrens Angelegenheit. Was sollte Agustin Södergren gegen eine Polizistin haben? Warum sollte er sie entführen, um eine Verschärfung des Prostituierten-Gesetzes zu erzwingen? Außerdem war die Stimme des Entführers weiblich. Der Schlüssel zu Leila liegt bei dem Mädchen, das alles hasst, was mit Huren und Freiern zu tun hat."

Munk setzte Luna und Grip jeweils zu Hause ab und fuhr dann mit Oma Andersson in seine Wohnung. Munk wollte noch einmal über Leila reden und darüber, was man am nächsten Tag machen könne, um sie zu finden, aber Oma Andersson sagte nur höflich, sie sei müde und man könne ja beim Frühstück darüber reden, falls er, Munk, damit einverstanden sei. Er war es. Oma Andersson ging ins Schlafzimmer, Munk machte sich sein Nachtlager auf dem Sofa im Wohnzimmer. Er löschte das Licht, lag aber noch wach. Wie sollte er auch schlafen? Leila ging ihm durch den Kopf. Oma Andersson wird es ähnlich gehen, dachte Munk. Nein, es wird ihr viel schlimmer gehen. Oma und Enkelin hatten ein ganz besonderes Verhältnis. Und dennoch war Oma Andersson bisher so ruhig gewesen. Aber es war nicht Gleichgültigkeit, es war Souveränität. Er, Munk, musste wohl auch über 80 werden, um diese

Souveränität zu erlangen.

Munk dachte über Mona Lisa Södergren nach und über die ersten Handy-Gespräche, die er mit ihr geführt hatte. Es war ein Bellen im Hintergrund gewesen. Der irische Wolfshund. Westerman. Aber als sie das Haus der Södergrens auf den Kopf gestellt hatten, war der Hund nicht da. Er musste dort sein, wo Leila eingesperrt war! Und Mona Lisa Södergren hatte von diesem Versteck aus telefoniert! Munk zwang sich dazu, das erste Gespräch noch einmal gedanklich zu rekonstruieren: Da war dieses Gebell, und dieses Gebell hallte eigenartig. War Leila in einem Keller eingesperrt? Den Keller im Haus der Södergrens hatten sie untersucht. Es musste ein anderer Keller sein. Oder ein Kellergewölbe. Es hatte gehallt, als wäre es ein sehr großer Keller. Munk war hundemüde, aber er wollte nicht einschlafen, er musste diesen Gedanken zu Ende führen. Wo gab es ein Kellergewölbe in der Nähe von Mona Lisa Södergrens Zuhause oder von Leilas Zuhause? Mona Lisa Södergren wohnte auf Lidingö, Leila in einer Neubausiedlung in Solna. In der Nähe dieser Neubausiedlung gab es vermutlich kein großes Kellergewölbe. Es musste auf Lidingö sein. Und da kannte Munk nur ein Kellergewölbe.

In diesem Moment hörte Munk ein Geräusch. Er öffnete die Augen, die er geschlossen hatte, um besser nachdenken zu können, und sah in der Dunkelheit Oma Andersson durchs Wohnzimmer schleichen. Sie war nicht auf dem Weg zur Toilette, denn sie war vollständig angezogen mit Kleid und Regenmantel. Wo wollte sie hin? Munk verengte die Augen zu Schlitzen, damit Oma Andersson nicht sehen konnte, dass er wach war. Sie schlich sich in den Flur und war nun außerhalb des Gesichtsfeldes von Munk. Was hatte sie vor? Im Flur hörte Munk erst ein leises Rascheln, das er nicht deuten konnte, und dann Geräusche, die sich anhörten, als würde Oma Andersson in ihre Schuhe schlüpfen. Dann wurde die Wohnungstür geöffnet und wieder geschlossen. Munk sprang auf, zog hastig seine Hose an, warf sein Hemd über, schnappte sich im Flur Lederjacke, Schlüssel und Stiefel und zog Letztere erst im Treppenhaus an. Er hörte noch, wie unten die Haustür ins Schloss fiel. Wo wollte sie hin? Munk lief die Treppe hinunter, öffnete vorsichtig die Haustür und sah, wie Oma Andersson in Richtung U-Bahnstation Fridhemsplan unterwegs war. Munk sah auf die Uhr. Es war nach zwei, sie würde wohl kaum noch eine U-Bahn bekommen. Aber ein Taxi! Munk beschleunigte seinen Schritt, achtete aber darauf, dass er stets Schutz in einem Hauseingang suchen konnte, falls sich Oma Andersson umdrehen würde. Aber sie stieg in kein Taxi, sie lief die Flemminggatan in Richtung Innenstadt, bog nach rechts in die Inedalsgatan ein und verschwand im Kronobergsparken. Munk folgte ihr und stellte verwundert fest, dass er fast außer Atem geriet. Die 84-jährige Oma Andersson lief wie eine junge Frau. Sie durchquerte den Kronobergsparken, passierte den jüdischen Friedhof, dessen Grabsteine im Zwielicht dieser hellen Vollmondnacht aus dem Boden ragten wie steinerne Gespenster, bog schließlich in die Polhemsgatan ein – und stand vor dem Polizeipräsidium, neben dessen Eingang in Leuchtschrift „Reichspolizeibehörde“ stand.

Das ist es also, dachte Munk: Sie will zu Mona Lisa Södergren. Aber wie wollte sie an der Nachtwache vorbei? Intuitiv fasste er in die linke Tasche seiner Lederjacke. Polizeimarke und Laserchip für den Eintritt ins Polizeipräsidium waren weg! Das war also das Rascheln im Flur gewesen – sie hatte die Marke und den Chip aus seiner Jacke genommen. Aber trotzdem brauchte sie doch bei den Wachen eine Begründung dafür, warum sie mit seinem

Ausweis zu einer mutmaßlichen Mörderin gehen wollte.

Munk sah, wie Oma Andersson die Wache passierte. Was hatte sie ihnen gesagt? Als sie im Flur um die Ecke gebogen war, betrat auch Munk das Polizeipräsidium. Die beiden Nachtwachen, Sture Sjöblom und Jan Wallgren, kannten ihn und ließen ihn passieren.

„Was hat die alte Dame gerade zu euch gesagt?", fragte Munk.

„Sie hat den Ausweis gezeigt und gesagt, du hättest sie geschickt, sie müsste in deinem Zimmer etwas abholen."

„Idioten", rief Munk und lief in den Flur, in dem Oma Andersson verschwunden war. Während er rannte, griff er in die rechte Tasche seiner Lederjacke. Dort hatte er für gewöhnlich seine Pistole. Eigentlich war er verpflichtet, sie in ein Halfter zu stecken, das er am Oberkörper zu tragen hatte; aber Munk mochte das Halfter nicht. Er steckte die Pistole gewöhnlich in seine Jackentasche. Aber jetzt war sie weg! Munk rannte noch schneller, bog um die Ecke, hinter der sich Mona Lisa Södergrens Zelle befand. Oma Andersson zielte gerade mit der Pistole auf das Türschloss. Obwohl die Lage so ernst war, musste Munk fast lachen.

„Halt", rief er ihr zu, „das geht nicht!"

Oma Andersson sah ihn an und senkte die Waffe.

„Was geht nicht?", fragte sie, als wäre die Tür nur eine Dose, die sie gerade zu öffnen versuchte.

„Man kann die Tür nicht aufschießen – das ging vielleicht im Wilden Westen."

Oma Andersson sah ihn mit ausdruckslosen Augen an. War sie auch … dement? Wie ihr Mann?

„Geben Sie mir die Waffe", sagte Munk, „bevor meine Kollegen kommen."

Oma Andersson reichte ihm die Pistole. Munk steckte sie in seine Jackentasche. Im nächsten Moment kamen

Sture Sjöblom und Jan Wallgren um die Ecke.

„Alles in Ordnung", sagte Munk. „Wir hatten nur eine Idee und wollten Mona Lisa Södergren eine Frage stellen – zum Versteck von Leila. Frau Andersson ist schon mal vorgegangen, ohne mich zu fragen. Aber jetzt ist alles in Ordnung."

Sjöblom und Wallgren sahen Munk misstrauisch an. Aber keiner sagte etwas. Vermutlich hatten sie ein schlechtes Gewissen, weil sie die alte Frau so einfach durchgelassen hatten.

„Könnt ihr mir bitte aufschließen?", bat Munk.

Sture Sjöblom machte sich mit einem elektronischen Gerät an der Tür zur Zelle von Mona Lisa Södergren zu schaffen.

„Es ist nach zwei Uhr", sagte er zu Munk.

„Das war euch doch vorhin auch egal", gab Munk zurück.

„Ist ja gut", sagte Sjöblom und öffnete die Tür. Dann gingen er und Wallgren zurück auf ihren Posten. In der Zelle ging das Licht an. Das Mädchen schlug die Augen auf und blickte in Richtung Tür.

„Was wollen Sie?", fragte sie.

Munk und Signe Andersson gingen in die Zelle hinein und blieben vor dem Bett des Mädchens stehen. Munk umklammerte die Pistole in seiner Jackentasche. Nicht, dass Oma Andersson …

„Wir wollen von Ihnen wissen, wo Sie meine Kollegin Leila Andersson versteckt haben", sagte Munk.

„Welch eine Überraschung", konterte das Mädchen.

Munk sah aus den Augenwinkeln, dass Oma Andersson sich nur schwer beherrschen konnte. Sie hatte die rechte Faust geballt.

„Ich gebe Ihnen zehn Sekunden, um die Frage zu

beantworten“, zischte Munk, der sich zusammen mit Oma Andersson direkt vor das Mädchen gestellt hatte.

„Und was ist dann?“, fragte Mona Lisa Södergren, ohne mit der Wimper zu zucken. Sie schien sich ihrer überlegenen Position absolut sicher zu sein.

Es kam ihm selbst kindisch vor, aber Munk zählte von zehn nach unten. Neun, acht, sieben, sechs, fünf. Das Mädchen betrachtete ihre Fingernägel. Vier, drei, zwei. Das Mädchen gähnte demonstrativ. Eins. Da schlug Oma Andersson dem Mädchen mit der rechten Faust ins Gesicht. So schnell, dass Munk nicht eingreifen konnte. Mona Lisa Södergren fiel nach hinten und prallte mit dem Kopf gegen die Wand. Munk griff Oma Andersson in den rechten Arm, als sie nachsetzen wollte. Es tat ihm leid, dass er das machen musste. Er verstand sie. Aber sie konnte nicht einfach eine Verdächtige verprügeln.

Das Mädchen griff sich an den Hinterkopf. Es blutete leicht.

„Leila wird sterben“, sagte sie Oma Andersson ins Gesicht. „Und sie wird schon morgen Mittag sterben, nicht erst am Mittwoch. Ich hatte euch angelogen. Der Blitz wird schon morgen Mittag ausgelöst.“

Oma Andersson zog in einer Schnelligkeit, die er der alten Dame absolut nicht zugetraut hätte, die Pistole aus Munks Jackentasche und hielt sie dem Mädchen an die Stirn.

„Jetzt zähle ich bis zehn“, sagte sie. „Wo ist Leila?“

Das Mädchen drehte die Augen in Richtung Munk. Sie hatte Angst. Vermutlich traute sie Oma Andersson tatsächlich zu, dass sie schießen würde. Würde Munk ihr helfen?

Casper Munk stand schweigend vor dem Bett. Er sagte nichts, er tat nichts, und ließ das Mädchen im Ungewissen, ob er das guthieß, was Oma Andersson da tat.

„Zehn, neun, acht, sieben", zählte Oma Andersson. Das Mädchen sagte nichts. Munk schaute den beiden zu.

„Sechs, fünf, vier, drei", zählte Oma Andersson weiter. Warum sagte das Mädchen nichts?

„Zwei, eins."

In diesem Moment trat Munk mit seinem rechten Fuß gegen Oma Anderssons rechten Arm, die Pistole flog in hohem Bogen durch die Zelle. Mona Lisa Södergren sprang mit einer Geschmeidigkeit, die nur junge Mädchen haben, von ihrem Bett auf und schnappte sich die Pistole, die am Boden lag. Sie richtete die Waffe auf Casper Munk.

„Gehen wir, alle!", sagte sie und hielt auch Oma Andersson in Schach, indem sie die Pistole zwischen der alten Frau und Munk hin und her bewegte. Als sie auf dem Flur standen, schob sie die Zellentür zu.

„Gibt es noch einen anderen Weg nach draußen als den durch den Haupteingang?", fragte sie.

Munk überlegte fieberhaft. Würde sie mit ihnen zu Leila fahren? Um ihnen Leilas Elend zu zeigen? Um auch ihn und Oma Andersson gefangen zu halten? Aber wozu? Und warum nahm sie auch Oma Andersson mit? Eine Geisel reichte doch. Egal, es war jedenfalls eine Chance für ihn. Vielleicht führte sie ihn zu Leila.

Munk nickte.

„Wir können durch das Schwimmbad abhauen", sagte er.

„Zeig mir den Weg", erwiderte das Mädchen. „Und solltest du mich reinlegen wollen, werde ich nicht zögern, dich zu erschießen."

Munk hasste es, von dieser Göre geduzt zu werden. Aber eine scharfe Antwort war im Moment nicht angebracht. Er führte Mona Lisa Södergren über einige Flure und Treppen zum Schwimmbad im Polizeigebäude, ohne dass sie jemandem begegneten. Vom Bad führte eine Tür, die zwar abgeschlossen, aber nicht bewacht war, ins Freie. Munk hatte einen Schlüssel, er öffnete sie. Sie standen nun auf der Bergsgatan hinter dem Polizeipräsidium.

„Hast du ein Auto?“, fragte das Mädchen, als sie auf der Straße standen.

„Ja, es steht am Fridhemsplan, etwa fünf Minuten von hier.“

„Vorwärts“, sagte Mona Lisa Södergren und stieß Munk mit der Pistole in den Rücken.

Munk unterdrückte den Impuls, sich blitzschnell umzudrehen und die Göre ungespitzt in den Boden zu hauen. Abgesehen davon, dass sie vielleicht schneller war als er und abdrücken würde, brächte er sich auch um die Chance, zu Leila geführt zu werden. Würde er das Mädchen jetzt überwältigen, würde er nie mehr etwas aus ihr herauskriegen. Und Leila wäre am nächsten Tag tot.

Sie gingen durch den Kronobergsparken zurück in die St. Göransgatan, wo Munk sein Auto abgestellt hatte.

„Was ist das denn?“, fragte das Mädchen, als Munk auf seinen alten Saab 900 deutete. „Kommt der aus dem Museum? Da können wir ja gleich mit einer Postkutsche fahren.“

„Ich dachte, du stehst auf Traditionen“, konterte Munk.

Mona Lisa Södergren überging seine Reaktion. Sie stiegen in den Wagen und das Mädchen sagte Munk, er solle Richtung Lidingö fahren. Sobald sie die Brücke überquert hätten, würde sie ihm neue Instruktionen geben. Oma Andersson saß auf dem Beifahrersitz, Mona Lisa Södergren hielt ihre beiden Geiseln vom Rücksitz aus in Schach.

„Fahren wir zu dir nach Hause?“, fragte Munk und

drehte sich zu ihr nach hinten.

„Ich sagte doch, dass es neue Instruktionen gibt, sobald wir die Brücke überquert haben“, zischte sie und richtete die Pistole direkt auf sein Gesicht. Munk deutete das als Aufforderung, den Wagen zu starten und keine weiteren Fragen zu stellen.

Der Saab rollte durch die fast leeren Straßen Stockholms. Ein paar Taxis brachten Nachtschwärmer nach Hause und vor den Bars standen einige Raucher. Viel mehr war nicht los.

„Ich habe herausgefunden, dass meine Mutter ein Doppelleben führt, denn ich bin ihr eines Abends gefolgt“, sagte Mona Lisa Södergren unvermittelt. „Meine Mutter ist an vielen Abenden ausgegangen, sie sagte dann immer, sie würde Freundinnen treffen oder einen Volkshochschulkurs besuchen, solche Sachen. Manchmal kam sie erst mitten in der Nacht zurück. Irgendwann glaubte ich ihr nicht mehr, ich dachte zunächst, sie habe einen Geliebten. Also bin ich ihr gefolgt. Ich glaubte erst, mein Verdacht würde sich bestätigen, denn sie traf einen Mann, es war dieser Espen Järv.“

Mona Lisa Södergren machte eine Pause. Munk und Oma Andersson schwiegen ebenfalls. Sie warteten auf eine Fortsetzung.

„Soweit ich sehen konnte, hat er sie anständig behandelt, aber ich konnte ihn trotzdem nicht leiden: ein schmieriger Kerl. Großkotzig. Ungehobelt. Er warf mit Scheinen um sich, als sie in dem Club von diesem Stroblonis waren, und das Personal behandelte er schlecht. Ich war aber nicht nur auf ihn wütend, ich hasste auch meine Mutter. Was tat sie da! Es war so würdelos!“

„Haben Sie Espen Järv getötet?“

„Nein, habe ich nicht!“, rief das Mädchen. „Dann

hätte ich alle anderen ja auch töten müssen – ich habe ja bald gemerkt, dass sie auch andere Männer traf. Und dass sie eine Nutte war!"

Mona Lisa Södergren weinte leise.

„Ich habe deine Kollegin entführt, weil ich die Regierung zwingen will, die Prostitution abzuschaffen", sagte sie dann.

Munk verzichtete darauf, dem Mädchen zu widersprechen. Es hätte keinen Sinn gehabt. Auch Oma Andersson sagte nichts. Alle drei Insassen des Autos schwiegen eine Weile.

„Du fährst jetzt dann rechts in den Herserudsvägen", sagte Mona Lisa Södergren schließlich, als sie die Brücke nach Lidingö überquerten.

In den Herserudsvägen? Dort war der Millesgården – das Museum, das ehemalige Wohnhaus, das Annes Haus hieß, die Grabstätte und der Skulpturengarten von Carl Milles. Und vielleicht ein Kellergewölbe. Munk hatte es geahnt.

„Deine Kollegin befindet sich im Keller unter Annes Haus", sagte das Mädchen. „Wir schauen mal nach, ob sie noch lebt. Und du wirst ihr dort Gesellschaft leisten – wenn ich zwei Polizeigeiseln habe, dann wird die Regierung schon reagieren müssen."

Einen Dreck wird sie tun, die Regierung, dachte Munk. Das Mädchen ist naiv. Keine Regierung reagiert auf Erpressung. Und schon gar nicht auf so eine blödsinnige. Munk stellte den Wagen ab und ging neben Oma Andersson vor dem Mädchen her auf die Gärten zu. Mona Lisa Södergren öffnete das Gittertor mit einem Schlüssel. Nachdem sie das Tor passiert hatten, standen sie auf einer Terrasse und schauten hinunter auf die Skulpturen und auf den Stockholmer Hafen, der dahinterlag. Mitten in der

Nacht hatte der Garten einen besonderen Zauber, einige Skulpturen wirkten wie echte Menschen, die sich für einen Moment weigerten, sich zu bewegen. Munk erblickte den Eremiten, den Indianer, die Engel, Gottes riesige Hand, auf der ein Mensch stand – und natürlich den wohl mehr als vier Meter hohen Poseidon mit dem Fisch in der Hand. Und daneben ragten die Säulen auf, die Milles hier hatte aufstellen lassen.

„Zu Annes Haus“, sagte Mona Lisa.

Munk machte ihr Ton zunehmend wütend. Sobald er bei Leila war, würde er diese Göre überwältigen.

Das Mädchen dirigierte seine beiden Geiseln durch den Garten und über einige Treppen zu Annes Haus, in dem nach dem Tod des Künstlers seine Sekretärin Anne Hedmark gewohnt hatte. Milles war im Musikzimmer des Hauses gestorben.

Molly Södergren hatte auch für Annes Haus einen Schlüssel. Warum hatte man ihr die Schlüssel im Polizeipräsidium nicht abgenommen? Schlamperei, dachte Munk. Und woher hatte sie den Schlüssel überhaupt? Gestohlen vermutlich.

Mona Lisa hielt die Tür auf und bedeutete Munk und Oma Andersson mit der Pistole, in das Haus zu gehen. Im schwachen Schein des Mondes sah sich Munk um: Rechts war das Esszimmer mit einem Tisch im Zentrum des Raumes. Auf dem Tisch standen Teller, Besteck und Servietten – als würden Carl und seine Frau Olga dort ihr Abendessen einnehmen. Die Museumsleitung hatte das Haus belassen, wie es früher einmal gewesen war. Auf der linken Seite befand sich das Musikzimmer mit dem Bechstein-Flügel.

Mona Lisa Södergren ließ das Esszimmer rechts und das Musikzimmer links liegen und ging geradewegs auf eine weitere Tür zu. Auch diese schloss sie auf. Dahinter führte eine Treppe in den Keller hinunter. Am Fuß der Treppe öffnete das Mädchen noch eine Tür. Als Munk in den Kellerraum trat, sah er sofort Leila, denn Mona Lisa Södergren hatte das Licht eingeschaltet: Leila saß mit verbundenem Mund auf einem Stuhl in der Mitte eines großen Raumes, der vollgestellt war mit Gartenmöbeln, die man im Herbst nicht im Freien brauchen konnte. Am Ende des Raumes lag der Hund. Er schlug nicht an, als die drei späten Besucher den Keller betraten. Er schlich stattdessen an ihnen vorbei ins Freie. Hatte Molly Södergren den Hund sediert?

Leila drehte ihren Kopf zu Munk, ihrer Oma und Mona Lisa Södergren herum. In ihren Augen mischte sich Freude, Überraschung und Angst. Munk und die Oma waren da, aber sie waren auch gefangen. Munk sah links und rechts von Leila jene Kugel-Kondensatoren, von denen Mona Lisa Södergren gesprochen hatte; außerdem hörte er ein Surren. Es war ein lautes, bedrohliches Surren. Waren das die Dynamos, die von den kleinen Wassermühlen angetrieben wurden? Munks Augen suchten die Wassermühlen, als ein Schuss durch den Kellerraum peitschte. Er spürte einen stechenden Schmerz in der rechten Wade – sie hatte ihm von hinten ins Bein geschossen! Munk stürzte zu Boden und hielt sich die Wade, aus der langsam Blut quoll.

„Zur Sicherheit", sagte das Mädchen und lächelte. „Unverletzt kämst du vielleicht auf die Idee, mich anzugreifen."

„Drecksgöre", schrie Munk. Er begann, das Mädchen zu hassen. Auch deswegen, weil er sich so hilflos fühlte. Ein 17-jähriges Mädchen hielt hier zwei Polizisten und eine alte Frau fest, und er konnte nichts tun. Und er wusste nicht, was als Nächstes kommen würde.

Mona Lisa Södergren schien genau darüber nachzudenken. Sie hatte drei Geiseln. Das war Fakt. Was könnte sie tun, um ihre Forderungen durchzudrücken? Eine Geisel erschießen? Sie richtete die Waffe auf Munk, der neben Oma Andersson am Boden saß, und ging zu Leila und den Kugel-Kondensatoren. Das Surren wurde langsam lauter. War die Spannung bald so hoch, dass sie sich entladen würde?

„Sieh an", sagte das Mädchen, „vielleicht kommt der Blitz noch heute Nacht. Das hört sich schon mal ganz gut an. Vielleicht kommt der Blitz auch gleich."

Leilas Augen weiteten sich. Oma Andersson ballte wieder ihre rechte Faust.

„Ich habe dieses Experiment noch nie durchgeführt", sagte das Mädchen. „Ich kenne ein ähnliches aus dem Unterricht und mithilfe des Internets habe ich es eben zusammengebastelt. Es wird klappen, da bin ich sicher, aber ich bin nicht ganz sicher, wann der Blitz kommen wird."

Munk wurde übel. Das Mädchen war irre, dachte er. Sie hat keine Ahnung, wann der Blitz kommt und Leila töten wird. Aber es scheint ihr egal zu sein.

„Das Leben meiner Mutter war euch auch egal", sagte sie, als hätte sie Munks Gedanken erraten. „Ihr lasst es zu, dass sich Frauen in Schweden prostituieren."

„Wir entscheiden das nicht", sagte Munk, „wir sind Polizisten."

„Du würdest es auch zulassen, wenn du Regierungschef wärst", sagte das Mädchen.

Munk wusste keine Antwort. Vermutlich hatte sie recht. Aber es war die Entscheidung ihrer Mutter gewesen, sich zu prostituieren, nicht die eines Politikers oder eines Polizisten.

„Deine Mutter …", begann Munk, aber Mona Lisa

Södergren wollte nichts hören.

„Halt's Maul", sagte sie und richtete die Pistole direkt auf seinen Kopf. Dann versank sie wieder in ihren Gedanken.

Munk sah zu Leila hinüber. Was wäre, wenn der Blitz jetzt käme? Leila wäre tot. Ihre Oma würde das kaum verkraften können, so stark sie auch war. Und würde er, Munk, es sich verzeihen können, dass er Oma Andersson die Pistole aus der Hand geschlagen hatte, als sie auf Mona Lisa Södergren angelegt hatte? Vielleicht hätte das Mädchen sogar ausgepackt. Munk blickte sich vorsichtig um, in der Hoffnung, etwas zu erblicken, das er als Waffe gegen das Mädchen einsetzen konnte. Aber in seiner Reichweite befand sich nichts, und wenn er sich bewegte, was angesichts der schmerzenden Wade ohnehin schwierig war, würde sie es bemerken. Aber es musste etwas geschehen. Leila konnte in jeder Sekunde sterben.

„Mach sie los und setz mich zwischen die Kondensatoren", sagte Munk.

„Oh, ein Held", sagte das Mädchen spöttisch. „Aber das ist nicht nötig, ich habe gerade beschlossen, dass wir alle vier heute Nacht sterben werden. Ich will zu meiner Mutter."

Sie ist wirklich irre, dachte Munk.

„Schön", sagte er, „das sind ja gute Nachrichten. Ich schlage vor, du gibst mir die Pistole. Ich erschieße erst dich, dann Leila und die Oma und dann mich."

„Du bist ein Witzbold, Casper Munk, und es ist ein guter Plan, aber wir ändern die Reihenfolge. Erst bist du dran …"

Das Surren wurde lauter, und man hörte ein Knistern in den Kugeln. Mona Lisa Södergren blickte hinüber zu Leila. In diesem Moment sprang Oma Andersson auf und hechtete nach vorne, aber sie griff ins Leere, denn das Mädchen hatte flink einen Schritt nach hinten gemacht. Sie drückte Oma Andersson, die am Boden kauerte, die Pistole an die Stirn.

„Dann bist halt du die Erste, Oma“, sagte sie.

In diesem Moment entlud sich die Spannung der Kugel-Kondensatoren und ein heller Strahl traf Leila, deren Kopf nach vorne kippte.

Das Mädchen war kurz abgelenkt, der verletzte Munk sprang auf und schlug ihr die Waffe aus der Hand, hieb Molly Södergren mit einem wütenden Faustschlag zu Boden und sprang hinüber zu Leila, die leblos auf ihrem Stuhl hing. Der Kopf lag auf ihrer Brust. Munk hielt seine Hand an ihre Halsschlagader. Sie lebte! Vermutlich war der Blitz nicht stark genug gewesen.

„Leila!“, brüllte er, „kannst du mich hören?“

Er tätschelte ihre Wangen. Nichts. Munk nahm mit der rechten Hand das Handy aus der Jackentasche und rief den Notarzt, mit der linken Hand legte er Mona Lisa Södergren Handschellen an und dann humpelte er nach oben in den Garten, suchte und fand in irgendeinem Gesträuch einen Eimer, füllte ihn mit Wasser aus einem Springbrunnen, eilte wieder nach unten und schüttete Leila Wasser ins Gesicht. Als sie nicht reagierte, übergoss er sie mit dem Rest der Wassers aus dem Eimer. Langsam kam sie zu sich.

„Der Notarzt ist gleich da“, sagte er. Dann band er sie los.

„Nach dem Blitz hat es geregnet“, sagte Leila und lächelte.

Munk nahm ihren Kopf und drückte ihn an seine Brust. Oma Andersson streichelte wortlos ihren Rücken. Molly Södergren kam langsam wieder zu sich. Munk richtete die Pistole auf sie. Das Mädchen sagte nichts. Es starrte nur vor sich hin.

Sie warteten noch auf den Notarzt, der Leila und Munks Bein versorgte, und auf die Kollegen, die Mona Lisa Södergren mitnahmen und auch Agustin Södergren abholen sollten, dann fuhren sie in Munks Wohnung, wo Luna bereits angekommen war. Leila und Oma Andersson blieben dort. Munk wollte alleine weiter ins Polizeipräsidium fahren. Aber Leila wollte ihm noch etwas erzählen: die Geschichte von Strauss-Kahn und Belgien. Den running gag. Munk lächelte. Er wollte sie jetzt hören. So viel Zeit musste sein. Leila hatte schlimme Tage hinter sich.

„Er wurde doch immer DSK genannt", begann Leila. „Für Dominique Strauss-Kahn."

„Ach, das war für Dominique Strauss-Kahn, ich dachte, es stand für Diverse Sorten Kartoffeln."

Munk lachte.

„Depp", sagte Leila. Es war zum ersten Mal, dass Leila Munk Depp nannte. Es klang vertraulich.

„Also, es geht um ein Bordell in Belgien", fuhr sie fort.

„Belgien gibt es nicht!", sagte Munk.

„Was?"

„Warst du schon einmal in Belgien?"

„Nein."

„Ich auch nicht. Kennst du jemanden, der schon einmal in Belgien war?"

Leila überlegte.

„Nein", sagte sie dann.

„Siehst du, du kennst vielleicht jemanden, der in Spanien war, der in Deutschland war, der in Frankreich war, der in Holland war, in Österreich und in Portugal. Aber in Belgien war niemand. Weil es Belgien nicht gibt, es ist ein europäisches Land, das die Politiker einfach erfunden haben, weil sie Brüssel erfunden haben, wo die EU-

Kommission sitzt. Brüssel liegt aber irgendwo in Holland oder in Frankreich. Belgien ist nur erfunden."

„Warum?", fragte sie.

„Warum, warum. Woher soll ich das wissen? Europäische Verschwörung, Geheimdienst-Machenschaften, dunkle Drähte zwischen Merkel und Putin, was weiß ich. Die Geschichtsschreibung wird es einst herausfinden."

„Und die Anschläge in Brüssel?", fragte Leila.

„Brüssel liegt in Holland."

„Und die Terrorzelle?"

„Alles in Holland."

„Aber dann funktioniert meine Geschichte nicht", sagte Leila.

„Okay, es gibt Belgien", erwiderte Munk rasch.

„So einfach ist das?"

„Ja, wenn ich will, dass es Belgien gibt, weil ich deine Geschichte hören will, dann gibt es Belgien. Basta."

„Okay", sagte Leila, „bevor du ganz durchdrehst, hier ist die Geschichte, es ist eine sehr kleine, kleiner als Belgien selbst. Verschwindend klein. Eigentlich gibt es diese Geschichte gar nicht. Es gibt sie nicht, so wie es Belgien nicht gibt".

Leila lachte.

„Jetzt erzähl endlich! Bittäääääää!"

„Bei dieser langen Einleitung ist die Erwartungshaltung jetzt so groß …", sagte sie.

„Erzähl!", rief Munk.

„Also, in einem Land, das Belgien heißt, haben sie … Moment mal, ich weiß auch noch, wo genau in Belgien: in einem belgischen Ort, der Blaton heißt … ich habe mir das gemerkt wegen Platon und platonischer Liebe, das Gegenteil von Bordell, du weißt, was ich meine."

„Jaaahaaaaa", rief Munk.

„Also, im belgischen Ort Blaton haben sie ein Bordell eröffnet, das sie DSK genannt haben."

„Das ist alles?"

„Ja. Du weißt schon: DSK nach Dominique Strauss-Kahn", sagte Leila.

„Und dafür machst du so ein Brimborium? Seit Wochen!"

„Ich sagte doch …"

Munk lachte.

„Ist schon gut", sagte er. „DSK für ein Bordell. Aber sie werben doch nicht damit, dass es nach Strauss-Kahn benannt wurde? Könnte ihnen Schwierigkeiten einbringen."

„Nein, offiziell heißt DSK Dodo Sex Club."

„Herrlich", sagte Munk. „Ich habe auch einen Namen für ein Bordell, würde in unsere schnelllebige Zeit passen: Fuck and go."

„Geh und schnapp dir den Mörder, verdammt", sagte Leila und lächelte.

Munk setzte sich ins Auto und fuhr los. Im Polizeipräsidium warteten Mona Lisa und Agustin Södergren. Für Munk war klar, dass das Mädchen zwar Leila entführt, aber Järv nicht getötet hatte. Wie hätte sie den Mann auf das Dach des Theaters am Mosebacke Torg schleppen können? Munk war sicher, dass Agustin Södergren Espen Järv umgebracht hatte. Aber es gab keine Beweise, nur Indizien – möglicherweise hatte Södergren BIID und hatte Järv deshalb die Brustwarzen abgeschnitten; möglicherweise hat er das Doppelleben seiner Frau nicht mehr ertragen. Munk konnte darauf hoffen, dass Södergren gestehen würde, weil er glaubte, seine Tochter werde auch verdächtigt, Järv getötet zu haben, und er, der Vater, müsse sie schützen. Aber was wäre, wenn Södergren nicht gestehen würde?

Würden die Indizien für eine Anklage reichen? Eher nicht.

Munk beschloss spontan, noch nicht ins Polizeipräsidium zu fahren. Seine Kollegen und die Södergrens würden warten müssen. Munk fuhr in Espen Järvs Wohnung auf Östermalm. Zwar hatte die Spurensicherung nichts gefunden, das darauf hindeutete, dass Järv in seinen eigenen vier Wänden getötet worden war, aber vielleicht fand sich doch ein Hinweis, eine Spur.

Mit dem Polizeidietrich öffnete Munk die Tür zu Järvs Appartement. Er setzte sich an den Küchentisch und ließ den Blick durch die offene Wohnung schweifen. Man sah ihr an, dass ihr Bewohner reich, aber geschmacklos war; sie hatte keinen Charme. Die Möbel waren zusammengekauft, möglichst teuer, möglichst protzig. Munk stand auf und zog die Schubladen des Küchenschrankes auf. Er fand nichts, was ihn weiterbrachte. Dann fiel sein Blick auf die Brotschneidemaschine. Wurden Järvs Brustwarzen mit so einer Maschine abgesägt? Die Ermittlungen hatten doch ergeben, dass sie „abgesägt" worden waren, oder? Abgesägt. Nicht abgeschnitten. Munk hatte eine Idee. Er rief die Spusi an.

„Habt ihr irgendwelche Sägewerkzeuge gefunden, als ihr Agustin Södergrens Haus auf Lidingö auseinandergenommen habt? Stichsägen, Kreissägen?", fragte er. „Ja? … Was ist es genau? … Und ihr dachtet …?" Munk musste lachen – über das, was die Spusi gefunden hatte. Er wusste nun, wie er Agustin Södergren in Bedrängnis bringen konnte. Er verließ Järvs Wohnung und fuhr nach Kungsholmen, ins Polizeipräsidium.

Vater und Tochter Södergren saßen im Verhörraum. Das Mädchen weinte leise, der Vater saß aufrecht da. Als sich die Polizisten versammelt hatten, nämlich Selander,

Huskonen, Larsson, Grip und Munk, sagte Södergren, dass er den zweitbesten Anwalt der Stadt – der beste sei er selbst – beauftragen werde, seine Tochter zu verteidigen. „Da sie minderwertig, pardon: minderjährig ist, wird das Strafmaß nicht allzu hoch ausfallen", sagte er. Ein Wort des Bedauerns über das, was die Polizistin Leila Andersson erleiden musste, sprach er nicht. Und über Espen Järv redete er auch nicht.

„Ist das alles, was Sie zu sagen haben?", fragte Munk.

„Das ist für den Moment alles", erwiderte Södergren. „Ich würde jetzt gerne gehen."

„Wir würden gerne noch über Espen Järv reden – und über Ihr Sägewerk", sagte Munk.

Södergren wurde bleich.

„Welches Sägewerk?", fragte Selander.

„Herr Södergren hat eine Gemeinsamkeit mit Espen Järv – oder vielmehr mit dem Vater von Espen Järv, der von seinem Vater immer in den Keller gesperrt worden ist, wo eine Modelleisenbahn stand", sagte Munk. „Herr Södergren hat auch eine Modelleisenbahn im Keller. Offenbar ist das weiter verbreitet als man denkt. Es gibt aber vermutlich einen Unterschied zwischen Herrn Södergren und dem Vater von Espen Järv: Agustin Södergrens Modelleisenbahn hat nicht nur einen Bahnhof, sondern auch ein Sägewerk."

„Warum das denn?", entfuhr es Grip.

„Herr Södergren, wollen Sie es meinen Kollegen erklären?", fragte Munk an Södergren gewandt. „Ich glaube, es geht dabei auch um Details – soweit ich erfahren habe, ist die Säge ein Laser-Cut-Gebäudesatz mit einem, wie hieß es noch mal, Micro-motion-Sägegatter, das mit zwei Funktionen ausgestattet ist: Der Sägebock und die Sägeblätter bewegen sich. Ist es damit möglich, die Brustwarzen eines erwachsenen Mannes wie Espen Järv ...?"

„Hören Sie auf!", schrie Södergren.

„Und?", fragte Munk, der auf ein Geständnis hoffte.

Aber Södergren saß nur da und schwieg. Er war in sich zusammengesunken, nichts war mehr zu sehen von dem arroganten Selbstbewusstsein des Anwalts. Aber ein Geständnis kam nicht. Wäre vielleicht auch zu einfach gewesen.

Munk setzte nach.

„Lassen Sie uns über BIID reden", sagte er.

Agustin Södergren sah Munk hasserfüllt an. Er straffte seinen Körper, und für einen Moment hatte es den Anschein, als wolle er aufspringen und dem Kommissar an die Kehle gehen. Aber er blieb sitzen und schwieg. Munk hatte fürs Erste sein Pulver verschossen.

„Was ist BIID?", fragte Selander in die Stille hinein.

Munk antwortete nicht sofort. Er dachte darüber nach, wie er Södergren weiter unter Druck setzen konnte.

„Casper?", fragte Selander.

Munk achtete nicht auf Selander. Er musste Södergren kriegen.

„Wir haben auch einen Zeugen, der Sie in der Wohnung von Järv gesehen hat", sagte Munk.

„Sie bluffen", erwiderte Södergren.

Munk wollte gerade etwas antworten, da erhob sich eine andere Stimme im Raum, eine hohe Stimme.

„Es gibt vielleicht keinen Zeugen, aber eine Zeugin", sagte Mona Lisa Södergren.

Alle im Raum Anwesenden blickten auf das Mädchen.

„Ich war auch bei Järv an jenem Abend – und ich habe gesehen, wie du diesen Järv getötet hast", sagte sie.

„Molly", stöhnte der Vater matt.

„Ich habe es gesehen und ich bin stolz auf dich", sagte Mona Lisa Södergren zu ihrem Vater.

Der Vater hob den Kopf und sah ihr fragend in die Augen.

„Ja, stolz, und wie!", wiederholte Mona Lisa Södergren. „Järv war ein Schwein, und deine Frau hat sich mit diesem Schwein abgegeben."

Södergren senkte den Kopf und starrte auf den Boden.

„Stolz!", rief seine Tochter noch einmal. „Ich bin stolz! Endlich hast du einmal Leidenschaft gezeigt, echte Leidenschaft – und nicht bloß diese kalte Art, mit der du deine ach so tollen Fälle vor Gericht gewinnst."

Munk blickte gebannt auf Agustin Södergren. Bluffte das Mädchen nur? Die Sekunden vergingen.

„Es ist genug", sagte der Anwalt schließlich leise. „Molly hat recht: Ich habe Espen Järv getötet, ich habe ihm den Hals aufgeschnitten und ich habe ihm die Brustwarzen abgesägt."

Södergren machte eine kurze Pause. Auch Mona Lisa Södergren und die Polizisten schwiegen. Das Mädchen lächelte. Es war stolz auf seinen Vater. Und dieser Stolz war Molly wohl wichtiger als die Konsequenz ihrer Aussage: Agustin Södergren würde dadurch für lange Zeit ins Gefängnis gehen müssen.

Södergren setzte sich aufrecht hin und gestand: Er habe das Doppelleben und die Untreue seiner Frau nicht mehr ertragen und „sich gezwungen gesehen", etwas zu unternehmen. Er, Södergren, habe damit seine Ehre wiederhergestellt. Er sei Järv und seiner Frau mehrmals gefolgt und habe gewusst, wo Espen Järv wohnte. Also habe er ihm eines Abends vor dessen Wohnung aufgelauert. Dass es der Tag war, an dem seine Frau umgebracht wurde, sei Zufall gewesen, sagte Agustin Södergren. Er sei an diesem Abend „besinnungslos vor Wut" gewesen. Er habe Järv vor dessen Wohnungstür die Pistole an den Kopf gesetzt und ihn gezwungen, aufzuschließen. Drinnen hätte er Järv beschimpft und schließlich wie wahnsinnig auf ihn eingeschlagen, bis er bewusstlos war. Anschließend habe er „diesen perversen Dreckskerl" gefesselt, in sein Haus in Lidingö geschafft und ihm dort mit den Sägen aus dem Sägewerk die Brustwarzen abgesägt. Das hat natürlich nicht gereicht, damit er verblutet. Deshalb habe ich ihm auch noch die Kehle durchgeschnitten. Dann habe er ihm die Uniform angezogen und zum Mosebacke Torg geschleppt.

„Warum?", fragte Munk.

„Warum was?", erwiderte Södergren.

„Wir wissen, dass Sie ihn töten wollten. Aber warum haben Sie ihm auch die Uniform angezogen, warum haben Sie ihn vom Dach des Theaters geworfen und warum haben Sie ihm die Brustwarzen abgesägt?", fragte Munk.

„Ich wollte ihn verstümmeln", sagte Agustin Södergren. „Ich hatte mich in der Szene umgehört und mitgekriegt, dass Järv auf Brustwarzensex steht. Es bot sich also an. Und es war ein Zwang für mich, es zu tun."

„Ein Zwang?", rief Grip. „Warum Zwang? Hätte es nicht gereicht, ihn einfach zu töten?"

Agustin Södergren zog seinen rechten Schuh aus und dann die Socke. Zum Vorschein kam ein Fuß, dem die Zehen fehlten.

„Ich habe BIID. Deshalb habe ich mir die Zehen amputieren lassen", sagte er.

„BIID?", fragte Grip. „Was ist dieses BIID?"

Er sah Munk an, der seine Kollegen nun darüber aufklärte. Dabei bemühte er sich, BIID-Kranke als ganz normale Menschen zu beschreiben, die eine psychische Störung hatten wie andere Klaustrophobie oder Höhenangst. Dass es aber wie bei den sogenannten normalen Menschen auch unter BIID-Kranken einige wenige böse gebe. Die Kollegen schauten sich erst gegenseitig verständnislos an und dann starrten sie auf Södergrens verstümmelten Fuß.

„Das ist nur der Anfang", sagte Södergren, „ich fühle, dass mein ganzes rechtes Bein ein Fremdkörper ist, aber ich hatte noch nicht den Mut, es zu amputieren."

Dann blickte er auf seine Tochter.

„Järv hat Molly nichts getan", sagte Södergren. „Und Molly hat mit dem Mord nichts zu tun."

„Und Karel Straka?", fragte Munk. „Warum haben Sie ihn verstümmelt?"

„Straka?", fragte der Anwalt verwundert. „Ich kenne niemanden mit diesem Namen."

Munk glaubte ihm. Er sah zu Selander hinüber. Selander dachte wie Munk.

„Und warum die Uniform?", fragte Munk.

„Järv stand doch auf Uniformen – wenn eine Frau eine trug, ging ihm einer ab", sagte Södergren.

Mona Lisa Södergren verzog das Gesicht. Auch sie wusste das.

„Und warum haben Sie ihn vom Dach des Theaters geworfen?", fragte Munk weiter.

Södergren lächelte gequält.

„Sie spielten dort gerade das Stück Schlechter Sex 1–3 von Mia Mang", sagte er dann. „Ich dachte, das passt."

Die Polizisten sahen sich an. Keiner sagte etwas. Grip musste ein Lachen unterdrücken. Munk deutete schließlich auf Vater und Tochter Södergren.

„Führt die beiden ab", sagte er.

Die Polizisten blieben im Besprechungsraum sitzen. Obwohl Munk Leila gerettet und sie den mutmaßlichen Mörder von Järv verhaftet hatten, herrschte keine gelöste

Stimmung. Zwar waren sie erleichtert, dass sie Leila wieder bei sich hatten, aber zufrieden waren sie nicht. Wer hatte Jackie getötet? Wer Straka?

„Entweder hat Södergren auch Jackie und Straka umgebracht, was ich nicht glaube, oder es gibt einen anderen Mörder", sagte Selander. „Oder sind es sogar zwei? Straka hat vermutlich Jackie getötet. Aber wer hat Straka getötet? War es doch Lind? Sigurd Welz? Wir sind wieder fast am Anfang."

Keiner sagte etwas. Grip blickte auf die Tischplatte, Achatz Larsson spielte mit einem Kugelschreiber, Jari Huskonen saß reglos auf seinem Platz. Casper Munk schaute Halldor Selander an, aber er blickte durch ihn hindurch.

„Die Lösung liegt in der Slowakei", sagte er dann.

Die anderen Polizisten sahen Munk an.

„Wie meinst du das?", fragte Selander.

„Jiri Netolicka und Karel Straka waren seit Jahrzehnten Freunde", sagte Munk. „Und trotzdem verlässt Netolicka Stockholm kurz nach dem Tod von Karel Strakas Frau. Er zieht nach Bratislava. In so einer Situation – die Frau des Freundes stirbt – bleibt man doch erst einmal an der Seite seines Freundes, oder nicht? Es muss etwas Gravierendes zwischen Straka und Netolicka vorgefallen sein."

Selander dachte nach.

„Wir fahren nach Bratislava, zu Jiri Netolicka", sagte er dann.

„Wir ...", fragte Munk, „wir alle?"

„Ich verlasse mich auf dein Gefühl, dass die Lösung des Falles in der Slowakei liegt – und da ist es sicher gut, wenn wir zu viert hinfahren: Grip, Achatz, du und ich", sagte Selander.

„Seit wann verlässt du dich auf ein Gefühl – noch dazu

auf meines?“, entfuhr es Munk.

Selander zögerte einen Moment. Munk rechnete damit, dass er sich einen Rüffel einfangen würde. Aber Selander sagte nur, er sei auch lernfähig.

„Entschuldige, Halldor“, sagte Munk. „Wann fliegen wir?“

„Morgen früh“, sagte Selander. „Geht es mit deinem Bein, Casper?“

„Yes.“

Das Flugzeug nach Wien Schwechat hob um 9.35 Uhr am Flughafen Stockholm Arlanda ab. Selander, Munk, Grip und Larsson nahmen von Wien den Zug nach Bratislava. Als sie dort am Hauptbahnhof ankamen, musste Munk an die Fahrt mit Leila nach Bratislava denken – und an die Probleme, die er bei der Rückreise am Bahnschalter hatte. Er dachte an die Frau, die ihm nicht helfen wollte; die sich stur stellte, obwohl ein Schild neben ihr stand mit der Aufschrift: We speak English. Munk musste grinsen. Er widerstand aber dem Impuls, die Frau an dem Schalter noch einmal aufzusuchen, um ihr auf Englisch zu sagen, dass sie dümmer sei als ein Stück Waldweg.

Die vier Polizisten fuhren in die Stadt, zu Jiri Netolickas Wohnung. Sie gingen hinauf in den dritten Stock und klingelten. Hinter der Tür rührte sich nichts.

„Vielleicht hätten wir uns ankündigen sollen“, sagte Larsson.

„Dann wäre er getürmt“, erwiderte Selander.

Die Polizisten hörten ein Geräusch hinter der Tür. Es hörte sich an, als würde etwas über den Boden geschleift.

„Hat er ein Holzbein?“, fragte Grip und grinste.

In diesem Moment durchschlug eine Kugel die Wohnungstür und blieb im linken Unterarm von Casper Munk stecken. Munk schrie auf.

„Deckung“, rief Larsson und riss Munk vom Eingang weg. Die beiden postierten sich wenige Meter links von der Tür und zogen ihre Waffen, Grip und Selander hatten sich nach rechts geworfen. Munk blickte auf seinen blutenden Unterarm.

„Ist der verrückt geworden!“, brüllte er.

Larsson und Munk schauten zu Selander hinüber.

„Jiri Netolicka, hier ist die Polizei, legen Sie Ihre Waffe weg und kommen Sie mit erhobenen Armen heraus“, schrie

Selander in Richtung der Tür. Es war ihm klar, dass genau das nicht eintreten würde.

„Was ist, wenn er durchs Fenster flüchtet?“, flüsterte Munk.

„Dritter Stock – das wird schwierig“, sagte Larsson. „Wie geht es deinem Arm?“

„Geht schon“, knurrte Munk.

Die Polizisten verharrten einige Minuten in ihren Positionen, Selander sprach in sein Handy. Forderte er Verstärkung an, von der slowakischen Polizei? Munk blickte zur Tür. Nichts tat sich. Was hatte Netolicka vor? Die Minuten verrannen.

Dann ging die Aufzugstür auf und zwei slowakische Polizisten standen im Flur. Selander hatte sie also angefordert. Die Slowaken hatten schusssichere Westen dabei, Selander warf Larsson und Munk zwei Westen zu.

Munk zog sie an und zischte ein „Was machen wir?“ hinüber.

Anstatt Munk zu antworten, sprach Selander mit einem der Polizisten. Der Mann richtete daraufhin sein Wort an Netolicka. Munk konnte ihn nicht verstehen, aber er sagte vermutlich dasselbe wie zuvor Selander: dass Netolicka die Waffe weglegen und mit erhobenen Armen herauskommen sollte.

Diesmal reagierte Netolicka. Er schoss mehrmals durch die Tür, traf aber niemanden. Dann ging wieder der Aufzug auf, eine Frau in Zivil kam heraus. Die beiden slowakischen Polizisten begrüßten sie mit Handschlag. War sie die Polizeipsychologin? Oder eine Verwandte von Netolicka? Die Frau redete laut in Richtung Tür, sie sprach ruhig und mit einem einfühlsamen Ton.

Aber Netolicka antwortete am Ende wieder mit Schüssen.

Die Frau beriet sich mit den Polizisten. Dann verschwand sie wieder. Selander deutete schließlich auf Larsson, der sich nun auch einen schusssicheren Helm aufgesetzt hatte. Munk war klar, was geschehen sollte. Larsson würde, geschützt von Helm, Weste und einem Schild, versuchen, die Tür einzutreten. Und sie mussten ihm Feuerschutz geben.

Was dann allerdings geschah, würde Munk nie wieder vergessen.

Nachdem Larsson aufgestanden war und sich der Tür genähert hatte, hörte man dahinter ein eigenartiges Geräusch – als würde etwas auf dem Boden kratzen. Dann folgte ein schrilles Pfeifen, und im nächsten Moment durchschlugen Raketen die Tür! Eine traf Achatz Larsson, der nach hinten geschleudert wurde und an der Wand liegen blieb. Im nächsten Moment explodierten die Raketen mit einem ohrenbetäubenden Lärm – eine direkt neben Larsson, die drei anderen im Flur. Die Polizisten konnten sich durch den aufsteigenden Rauch nicht mehr sehen.

„Ruft den Notarzt!“, schrie Munk. Als sich der Rauch verzogen hatte, sah er, dass Larsson in seinem Blut lag. Grip und Selander starrten auf den Kollegen und waren weiß im Gesicht. Munk sprang auf, er wollte zu Larsson, doch aus der Wohnung wurde auf ihn geschossen. Munk warf sich auf den Boden und robbte zurück in seine Ausgangsposition. Dann feuerte er von der Seite wütend in die Reste der zerfetzten Tür. Auch Grip und Selander schossen in die Wohnung hinein. Dann stellten sie das Feuer wieder ein. Die slowakischen Polizisten telefonierten hektisch. Munk meinte ein paar Wortfetzen zu verstehen; es ging nicht nur um einen Notarzt, sondern auch um ein Sondereinsatzkommando.

Die fünf Polizisten kauerten im Flur vor der

Wohnungstür von Jiri Netolicka, Larsson lag wenige Meter von ihnen entfernt. War er tot? Munk versuchte zu erkennen, ob sich Larssons Brustkorb hob – als Zeichen, dass er atmete. Aber er konnte hinter der schusssicheren Weste nichts erkennen. Larssons Augen waren geschlossen. Selander flüsterte Grip etwas zu. Der musste die Wohnungstür von Netolicka nicht passieren und verschwand im Aufzug, der sich hinter ihnen befand.

Munk blickte auf Larsson. Tränen liefen ihm über die Wangen. Aber er riss sich am Riemen. Er sah zu Selander hinüber. Was konnten sie tun? Sollten sie auf den Notarzt warten? Und was war mit Netolicka? Sollten sie weiter versuchen, mit ihm zu reden, bevor das Sondereinsatzkommando eintraf? Aber der Mann hatte gezeigt, wie er kommunizieren wolle: Er schoss einfach. War das ein Raketenwerfer gewesen und kam da noch mehr? Munk hob seine Waffe und zielte auf die Tür. Er würde schneller sein, sagte er sich.

Selander flüsterte etwas zu Munk hinüber. Munk konnte es nicht verstehen.

„Wir warten auf das Einsatzkommando“, sagte Selander etwas lauter.

Vor dem Einsatzkommando kamen, fast zeitgleich, zwei Notärzte. Larsson lag – von Netolickas Wohnungstür aus gesehen – etwas nach rechts versetzt, also näher zum Aufzug und zu Selander als zu Munk. Er war aber noch ein wenig in der Schusslinie, sollte Netolicka erneut Raketen abschießen. Selander sprang einen Satz nach vorne, packte Larsson an der Jacke und zog ihn auf seine Seite. Die Notärzte waren sofort bei ihm und stillten die Blutung. Dann trugen sie Larsson zum Aufzug und fuhren hinunter. Hinter der Tür zu Netolickas Wohnung war es ruhig geblieben.

Wenig später war das Einsatzkommando da. Die

schwarz gekleideten Polizisten hatten sich überall in der Nähe der Wohnung verteilt, im Treppenhaus, im Flur, vermutlich auch auf den Dächern gegenüber.

„Sollen wir reingehen?", fragte der Leiter des Einsatzkommandos auf Englisch.

„Wartet noch", sagte Selander. „Ich versuche noch einmal, mit ihm zu reden."

„Jiri Netolicka", rief er durch die Tür. „Jiri Netolicka! Geben Sie auf und kommen Sie mit erhobenen Armen heraus. Ihre Wohnung ist umstellt."

Keine Antwort.

Da klingelte das Handy eines der slowakischen Polizisten. Er sprach kurz mit dem Anrufer und dann mit Selander, der bleich wurde. Der Hauptkommissar sagte daraufhin laut und vernehmlich zu Munk hinüber: „Achatz wurde von einer Rakete getroffen, die vermutlich von einer Stalinorgel abgefeuert wurde. Der Typ hat eine Stalinorgel in seiner Wohnung!"

Wie viele Raketen konnte eine Stalinorgel abfeuern?, dachte Munk. Er hatte vier Raketen beim letzten Schuss gezählt. Aber vielleicht schaffte dieses Ding auch mehr! Zehn? Zwanzig Raketen? Munk fluchte. Hatte er noch mehr Kriegszeug in seiner Wohnung? Eine Bombe, mit der er alles in die Luft jagen würde, das ganze Haus und die Polizisten und alle, die in diesem Haus wohnten? Andererseits: Hätte er die Bombe nicht längst gezündet, wenn er eine hätte? Was, verdammt noch mal, machte er in dieser Wohnung?

Die Minuten verrannen. Munk sah zu Selander hinüber. Der Hauptkommissar sprach mit einem Polizisten des Sondereinsatzkommandos. Der Beamte flüsterte Selander etwas ins Ohr. Selander schien nicht erfreut darüber zu sein, was er hörte. Er verzog das Gesicht und erwiderte etwas. Munk hörte nur die Worte „Grip“ und „Idiot“. In diesem Moment fiel ein Schuss. Und dann noch einer. Munk blickte auf die kaputte Tür. Die Schüsse waren in der Wohnung gefallen.

„Wir gehen rein“, rief Selander. „Aber Vorsicht: Grip ist drin!“

Munk war irritiert. Grip? Da drin? Dann sprang er auf und war als Erster an der Tür, gefolgt von den Beamten des Einsatzkommandos und Halldor Selander. Grip stand mitten im Raum und hatte seine Pistole auf einen Mann gerichtet, der verletzt am Boden lag. Netolicka hielt sich die Schulter. Aus der Schulter und aus dem Bein quoll Blut. Grip hatte ihn angeschossen.

„Bist du wahnsinnig, Grip!“, rief Selander. „Du solltest auf die Straße gehen und aufpassen, dass er nicht über den Balkon abhaut, aber du solltest nicht alleine zu ihm in die Wohnung klettern. Reicht es nicht, dass Achatz fast tot ist!“

Fast tot, dachte Munk. Er lebte also noch.

„Ist doch gut gegangen“, sagte Grip ungerührt und nahm die Pistole nach unten. Die Beamten des Einsatzkommandos kümmerten sich um Jiri Netolicka.

„Du bist in den dritten Stock geklettert, spinnst du?!“, brüllte Selander Grip ins Gesicht. Er wollte sich nicht beruhigen.

„Warum haben Ihre Leute ihn nicht abgehalten?“, bellte Selander in Richtung des Leiters des Einsatzkommandos.

„Was hätten wir tun sollen?“, sagte der Mann. „Hätten wir auf ihn schießen sollen?“

„Verdammt!“, fauchte Selander.

Grip war über die Balkons in den dritten Stock geklettert, hatte die Scheibe eingeschlagen und Netolicka, der sich umdrehte, weil er das Glas hatte bersten hören, ins Bein geschossen. Als Netolicka daraufhin versuchte, die

Stalinorgel zu Grip herumzudrehen, hatte ihm dieser in die Schulter geschossen. Daraufhin war Netolicka zusammengebrochen. Die Schüsse waren das Stichwort für Munk und die anderen gewesen.

Munk ging nun schnurstracks auf Netolicka zu, der am Boden lag, und sagte: „Karel Straka, ich verhafte Sie wegen Mordes an Annebritt Södergren und Jiri Netolicka."

Die anderen Polizisten blickten Munk ungläubig an.

„Karel Straka?", fragte Grip. Er betonte jede Silbe des Namens.

„Er gibt sich als Netolicka aus", sagte Munk. „Aber es ist Karel Straka. Netolicka ist der Tote am Årstaviken."

Keiner sagte etwas. Die Überraschung stand ihnen ins Gesicht geschrieben.

„Das kann nicht sein", rief Selander schließlich. „Der Tote am Årstaviken hatte die DNS von Roman Straka."

„Roman ist Jiris Sohn", kam es von Karel Straka, der am Boden saß und vom Notarzt an seiner verletzten Schulter versorgt wurde. „Jiri hatte eine Affäre mit meiner Frau. Kim hat es mir gestanden, bevor sie starb."

„Und dann haben Sie Jiri Netolicka getötet!", rief Selander.

„Ja."

„Und Jackie auch?"

„Ja, ich habe Jackie zunächst betäubt und dann getötet, indem ich den besoffenen Schauspieler auf ihren Brustkorb geschubst habe. Dann habe ich dem Dicken einen Cocktail gegeben, damit er lange schläft, und ich habe schließlich die andere Nutte, die bewusstlos war, zum Essingeleden gefahren – das war wohl eine Übersprungshandlung nach dem ganzen Stress."

„Halt, noch mal zum Mitschreiben", sagte Selander in seinem biederen „Kommissar-Pflichtbewusst"-Ton. „Eins nach dem anderen: Wann haben Sie beschlossen, Jackie zu töten? Wann haben Sie erfahren, dass Netolicka der Vater von Roman ist? Wann haben Sie Netolicka getötet?"

Straka atmete tief durch. Vielleicht hatte er Schmerzen wegen der Verletzung, die ihm Grip zugefügt hatte. Vielleicht nervten ihn Selanders Stakkato-Fragen.

„Erstens: Lind und Roman konkurrierten um die Palme-Rolle. Ich beschloss, Linds Nutte zu töten und den Verdacht auf Lind zu lenken, damit Roman die Rolle bekommt. Da dachte ich noch, Roman sei mein Sohn. Zweitens: Meine Frau Kim verriet mir kurz vor ihrem Tod, dass Jiri Romans Vater ist. Drittens: Ich beschloss danach, Jackie zwar zu töten, aber nicht, um Roman zu helfen, sondern um mir einen krachenden Abgang von dieser Welt zu verschaffen; ich wollte noch einmal von aller Welt gesehen werden – am Ende eines verpfuschten Lebens, an dem ich nicht mal mehr der Vater meines Sohnes war. Also ließ ich den Spazierstock am Tatort zurück, der den Verdacht auf mich lenken sollte. Viertens: Ich beschloss, Jiri zu töten, weil er mit meiner Frau ein Verhältnis gehabt hatte. Fünftens: Ich gab mich als Jiri aus, weil ich plötzlich Spaß an einem Katz-und-Maus-Spiel mit der schwedischen Polizei hatte. Sechstens: Ich wusste, dass dieser Casper Munk mich enttarnen würde. Es war also eine Frage der Zeit, bis ihr hier auftauchen würdet. Ich wollte, dass ihr mich im Kampf erschießt, um einen noch krachenderen Abgang von dieser beschissenen Welt zu haben – das hat nicht geklappt."

Selander nickte. Alle schwiegen für einen Moment. Die Fälle waren gelöst. Was blieb, war die Wut über die Brutalität des Mannes, der zu ihren Füßen saß und so freimütig und bar jeder Reue von seinen Taten sprach.

„Warum haben Sie Netolicka zerstückelt?", fragte

Munk schließlich.

„Als ich es wusste, sah ich plötzlich eine Ähnlichkeit zu Roman, die mir jahrzehntelang nicht aufgefallen war – ich wollte das zerstören“, sagte Straka. „Deshalb habe ich die Leiche mit einer Kreissäge und …“

„Genug!“, sagte Selander.

Die Polizisten waren einiges gewohnt, aber diese Grausamkeit brachte auch sie aus der Fassung. Alle starrten Karel Straka an.

„Schafft ihn weg!“, zischte Selander angewidert.

Ein Polizist und ein Notarzt halfen Straka vom Boden auf und führten ihn nach draußen.

Munk blickte auf die Stalinorgel. Er war daran vorbeigestürmt und nahm sie erst jetzt richtig wahr. Straka schien sie selbst angefertigt zu haben, denn es waren nur acht Stahlrohre von je einem halben Meter Länge auf einer Spanplatte angebracht. Acht Stahlrohre. Straka hatte vier Raketen abgefeuert, was war mit den vier anderen? Hatten sie nicht gezündet? Ich muss zu Achatz, dachte er dann.

„Wo ist Achatz?“, fragte er.

„Er ist in der Klinik – er ist schwer verletzt, aber er wird überleben“, sagte einer der beiden slowakischen Polizisten in gutem Englisch.

„Wir fahren hin“, sagte Selander zu Munk und Grip. „Dort kann auch deine Wunde versorgt werden, Casper.“

„Woher wusstest du, dass Netolicka Karel Straka ist?“, fragte Grip. „Und warum hast du es uns nicht gesagt?“

„Ich ahnte es zunächst nur“, erwiderte Munk. „Es gab Indizien: Kim Straka stirbt und Jiri Netolicka soll dann gleich nach Bratislava ziehen? Er soll seinen besten Freund Karel in Stockholm alleine lassen? Das macht ein Freund nicht. Dann habe ich das Foto von Karel Straka, das wir Lind zeigen wollten, näher angeschaut; er hatte überhaupt keine Ähnlichkeit mit Roman Straka. Aber der Mann auf dem Foto hatte – obwohl es eine ältere Aufnahme war – eine starke Ähnlichkeit mit dem Mann, den Leila und ich genau hier in dieser Wohnung besucht hatten und von dem wir meinten, es sei Jiri Netolicka …“

Munk zögerte. Er wirkte erschöpft.

„Ich brauche dringend Luft“, murmelte er. „Und ich will zu Achatz. Okay?“

Munk schaute Selander kurz an, der nickte und Munk ging hinaus. Er verließ das Haus, in dem Straka wohnte, fast fluchtartig, sein Kopf war voll mit den Gedanken an BIID, verstümmelte Leichen, an die Mörder Karel Straka und Agustin Södergren, an Roman Straka, dem er die Wahrheit über seinen Vater sagen musste – und an Achatz Larsson.

Als er auf der Straße angekommen war, bemerkte er, dass es regnete. Munk sah in den Himmel hinauf und ließ die Tropfen auf sein Gesicht prasseln. Dann klingelte sein Handy. Tove Olsen war dran.

„Ich wollte deine Stimme hören“, sagte sie. „Geht’s dir gut?“

„Alles bestens“, sagte Casper Munk und lächelte.